Jürgen Sprenzinger

Die ägyptische Domina

Jürgen Sprenzinger

Die ägyptische Domina

Kriminalroman

Jürgen Sprenzinger – Die ägyptische Domina
ISBN 978-3-9810639-6-7
1. Auflage

Internet: www.sprenzinger-verlag.de
Satz + Layout: Bärbel Pfennig
Herstellung: AALEXX Druck, Großburgwedel

1

Das Klingeln des Telefons auf dem Nachttisch riss Paul Berger unsanft aus dem Schlaf. Er schaltete die Nachttischlampe ein, sah auf die Uhr und schüttelte den spärlich behaarten Kopf. Es war halb drei – mitten in der Nacht. Mit einem grimmigen Grunzen nahm er hastig den Hörer ab.

„Wissen Sie, wie spät es ist?“, zischte er ungehalten mit heiserer Stimme ins Telefon. Seine Frau, die neben ihm schlief, drehte sich unruhig auf die andere Seite.

Der Anrufer am anderen Ende flüsterte nur einen kurzen Satz, dann knackte es in der Leitung und das Gespräch war beendet. Bergers Gesichtszüge versteinerten sich von einem Augenblick auf den anderen, sein Blick wurde starr. Wie in Trance legte er den Hörer auf.

Fast lautlos und ohne seine schlafende Ehefrau auch nur eines Blickes zu würdigen, schlug er leise und ganz ruhig die Bettdecke zurück. Dann stand er auf, verließ das eheliche Schlafzimmer und zog sacht die Tür hinter sich zu. Langsam, wie in Zeitlupe, ging er zur Kellertüre, öffnete sie und stieg bedächtig wie ein Schlafwandler die Kellertreppe hinab.

An einer Kellerwand hing an einem langen, rostigen Nagel ein sorgfältig aufgerolltes Verlängerungskabel. Ohne auch nur einen Augenblick zu überlegen, nahm er es ab und ging damit nach oben. In Bergers Gehirn war nichts – nur gähnende, schwarze Leere – und das ihn völlig beherrschende intensive Gefühl, dass das, was er nun tun musste, richtig war.

Er ging ins Badezimmer, schaltete das Licht ein und verschloss die Türe. Dann verriegelte er den Abfluss der Badewanne und öffnete den Warmwasserhahn. Leise rauschend floss das heiße, fast noch dampfende Wasser in die Wanne.

Noch während das Wasser in die Wanne strömte und das Badezimmer in feine feuchte Nebelschwaden hüllte, entrollte er das Verlängerungskabel und steckte den Stecker in die Steckdose über dem Waschbecken.

Er öffnete den Badezimmerschrank und entnahm ihm den Fön seiner Frau, verband ihn mit dem anderen Ende des Kabels und legte ihn auf den Rand der Wanne. Schließlich zog er seinen Pyjama aus, stieg fast mechanisch wie ein Roboter in die Wanne, um sich dann bedächtig in das heiße Wasser gleiten zu lassen. Seine Haut brannte – doch er fühlte es nicht.

Ohne Zögern griff er nach dem Fön, schaltete ihn ein und ließ ihn ins Badewasser fallen.

Sein Körper war sofort paralysiert, seine Muskeln verkrampfen sich, ein heftiges Vibrieren lief durch ihn hindurch. Dann hallte ein lauter Knall durch den Raum, ein leises, heftiges Zischen folgte und kleine Dampfwölkchen stiegen auf. Ein letztes Mal bäumte sich sein gequälter Körper zuckend auf, seine Hände verkrallten sich in den Rand der Badewanne, er wollte schreien, doch kein Laut kam aus dem weit geöffneten Mund. Die elektrische Beleuchtung flackerte noch ein paar Sekunden, um schließlich endgültig zu erlöschen. Dann wurde es Nacht.

Paul Berger war tot.

Ich war gerade auf dem Weg zum Büro meines Kollegen Albert Mayer, als mir Herbert Steiner, mein Chef, entgegen kam. Steiner war klein und gedrungen, sein Gesicht glatt und rund. Um die Hüften hatte er ein paar Speckpolster zuviel und meist lief er in geschmacklosen mausgrauen Anzügen herum, was ihn noch unauffälliger erscheinen ließ als er es ohnehin bereits war. Seine Glatze glich fast einem blanken, polierten Spiegel. Doch sein äußerliches, etwas biederes Erscheinungsbild war trügerisch: Er konnte knallhart sein – und zuweilen richtig fies. Besonders dann, wenn ihm etwas über die Leber gelaufen war oder die Dinge nicht so funktionierten, wie sie funktionieren sollten, konnte er leicht zum gnadenlosen Tyrannen werden. Was unsere Zusammenarbeit betraf, so hatten wir in der Vergangenheit zwar öfters kleine Probleme gehabt, doch im Übrigen ließ er mich arbeiten wie ich wollte. Dennoch: Wir waren alles andere als Freunde. Ich wusste, wie ich ihn zu nehmen hatte – man musste vorsichtig mit ihm umgehen wie mit einem Pulverfass, das von einer Sekunde auf die andere explodieren konnte. So war ich bei ihm immer auf der Hut.

„Guten Morgen, Hekli. Haben Sie es schon gehört?“

„Was sollte ich denn gehört haben?“

„Heute Nacht hat sich einer mit einem Fön umgebracht.“

„Wie das? Hat er sich zu Tode geföhnt oder sich das Gehirn raus geblasen oder was?“ Ich grinste.

„Nein, er hat mit seinem Fön gebadet. Hätte ihm auch nichts ausgemacht – aber das Ding war eingesteckt und stand unter Strom.“

„Peinlich. Er hätte sich lieber eine Badeente kaufen sollen“, flachste ich.

„Aber jetzt mal im Ernst, Hekli: Ich möchte, dass Sie sich hinter den Fall klemmen.“

„Warum das denn? Es war doch Selbstmord, oder?

„Ja, schon – und die Spurensicherung hat einwandfrei festgestellt, dass ein Fremdeingriff ausgeschlossen ist – aber die Ehefrau benahm sich etwas eigenartig, als sie heute Morgen anrief.“

„Sie benahm sich eigenartig? Wie darf man das verstehen?“

„Sie war total ruhig und sachlich, in keiner Weise beunruhigt oder aufgeregt. Sie sagte nur, dass ihr Mann tot in der Badewanne läge und sich umgebracht hätte, das aber so seelenruhig, als würde sie sagen: Ich gehe mal schnell zu Aldi ...“

„Hm“, brummte ich und schüttelte den Kopf.

„Sie werden doch aber auch zugeben müssen, dass diese Reaktion nicht unbedingt normal ist, oder?“

„Was ist schon normal, Herr Steiner? Menschen reagieren nun einmal nicht alle gleich und jeder verarbeitet ein Erlebnis dieser Art anders. Vielleicht war sie sogar froh, ihn los zu sein. Wer weiß?“

„Egal, Hekli. Fahren Sie mal hin und reden Sie mit ihr. Versuchen Sie, etwas über den Mann, sein Vorleben, seine Vorlieben und so weiter, herauszubekommen. Fühlen Sie der Dame auf den Zahn. Kommen Sie bitte in zwanzig Minuten in mein Büro, dann gebe ich Ihnen noch ein paar Informationen dazu.“ Er winkte mir noch kurz zu, dann verschwand er um die Ecke.

„Na gut, Herr Steiner, wenn Sie meinen..." Er hörte es bereits nicht mehr und ich stand da und fragte mich, was das wohl wieder zu bedeuten hatte. Normalerweise bearbeitete ich Tötungsdelikte und gerade in diesem Fall, der doch nun wirklich eindeutig schien, empfand ich eine nochmalige Nachforschung als reine Zeitverschwendung.

Ich betrat Mayers Büro. Mein Kollege und langjähriger Mitstreiter saß hinter seinem Schreibtisch und beschäftigte sich gerade konzentriert mit einer Akte. Langsam sah er auf. „Hallo Chef, was führt dich denn zu mir?" „Na ja, nichts Besonderes – ich wollte lediglich nachsehen, ob du noch lebst."

„Oh, das ist aber nett, ich fühle mich richtig geehrt", entgegnete er lachend.

„Eben habe ich Steiner getroffen. Er faselte etwas von einem Selbstmord. Da hat einer mit seinem Fön gebadet und sich dabei mittels des elektrischen Stromes entleibt – und jetzt soll ich der ehrenwerten Gattin des Verblichenen auf den Zahn fühlen", meinte ich gut gelaunt.

„Aha, meine Gratulation, Herr Witwentröster." Mein Kollege lachte mich an.

„Oh, lieber Albert, ich bin dafür, dass wir beide die Witwe trösten. Schließlich bist du mein Assistent."

„Also eine Gruppentröstung – o lala."

„Witzbold. In fünfzehn Minuten habe ich einen Termin bei Steiner, dann erfahre ich mehr."

„Aber der Fall ist doch offensichtlich, Chef. Es handelt sich um einen Selbstmord. Geht uns doch überhaupt nichts an. Was sollen wir da machen?"

„Das habe ich mich auch schon gefragt", brummte ich.

„Was sagen denn die Kollegen von der Spurensicherung dazu?“, wollte Mayer wissen.

„Einwandfrei ein Selbstmord – keine Fremdeinwirkung – Tod durch Fön. Quatsch – Tod durch Stromschlag, meine ich.“

„Schon komisch, was den Leuten so alles einfällt“, meinte Mayer und schüttelte bedächtig den Kopf.

„Na ja, dann will ich mal hören, was mir der liebe Herr Steiner so alles erzählt – bis dann.“

Ich ging geradewegs zum Büro meines Chefs und klopfte kurz an die Tür. Ohne auf das obligatorische „Herein“ zu warten, betrat ich den Raum.

„Aha, Hekli – gut, dass Sie da sind. Setzen Sie sich.“

Ich nahm auf dem Stuhl vor seinem Schreibtisch Platz, Steiner öffnete eine Akte und meinte: „Wie ich Ihnen vorhin schon erzählt habe, hat sich der Mann mit einem Fön umgebracht. Die Todesursache war ein Herzstillstand aufgrund des Stromschlags. Seine Frau behauptet steif und fest, sie hätte von all dem nichts mitbekommen, sondern ihren Göttergatten erst am anderen Morgen tot in der Badewanne aufgefunden. Zuvor hatte sie aber noch einen Nachbarn verständigt, der dann die Badezimmertüre aufgebrochen hat – sie sei verschlossen gewesen, gab sie an. Danach hat sie laut eigener Aussage umgehend die Kollegen vom Streifendienst informiert. Ich weiß allerdings nicht, ob man das glauben kann.“

„Die Spurensicherung hat aber doch festgestellt, dass es ...“

„Stimmt, man fand absolut keine Hinweise auf eine Fremdeinwirkung“, fiel er mir ins Wort.

„Dann ist der Fall doch eigentlich klar, oder?"

„Wäre er normalerweise, ja. Doch der Kollege, der die Frau vernommen hat, sagte aus, dass sie sich äußerst merkwürdig benommen habe. Sie war, na ja, wie soll ich sagen? ‚Cool!' wäre vermutlich der richtige Ausdruck. Ihm schien es so, als würde sie das Ganze überhaupt nichts angehen. Sie machte einen völlig unbeteiligten, fast apathischen Eindruck. Und das ist doch bei einer Ehefrau sehr ungewöhnlich – selbst dann noch, wenn man bedenkt, dass sich die Ehe im Lauf der Jahre vielleicht etwas abgekühlt haben dürfte."

„Weiß man denn, wie das Verhältnis der beiden zueinander gewesen ist? Es könnte ja durchaus sein, dass die Ehe längst zerrüttet war und die beiden sich auseinander gelebt haben", hakte ich ein.

„Keine Ahnung. Deswegen möchte ich ja, dass Sie sich darum kümmern. Man fand auch keinen Abschiedsbrief oder dergleichen." Mit diesen Worten drückte er mir die Akte in die Hand und fügte hinzu: „Frohes Schaffen ..."

„Danke." Kopfschüttelnd verließ ich Steiners Büro.

Albert Mayer kam mir auf dem Flur entgegen. „Und?", fragte er.

„Ich weiß auch nicht viel mehr als vorhin, doch lass uns die Sache sofort in Angriff nehmen. Wir werden die Dame gleich mal heimsuchen. Aber ich bin sicher, es handelt sich um einen Routinefall."

2

Als wir an der angegebenen Adresse ankamen, fanden wir uns vor einer noblen Villa wieder, die mit einem schmiedeeisernen Zaun umgeben war. Das große Tor stand offen. Wir parkten, gingen die Einfahrt hinauf und läuteten an der weißen Haustür, die mit einem goldenen Türklopfer verziert war. Eine große, schlanke, dunkelblonde Frau, ganz in Schwarz gekleidet, ich schätzte sie auf ungefähr 55 Jahre, öffnete uns. Sie machte auf mich den Eindruck einer distinguierten Dame, die zudem genau wusste, was sie wollte und vermutlich nur selten eine Schwäche zeigte.

„Ja bitte?“, fragte sie.

„Guten Tag, spreche ich mit Frau Johanna Berger?“

„Ja. Und wer will das wissen, bitte?“

Ich angelte meinen Dienstausweis aus der Brusttasche. „Kriminalpolizei, Hauptkommissar Hekli – und das ist mein Kollege Albert Mayer.“

„Was kann ich für Sie tun, meine Herren? Sie kommen vermutlich wegen meines Mannes.“ Ihre Stimme klang rauchig und kühl.

Ich nickte. „Dürfen wir einen Moment reinkommen?“

„Bitte.“ Sie gab uns den Weg frei und wir standen in einer geräumigen Vorhalle. „Kommen Sie bitte mit“, forderte sie uns auf, führte uns ins Wohnzimmer und setzte sich in einen Sessel.

„Nehmen Sie bitte Platz. Es geht um meinen Mann, nehme ich an?“

„Korrekt“, antwortete ich. Was mir an der Frau sofort auffiel, war diese Ruhe und Selbstsicherheit gepaart mit einer unerklärlichen Teilnahmslosigkeit. Man hatte den Eindruck, als stünde sie weit über den Dingen.

„Was können Sie uns über den Tod Ihres Mannes sagen, Frau Berger?“

„Nichts. Ich fand ihn heute Morgen in der Badewanne. Tot. Aber das habe ich doch alles bereits Ihren Kollegen erzählt.“

„Ich weiß“, erwiderte ich. „Aber wären Sie so nett und würden es uns noch einmal erzählen?“

„Na gut. Ich bin heute Morgen um zehn Uhr aufgestanden, das Bett neben mir war leer. Zuerst nahm ich an, dass mein Mann bereits das Haus verlassen hatte. Ich ging in die Küche, um zu frühstücken. Als ich den Kühlschrank öffnete, fiel mir sofort auf, dass die Lampe innen nicht brannte und im gesamten Haus der Strom weg war. Also öffnete ich den Sicherungskasten im Flur, stellte fest, dass ein Sicherungsautomat ausgelöst hatte und wollte ihn wieder einschalten, was aber nicht ging. Zudem bin ich furchtbar erschrocken, denn aus dem Sicherungsautomaten stoben Funken und ich hörte einen lauten Knall, der aus dem Badezimmer zu kommen schien. Ich lief an die Badezimmertür und wollte sie öffnen, doch sie war verschlossen.“

„Und dann?“, fragte Mayer.

„Ich habe mich hastig angezogen und bin dann rüber zu Professor Möbius.“

„Professor Möbius?“

„Ja. Ein Nachbar. Wir wohnen schon seit fast zwanzig Jahren nebeneinander, aber kennen uns eigentlich nur flüchtig. Er hat mir die Badezimmertüre aufgebrochen. Und dann sah ich Paul, meinen Mann, tot in der Badewanne liegen. Daraufhin habe ich sofort die Polizei verständigt."

„Einen Professor, der sich als Einbrecher betätigt, findet man auch nicht alle Tage. Wo wohnt dieser Professor Möbius?", wollte ich wissen.

„Gleich im schräg gegenüber liegenden Haus."

„Was für eine Art Professor ist dieser Herr Möbius?", fragte Mayer.

„Soweit ich weiß, ist er Ägyptologe und beschäftigt sich mit alten Sprachen, Schriften oder Ausgrabungen und den verschiedenen Herrscherdynastien." Mayer nickte stumm.

Ohne eine erkennbare Gefühlsregung fuhr die Frau fort: „Es muss irgendwann nachts passiert sein, aber ich habe nicht das Geringste bemerkt."

„Hat sich Ihr Mann in der letzten Zeit merkwürdig verhalten oder war er irgendwie anders als sonst?", fragte mein Kollege.

„Nein, er war wie immer", antwortete sie. „Soweit ich das beurteilen kann."

„Was darf ich das verstehen?"

„Wir haben uns in letzter Zeit nicht oft gesehen. Er war beruflich sehr angespannt und zudem oft unterwegs."

„Hatten Sie Eheprobleme?"

„Nein, Kommissar – nach 34 Jahren Ehe haben sich die Dinge wohl eingeschliffen oder besser gesagt: abgeschliffen."

Ich nickte zustimmend. „Hat er irgendetwas hinterlassen? Ich meine, einen Abschiedsbrief oder Ähnliches?"

„Nein."

„Ich muss Sie das leider fragen, Frau Berger: Haben Sie eine Vermutung, weshalb sich Ihr Mann umgebracht haben könnte?"

„Nein."

„Hatte er Probleme persönlicher, finanzieller oder gesundheitlicher Art?"

„Nein, ich denke nicht", antwortete sie.

„Was hat Ihr Mann beruflich gemacht?"

„Er ist – ich meine, er war Aufsichtsrat der Rheinisch Pharma AG."

„Aha. Hatte er möglicherweise Feinde?"

„Nicht dass ich wüsste. Aber in seinem Job könnte es durchaus möglich sein." Sie schüttelte den Kopf. „Nein", fügte sie schließlich zögernd hinzu, „ich glaube nicht."

„Wir haben dann keine weiteren Fragen mehr, Frau Berger."

Nun war mir klar, wie Berger zu dieser noblen Hütte gekommen war. Ich gab meinem Kollegen ein Zeichen, wir standen auf und verabschiedeten uns. Die Dame des Hauses begleitete uns bis vor die Tür.

Beim Hinausgehen meinte Mayer: „Soll ich Ihnen sagen, was mir auffällt, Frau Berger?" Ohne ihre Antwort abzuwarten, fuhr er fort: „Ich möchte Ihnen keinesfalls zu nahe treten, aber Sie machen mir einen sehr unbeteiligten Eindruck, was wohl ein nicht so ganz normales Verhalten für jemanden sein dürfte, der erst ein paar Stunden vorher seinen Partner verloren hat. Wenn ich ehrlich bin, habe ich nicht das Gefühl, dass die Trauer bei Ihnen besonders groß ist. Können Sie uns das erklären?"

Peinlich berührt sah ich meinen Kollegen an. Ich empfand seine Feststellung und die Frage in diesem Moment etwas unpassend.

Die Frau ließ sich jedoch nicht aus dem Konzept bringen. Sie überlegte kurz, eine kleine Pause entstand, dann meinte sie leise: „Warum sollte ich trauern? Er hat sein Leben gelebt und sterben müssen wir alle einmal. Und heute war sein Tag."

„Wie bitte?" Ich glaubte, nicht richtig gehört zu haben.

„Heute war sein Tag."

3

Als wir wieder im Auto saßen und in Richtung Präsidium fuhren, meinte mein Kollege: „Ehrlich gesagt, so etwas habe ich auch noch nicht erlebt. Was glaubst du, meinte sie wohl mit der Aussage: Heute war sein Tag?“

„Ich weiß es auch nicht, Albert. Jedenfalls verhält sich die Dame nicht nach der Norm, soviel ist klar. Sie hat eine ziemlich fatalistische Einstellung. Findet man selten – Gott sei Dank.“

„Glaubst du, dass sie mit seinem Tod etwas zu tun hat, Chef?“

„Nein, ich nehme es nicht an. Sieht alles auch gar nicht danach aus. Obwohl ich das Gefühl habe, sein Tod traf sie nicht unvorbereitet. Aber ich kann dieses Gefühl nicht begründen – es ist eben nur ein Gefühl.“

„Meistens hast du mit deinen Gefühlen recht, Chef.“

Obwohl wir uns schon lange duzten und einen vertrauten Umgang pflegten, sprach mich Albert Mayer nie mit meinem Vornamen an, sondern immer nur mit „Chef“ oder „Boss“, manchmal auch mit „Kommissar“ – das allerdings nur, wenn er mir etwas ganz Wichtiges mitzuteilen hatte oder wenn er mir zum Geburtstag gratulieren musste. Er wollte es so und war auch nicht davon abzubringen gewesen – vermutlich sah er diese Anrede als Beweis für seine Achtung mir gegenüber. In all den Jahren unserer engen Zusammenarbeit waren wir nicht nur Kollegen gewesen, die sich fast perfekt ergänzten, sondern hatten uns auch privat angefreundet, kannten unsere gegenseitigen Stärken und Schwächen und unsere Ehefrauen standen ebenfalls in einem regen freundschaftlichen Kontakt miteinander.

„Na ja, zumindest haben wir unsere Pflicht und Schuldig keit getan und ich nehme an, Steiner wird hoffentlich zufrieden sein“, meinte ich. Mein Kollege nickte zustimmend.

Im Präsidium angekommen, ging ich sofort zu Steiner und erstattete Bericht. Er schien etwas enttäuscht – vermutlich hatte er mehr hinter der Sache vermutet und erwartet, dass wir ihm möglicherweise eine perfekte Gattenmörderin präsentieren würden. So aber meinte er nur: „Gut, Hekli, dann dürfte der Fall für uns abgeschlossen sein.“

Ich ging in mein Büro, setzte mich an meinen Schreibtisch, zündete mir eine Zigarette an und dachte nach. Obwohl mich der Fall Berger nicht besonders interessierte und nur eine reine Routineangelegenheit zu sein schien, blieb dennoch ein unangenehmes Gefühl zurück. Irgendetwas kam mir seltsam vor, doch ich konnte nicht genau sagen, was. War es das seltsame Verhalten der Frau gewesen oder ihre mysteriöse Äußerung? Ich hatte es noch nie erlebt, dass eine Frau so ruhig und gelassen den Tod ihres eigenen Mannes hingenommen hatte. Im Normalfall kannte ich nur seelische Zusammenbrüche oder tiefe Trauer, bestenfalls hysterische Ausbrüche, Schmerz und Leid. Menschen sind nun einmal sehr schwer berechenbar, dachte ich.

Einer plötzlichen Eingebung folgend rief ich zu Hause an.

„Hekli“, meldete sich meine Göttergattin.

„Hallo Ruth, ich bin es."

„Ist etwas Wichtiges vorgefallen, dass du mich mitten am Tag anrufst oder brauchst du meine kriminalistische Unterstützung?" Sie lachte.

„Ich muss dich was fragen, Ruth. Wie würdest du reagieren, wenn ich mich selbst umbringen würde?"

„Sag mal, mein Lieber, spinnst du?"

„Nein, ganz und gar nicht. Also: Wie würdest du reagieren?"

„Du hast es doch nicht vor, oder?", fragte sie besorgt.

„Natürlich nicht. Ich wäre vermutlich viel zu feige dazu. Außerdem hätte ich überhaupt keinen Grund – wo du doch immer so lieb zu mir bist." Ich grinste. „Aber wie würdest du reagieren, wenn ..."

„Mein lieber Mann, du kannst vielleicht Sachen fragen! Mit dem Thema habe ich mich noch nie beschäftigt. Außerdem sei mir nicht böse, aber ich habe einen Kuchen im Backrohr und sollte ..."

„Nun sag schon, raus mit der Sprache: Wie würdest du reagieren?", beharrte ich stur wie ein Maulesel auf meiner Frage.

„Ich wäre vermutlich tieftraurig, würde mich fragen, warum du das getan hast und vielleicht sogar die Schuld bei mir suchen. Auf alle Fälle wäre ich ganz schön fertig, denke ich. Aber jetzt muss ich meinen Kuchen aus dem Herd nehmen, sonst ..."

„Du hast mir sehr geholfen, mein Schatz, danke."

Nach einer kleinen Pause meinte sie ernst: „Josef, du machst doch keinen Unsinn, oder?" Immer wenn mich Ruth mit meinem Vornamen ansprach, dann war es ihr bitter ernst.

„Nein, nein“, antwortete ich lachend. „Wenn ich heute Abend zu Hause bin, erkläre ich dir alles genauer. Tschau.“ Ich legte auf.

Nach einer Weile klopfte es kurz an der Tür und Albert Mayer stand im Zimmer.

„Was gibt’s?“

„Vor einer halben Stunde habe ich mit meiner Frau telefoniert, Chef.“

„Ja und? Geht es ihr gut?“

„Ja ja, sicher doch. Ich habe sie gefragt, wie sie sich verhalten würde, wenn ich mich umbringen würde.“

Ich musste schallend lachen. „Was hast du denn, Chef? So lustig ist das nun auch wieder nicht.“ Mayer hatte einen leicht dämlichen Gesichtsausdruck.

„Deshalb lache ich auch gar nicht, Albert – aber ich habe gerade vor fünf Minuten mit meiner Frau telefoniert und das Gleiche gefragt. Wir hatten wieder mal denselben Gedanken.“

„Wie bitte? Du auch?“

„Ja. Und was hat die deine gesagt?“, fragte ich interessiert.

„Sie hat mich gefragt, ob ich einen Vogel hätte.“

„Ging mir ganz ähnlich“, entgegnete ich. Wieder mussten wir beide lachen.

„Tatsache ist jedenfalls, dass das Verhalten dieser Johanna Berger sehr suspekt ist. Eine normale Ehefrau reagiert nicht so. Die Dame hat vermutlich einen psychischen Schaden oder so was.“ Albert schüttelte den Kopf.

„Vergessen wir’s, Kollege – soll uns nicht weiter beschäftigen. Es ist wirklich nicht unser Problem.“ Ich sah auf meine Uhr. „Außerdem ist es sowieso gleich Feierabend.“

4

Niemand hätte sie auf zweiundvierzig Jahre geschätzt. Durch ihre schlanke, sportliche Figur und ihr langes braunes Haar wirkte Sylvia Miller wesentlich jünger. Ihre jugendliche Erscheinung wurde durch das ärmellose weiße Top und die engen blauen Jeans angenehm unterstrichen. Nun saß sie im Wintergarten eines Straßencafes der Innenstadt, genoss die letzten Strahlen der winterlichen Abendsonne und beobachtete durch die leicht beschlagenen Scheiben interessiert das bunte Treiben auf dem Rathausplatz.

Sie sah auf die Uhr. Es war bereits 17 Uhr 45. Hastig trank sie ihren Espresso aus, winkte die Kellnerin zu sich und beglich ihre Rechnung. Dann stand sie auf und schlenderte gemächlich über den Rathausplatz.

Das Handy in ihrer Handtasche klingelte. Sie nahm es heraus und meldete sich.

„Hallo mein Mäuschen, ich bin's.“ Ihr Mann war am Apparat.

„Hallo Martin, Schätzchen. Wo bist du denn gerade?“, fragte sie.

„Zu Hause – eben erst gekommen. Und du warst nicht da.“ Ein leichter Vorwurf lag in seiner Stimme.

„Ich kann ja nicht da sein, wenn ich jetzt hier bin“, scherzte sie und lachte. „Ich war heute Nachmittag in der Stadt, habe noch einen kurzen Abstecher zu Astrid gemacht, danach noch schnell eine Tasse Espresso inhaliert, aber ich bin schon auf dem Nachhauseweg, keine

Sorge. Doch wie kommt es, dass du jetzt schon zu Hause bist?“

„Wir hatten heute eine ätzend langweilige Geschäftsführersitzung, viel Blah-Blah und mein lieber Herr Peters hat sich mal wieder unheimlich profiliert – aber du kennst ihn ja, der Knabe ist ganz schön nervig. Ich hatte die Schnauze voll und hab für heute Schluss gemacht“, erklärte er und fragte: „Bis wann bist du da?“

„Ich denke, in einer halben Stunde, Schätzchen“, antwortete sie.

„Gut, ich warte. Wir könnten abends Essen gehen, was meinst du?“, schlug er vor.

„Gerne, wenn du möchtest. Ich habe sowieso keine große Lust mehr, mich heute noch an den Herd zu stellen.“

„Also, dann komm schnell. Bis gleich, und denk daran: Ich liebe dich.“

„Ich dich auch. Bis dann.“

Eben wollte sie das Handy in die Handtasche zurückstecken, als es erneut klingelte. Sie meldete sich und hörte eine leise, flüsternde Stimme. Kurz darauf versteinerte sich ihr Gesicht und nahm einen fast maskenhaften Ausdruck an. Beinahe mechanisch wie eine Maschine steckte sie das Handy in die Tasche und lief in Richtung Maximilianstrasse. Am Fahrbahnrand blieb sie stehen.

Sie wartete auf eine passende Gelegenheit.

5

Bernd Uskureit saß in seinem BMW 760 und fuhr in Richtung Innenstadt. Die Uhr auf dem Armaturenbrett zeigte siebzehn Uhr fünfundfünfzig. Er wusste, dass er sich wieder einmal verspäten würde und verfluchte diesen ewigen Termindruck, dem er ständig ausgesetzt war. So wählte er die Nummer seines Kunden auf dem Ziffernblock seines Autotelefons.

„Gerstlauer & Sohn, mein Name ist Edit Horb. „Was kann ich für Sie tun?“, tönte eine Frauenstimme aus dem Lautsprecher der Freisprechanlage.

„Hier Uskureit, hallo Frau Horb. Tun Sie mir einen Gefallen bitte?“, flötete er ins Telefon.

„Hallo, Herr Uskureit“, antwortete sie mit einem erotischen Unterton in der Stimme. „Ihnen tue ich doch jeden Gefallen – na ja, fast jeden. Was also darf ich für Sie tun?“

„Richten Sie Ihrem Chef bitte aus, ich werde mich zirka fünfzehn Minuten verspäten – aber ich beeile mich.“

„Selbstverständlich, Herr Uskureit, mache ich.“

„Gut, herzlichen Dank – bis gleich.“ Bernd Uskureit beendete das Gespräch und gab Gas. Ein Fehler, wie sich bald herausstellen sollte, denn die Geschwindigkeit war auf 30 km/h begrenzt. So aber fuhr er mit etwa dem gut doppelten Tempo die belebte Maximilianstrasse entlang, als er rechts aus den Augenwinkeln einen Schatten bemerkte, der sich schnell auf seinen Wagen zu bewegte.

Instinktiv und mit voller Kraft stieg er auf das Bremspedal, wollte nach links ausweichen, doch diese Vollbremsung war sinnlos, auch für ein Ausweichmanöver war es bereits zu spät, die Frau hatte keine Chance mehr. Dann hörte er einen dumpfen Schlag und hatte das Gefühl, als würde alles um ihn herum wie in Zeitlupe ablaufen.

Sylvia Miller wurde etwa zwölf Meter weit auf den Gehsteig der anderen Straßenseite geschleudert. Ihr Körper knallte hart auf den grauen Asphalt und blieb regungslos liegen. Uskureit zog hastig die Handbremse an, ließ den Wagen mitten auf der Fahrbahn stehen, stieg aus und sah die Frau, die leblos in ihrem Blut lag. Dann rannte er geistesgegenwärtig zurück zum Auto, wählte die Notrufnummer, nahm eine Decke aus dem Kofferraum, lief zu der Frau zurück und deckte sie zu.

Der Notarzt, der kaum vier Minuten später an der Unfallstelle ankam, konnte nur noch Sylvia Millers Tod feststellen.

6

Ich saß gerade mit meiner Frau beim Abendessen, als das Telefon läutete. Herbert Steiner war am Apparat.

„Entschuldigen Sie, dass ich störe, Hekli, aber wir hatten heute Abend schon wieder einen eigenartigen Selbstmordfall. Eine Frau hat sich am Rathausplatz vor ein Auto geworfen. Der Fahrer des Wagens ist natürlich, wie Sie sich vorstellen können, fix und fertig und noch völlig durcheinander. Da wir aber nicht genau darüber im Bilde sind, ob es tatsächlich ein Freitod war, sollten wir mal recherchieren, denke ich. Rufen Sie bitte das Polizeirevier am Rathausplatz an, Kollege Günter Voss bearbeitet den Fall und kann Ihnen mehr darüber erzählen."

„Gut, Herr Steiner, ich werde mich sofort darum kümmern", brummte ich etwas missmutig.

„Und Hekli", – eine kurze Pause entstand, „mir tut es wirklich leid, wenn ich Ihnen den Abend verderbe."

Verdirb du mir lieber nicht immer die Tage ..., dachte ich.

„Schon gut, Herr Steiner, ich bin's ja gewöhnt. Ich halte Sie auf dem Laufenden, tschau." Ich legte auf, ging zurück ins Esszimmer und setzte mich wieder an den Tisch.

„Was ist denn los?", wollte Ruth wissen.

„Ich muss gleich noch mal weg", brummte ich. „Ein etwas eigenartiger Selbstmordfall. Eine Frau hat sich vor ein Auto geworfen. Die Umstände sind etwas seltsam, aber zwischenzeitlich bin ich's ja gewöhnt. Ist schon der zweite Fall heute."

„Ist der nichts Besseres eingefallen?", philosophierte meine Frau und schüttelte dabei den Kopf.

„Hätte sie sich vor einen Kinderwagen werfen sollen?", fragte ich grinsend.

„Ach Schatz – du bist manchmal unmöglich." Es war Ruths Standardbemerkung, wenn sie etwas bei mir missbilligte.

Eilig schlang ich den Rest meines Essens hinunter, dann rief ich Gerhard Voss an. Er erzählte mir den Vorgang in allen Einzelheiten. Schließlich unterbrach ich ihn. „Sind die Angehörigen der Toten bereits informiert?"

„Ja natürlich. Den Ehemann von Sylvia Miller haben wir verständigt. Was uns allerdings verwundert hat: Er hat es – zumindest äußerlich – sehr gelassen aufgenommen."

„Wie – gelassen aufgenommen?"

„Dieser Martin Miller machte mir fast den Eindruck, als hätte er mit dem Tod seiner Frau gerechnet", meinte Voss.

Ich schüttelte den Kopf. „Geben Sie mir seine Adresse, bitte. Ich werde ihn heute Abend noch aufsuchen. Vielleicht weiß er ja etwas, was wir nicht wissen."

Der Kollege gab mir die Adresse. Ich bedankte mich, beendete das Gespräch und wählte die Nummer von Albert Mayer.

„Mayer."

„Hallo Albert, ich bin's. Tut mir leid, dass ich dich jetzt noch belästigen muss, aber ich brauche dich."

„Und wozu?"

„Wir haben schon wieder mal einen eigenartigen Selbstmordfall. Eben hat mich Steiner angerufen. Ich muss noch zu einer Vernehmung. Es ist zwar nicht unbedingt nötig, dass du mitkommst, aber ich hätte dich ganz gerne dabei."

„Das wäre dann schon Nummer zwei heute. Klar komme ich mit, keine Frage. Vier Ohren hören mehr als zwei. Wann und wo?"

„Am besten treffen wir uns in einer halben Stunde im Präsidium, ist dir das recht?"

„Okay, Chef – bis dann." Ich beendete das Gespräch, nahm meinen Mantel von der Garderobe und gab Ruth einen Kuss auf die Wange.

„Wird es lange dauern?" Etwas besorgt sah sie mich an.

„Nein, mein Schatz, ich glaube nicht. Ich werde bald wieder zurück sein. In zwei Stunden vermutlich", meinte ich und zog die Wohnungstür hinter mir zu.

Fast zeitgleich kamen wir im Präsidium an. Mein Kollege parkte seinen Wagen und setzte sich neben mich auf den Beifahrersitz. Er ließ das Fenster herunter, spuckte einen Kaugummi hinaus und fragte: „Wo fahren wir hin, Chef?"

„Nach Bergheim, in die Wellenburger Strasse 18", antwortete ich.

„Und wie ist das passiert?"

Während der Fahrt erzählte ich meinem Kollegen die Details soweit sie mir bekannt waren. Aufmerksam hörte er zu ohne mich zu unterbrechen. Schließlich meinte er: „Was hat der Fahrer des Wagens zu dem Fall ausgesagt?"

„Ich weiß es nicht. Aber wir werden ihn jetzt gleich noch vernehmen. Anscheinend ist der Herr etwas zu schnell gefahren – zumindest haben es einige Zeugen behauptet. Bremsspuren sind kaum sichtbar vorhanden – sein BMW hat mit ziemlicher Wahrscheinlichkeit ein Antiblockiersystem."

Wir bogen von der Hauptstrasse links ab und kamen auf eine schmale, abschüssige Strasse an ein wunderschönes weißes Haus, der Garten war sauber und gepflegt, das ganze Anwesen mit einer kleinen Tuja-Hecke umgrenzt. Wir läuteten. Eine männliche Stimme aus der Wechselsprechanlage fragte: „Ja bitte?"

„Hekli, Kriminalpolizei, Herr Miller?"

„Ja. Kommen Sie bitte herein." Der Türsummer ertönte, wir gingen zur Haustüre, wo uns Miller bereits erwartete. Nach einer knappen Begrüßung stellten wir uns kurz vor.

„Darf ich Ihnen etwas zu trinken anbieten, meine Herren?"

Wir verneinten beide. „Wir haben lediglich ein paar Fragen, Herr Miller. Zunächst einmal: Wann haben Sie ihre Frau zuletzt gesehen?", fragte ich.

„Das war heute Morgen kurz vor halb neun, als ich aus dem Haus ging."

„Was glauben Sie: War sie selbstmordgefährdet? Das heißt: Hatte sie einen Grund? Ein Motiv? War sie depressiv oder gab es Probleme? Wollte sie sich schon öfter das Leben nehmen?"

„Nein, Herr Kommissar. Und was unsere Ehe betrifft, unser Verhältnis war in Ordnung. Ich habe meine Frau sehr geliebt. Sylvia und ich haben heute Nachmittag sogar noch telefoniert, weil ich mich wunderte, wieso sie nicht zu Hause war. Ich rief sie auf ihrem Handy an, sie war nicht anders als sonst auch."

„Wann war das?"

„Das muss so kurz vor 18 Uhr gewesen sein." Eine kurze Pause entstand. „Nein – ich glaube eher, dass es ein Unfall war", meinte er unvermittelt und schüttelte den Kopf.

„War es nicht, Herr Miller. Laut Polizeibericht und Zeugenaussagen hat sich ihre Frau absichtlich vor den Wagen geworfen – und zwar so schnell, dass der Fahrer kaum mehr eine Chance hatte, zu bremsen oder auszuweichen. Eine andere Frage: Sagt Ihnen der Name Paul Berger etwas?"

„Nein, überhaupt nicht. Ich habe den Namen noch nie gehört." Dann fragte er: „Sind Sie sicher, dass es ein Selbstmord war, Herr Kommissar?"

„Ja. Alle Indizien sprechen dafür."

„Tja ...", meinte er leise und sah zu Boden, „... heute war ihr Tag."

„Wie bitte? Was meinen Sie damit: Heute war ihr Tag?", fragte Albert. Wir sahen uns erstaunt an.

„Heute war ihr Tag", antwortete Miller gedankenversunken und ohne irgendeine sichtbare Gefühlsregung.

Ich schüttelte den Kopf. „Und wie kommen Sie zu diesem Schluss?"

Martin Miller sah mich an, sein Blick war starr und schien durch mich hindurch zu gehen, dann meinte er leise: „Ich weiß es nicht – aber eines weiß ich: Heute war ihr Tag."

Wir hatten uns schnell von Martin Miller verabschiedet, waren nun unterwegs zu Bernd Uskureit und saßen ein paar Minuten schweigend im Wagen, bis Albert zögernd meinte: „Sag mal Boss, bin ich jetzt blöd oder die anderen?

„Da gebe ich kein Urteil ab", entgegnete ich grinsend, aber eines weiß ich: Diese Aussage war die gleiche wie die von Johanna Berger. Sehr mysteriös, das Ganze."

„Heute war ihr Tag", sinnierte Mayer laut und schüttelte langsam den Kopf. „Das kann doch kein Zufall sein, dass zwei von einander unabhängige Menschen, die sich angeblich nicht kennen, in der fast identischen Situation genau das Gleiche sagen – mit fast übereinstimmenden Reaktionen."

„Es ist auch keiner, Albert. Es muss da irgendwie einen Zusammenhang geben. Das sagt mir mein Gefühl."

„Tja – aber welchen?"

„Ich weiß es nicht. Es waren beides zweifelsfrei Selbstmorde, soviel ist sicher. Dazu kommt, dass sich Millers und Bergers nicht kennen. Also gibt es da anscheinend keine Verbindung. Auch das Verhalten von Miller ist etwas apathisch, wie mir scheint. Er war genauso cool wie Johanna Berger – obwohl er nach eigenen Angaben seine Frau sehr geliebt hat. In so einem Fall müsste der Mann doch fast zusammenbrechen."

„Stimmt Chef, das ist mir auch aufgefallen. Und keine Spur von Trauer, nur Gleichgültigkeit. Oder so etwas wie Resignation. Das ist absolut keine natürliche menschliche Reaktion."

„Sicher nicht."

Mayer kratzte sich an der Stirn und murmelte: „Wenn die Kuh am Himmel schwirrt, hat sich die Natur geirrt."

„Was hast du gesagt?"

„Ach nichts, nur so eine dumme Bauernregel. Ich meinte damit lediglich, dass mir die fast identischen Reaktionen der beiden sehr unnatürlich vorkommen."

„Unnatürlich? Ich würde eher sagen, sie reagieren wie Maschinen."

„Sag mal, wo fahren wir eigentlich hin?", fragte mein Kollege unvermittelt.

„Richtung Rosenau-Stadion. Bernd Uskureit wohnt in der Thelott-Strasse."

Es war schon nach 21 Uhr, als wir am Ziel angekommen waren, einem älteren, bräunlich-schmutzigem Jugendstil-Mietshaus. Die Haustüre stand noch offen. An einer Wohnungstüre in der zweiten Etage sahen wir ein Messingschild mit dem Namen Bernd Uskureit. Wir läuteten, kurze Zeit später wurde die Türe geöffnet, vor uns stand ein jüngerer, dunkelblonder Mann im Alter von etwa 35 Jahren, seine Haare hingen ihm etwas wirr in der Stirn, er trug ein blaues T-Shirt und eine graue Tweed-Hose.

„Herr Uskureit? Bernd Uskureit?", fragte ich.

„Ja. Sie wünschen?"

„Hekli, Kriminalpolizei." Ich deutete auf meinen Kollegen. „Und das ist mein Assistent, Albert Mayer. Entschuldigen Sie unseren späten Besuch, aber es ist wichtig. Wir kommen wegen des Unfalls heute Nachmittag."

„Bitte, selbstverständlich, kommen Sie herein."

Er führte uns ins Wohnzimmer und meinte etwas verschüchtert: „Nehmen Sie Platz, bitte. Weshalb kommt die Kriminalpolizei wegen eines Verkehrsunfalls?"

„Die Frage ist berechtigt, Herr Uskureit. Aber wir vermuten, dass hier besondere Umstände im Spiel sind", entgegnete ich und fuhr fort: „Aber nun erzählen Sie uns bitte mal genau den Hergang des Unfalls. Für uns sind auch Details wichtig."

„Sie werden verstehen, dass ich noch etwas geschockt bin, meine Herren."

„Sicher verstehen wir das – man fährt ja auch nicht jeden Tag eine Frau tot", bemerkte Mayer etwas bissig.

Uskureit sah betroffen zu Boden. „Ich habe das nicht gewollt. Es war ein Unfall. Ich bin fix und fertig, das können Sie mir glauben", murmelte er.

Ich warf meinem Kollegen einen strengen Blick zu. Durch unsere lange Zusammenarbeit wusste er genau, was das bedeuteten sollte, nämlich: Halt den Ball flach Junge, der Mann ist schon gestraft genug...

„Dann erzählen Sie uns doch mal, wie es passiert ist", forderte ich den jungen Mann auf.

„Na ja", begann er zögernd, „viel kann ich dazu gar nicht sagen, es ging alles so schnell. Ich wollte zu einem Geschäftstermin und fuhr am Rathausplatz entlang, als ich aus den Augenwinkeln einen Schatten sah. Ich hörte einen dumpfen Schlag und dann lag die Frau auch schon blutüberströmt auf der anderen Straßenseite. Ich hatte überhaupt keine Chance, auszuweichen. Sie lief mir so plötzlich ins Auto, dass ich nur einen Schatten sah. Ich habe anschließend sofort Polizei und Notarzt verständigt."

„Wie schnell sind Sie denn gefahren?"

„Zu schnell, ich weiß. Ich war in Eile, weil ich mich bei einem Geschäftstermin verspätet hatte. Ich nehme an, ich bin so gut um die fünfzig rum gefahren. Das habe ich gegenüber der Polizei auch zugegeben.“ Schuldbewusst sah er wieder zu Boden.

„Der Rathausplatz ist in der Innenstadt, ziemlich belebt und da ist Tempo dreißig angesagt“, bemerkte Mayer.

„Ich weiß, ja. Wäre ich vorschriftsmäßig gefahren, würde diese Frau vielleicht noch leben.“ Mit feuchten Augen sah er auf die Seite. Seine Hände, die schlaff an den Armen hingen, zitterten leicht. Ich empfand Mitleid mit dem Mann – und trotz der unangenehmen Umstände sogar Sympathie, seine Ehrlichkeit imponierte mir.

„Das könnte sein, Herr Uskureit. Aber vielleicht sind Sie an dem Unfall gar nicht allein schuld“, erwiderte ich in der Absicht, die Sache etwas abzumildern und ihn zu trösten.

„Wie meinen Sie das?“ Er fuhr sich mit der Hand über das Gesicht und sah mich überrascht an.

„Es besteht nämlich der Verdacht, dass sich die Frau absichtlich vor Ihren Wagen geworfen hat.“

„Absichtlich?? Wie kommen Sie denn darauf? Wer läuft denn schon absichtlich vor ein Auto?“

„Wir haben den Verdacht, Sylvia Miller hat auf diese Weise Selbstmord verübt. Die Kollegen haben den Unfall rekonstruiert, es gibt Zeugen, die gesehen haben, dass die Frau am Straßenrand gewartet hat und erst loslief, als Sie mit Ihrem Wagen nur noch etwa drei Meter von ihr entfernt waren. Sie muss Ihren Wagen also bemerkt haben und hat die Gelegenheit benutzt, um sich mittels Ihres Autos ins Jenseits zu befördern. Das sieht fast nach selbstmörderischer Absicht aus. Die Zeugenaussagen diesbezüglich decken sich – und auch, was Ihr überhöhtes Tempo betrifft. Aber selbst dann, wenn Sie vorschriftsmäßig gefahren wären, hätten Sie vermutlich keine Chance gehabt, auszuweichen. So schnell kann kaum ein Mensch reagieren. Es hätte jeden anderen Autofahrer also auch treffen können."

„Vielleicht stand sie auf BMWs."

Diese staubtrockene Bemerkung war wieder einmal typisch für meinen Kollegen und in dieser Situation völlig unangebracht, aber so war er eben nun einmal. Ich quittierte seine Äußerung mit einem strafenden Blick und fuhr fort: „Nun ja – aber Sie haben dennoch eine Teilschuld, das ist Ihnen hoffentlich bewusst?"

„Ist mir durchaus klar", stammelte Uskureit, „aber wer rechnet schon damit, dass ihm eine erwachsene Frau ins Auto springt? Bei Kindern und alten Leuten, na gut, aber hier ... Egal, ob Schuld oder Teilschuld, Haarspaltereien können wir uns sparen, denke ich. Fakt ist, dass ich einen Menschen getötet habe."

„Na ja, sagen wir's mal so: An der Tagesordnung ist so etwas nicht. Trotzdem werden Sie mit aller Wahrscheinlichkeit mit einem Verfahren rechnen müssen."

„Ich weiß." Er nickte. „Aber davon wird die Frau auch nicht wieder lebendig und ich mache mir die größten Vorwürfe. Doch wenn sie es absichtlich getan haben sollte, dann weshalb?"

„Das wissen wir auch nicht, Herr Uskureit", antwortete ich wahrheitsgemäß und stand auf. „Dazu müssen wir noch einige Nachforschungen anstellen." Ich drückte ihm die Hand, er begleitete uns zur Wohnungstüre.

„Versuchen Sie, etwas zu schlafen", meinte ich beim Hinausgehen.

„Das wird schwierig werden, glaube ich ..." Er schüttelte den Kopf. „... Und wenn, dann träume ich vermutlich schlecht."

„Was hältst du von dem Ganzen, Albert?", fragte ich meinen Kollegen, als wir wieder im Wagen saßen und in Richtung Präsidium fuhren.

„Ich weiß nicht so richtig, Chef – muss mir das alles erst mal durch den Kopf gehen lassen. Dieser Uskureit hat Pech gehabt und ich denke, du hattest Recht, als du sagtest, dass so etwas jedem anderen Autofahrer auch hätte passieren können. Er nimmt es wirklich tragisch. Ich hatte den Eindruck, die Sache bewegt ihn weit mehr als den Ehemann der Toten."

„Ja – das ist verwunderlich."

„Außerdem: Weißt du, was noch verwunderlich ist? Der werte Göttergatte der Verblichenen hat sich nicht mal so richtig interessiert, wie das eigentlich genau passiert ist und wer der Fahrer des Wagens war. Ist doch eigenartig! Normalerweise müsste er doch einen enormen Zorn auf den Mann haben, der seine Frau überfahren hat, selbst wenn er nicht allein an ihrem Tod schuld ist. Martin Miller fragte jedoch lediglich, ob es tatsächlich ein Selbstmord war."

„Beide Fälle sind eigenartig, Albert. Aber lassen wir's. Momentan kommen wir sowieso nicht weiter und zerbrechen uns die Köpfe umsonst. Zudem handelt es sich bei beiden erwiesenermaßen um Selbstmordfälle, also eigentlich nicht unser Film. Und wer weiß, vielleicht war es ja wirklich ein Zufall – auch wenn ich es nicht so recht glauben will."

Wenn ich ehrlich war, gingen mir die beiden Fälle gewaltig auf den Nerv und ich hatte die Schnauze gestrichen voll von Selbstmördern und solche, die es werden wollten...

Ich steuerte den Wagen durch die Toreinfahrt des Präsidiums und parkte den Wagen.

„Okay Albert, alles klar, danke dir für deine Hilfe. Du kannst nach Hause fahren."

„Und du, was machst du noch?

„Ich gehe noch mal hoch ins Büro und schreibe den Bericht, damit ich mich morgen nicht mit der Sache aufhalten muss – ich möchte den Mist so schnell als möglich abhaken."

„Gut, wenn du meinst", entgegnete mein Kollege, „aber mach nicht zu lange, hm? Deine Frau wird's dir danken."

Ich grinste. „Ruth schläft sicher schon – trotzdem danke für den Tipp. Ich schätze, in einer Stunde bin ich zu Hause."

Wir verabschiedeten uns, ich ging in mein Büro und fing an, meinen Bericht zu schreiben.

7

Erbarmungslos brannte die Sonne vom wolkenlosen Himmel. Die Luft war flirrend heiß, um mich herum nichts als Sand – endloser, gelber, glühend heißer Sand. Schon längst hatte ich die Orientierung verloren und verließ mich auf mein Kamel, das gleichmäßig majestätisch dahin schritt und mich schaukelnd an ein mir unbekanntes Ziel bringen wollte.

Ich weiß nicht, wie lange ich so geritten war, als in der Ferne plötzlich ein Berg auftauchte, der langsam, aber stetig immer größer wurde. Nach einiger Zeit hatten wir ihn erreicht, mein Kamel blieb stehen, ging in die Knie und ich stieg ab.

Erstaunt ging ich auf den Berg zu. Was mich wunderte, war die Tatsache, dass die Wände des Berges glatt und abgestuft waren. Langsam begriff ich: Das, was ich hier vor mir sah, war eine Pyramide...

Doch wo war ich? Bevor ich mich mit dieser Frage weiter beschäftigen konnte, bemerkte ich, dass mein Kamel verschwunden war. Weit und breit keine Spur von meinem Wüstenschiff, das mich so brav hier her getragen hatte. Panik kroch in mir hoch und plötzlich verspürte ich brennenden Durst. Als ich mich wieder etwas beruhigt hatte, betastete ich die Wand der Pyramide und wunderte mich: Die Steine fühlten sich glatt an, beinahe so, als wären sie geschliffen worden, sie waren kühl; ich empfand diese Kühle als wohltuend und lehnte mich mit dem Rücken an die Wand.

Ich weiß nicht, wie lange ich so dagestanden war, als mein Blick nach links auf eine große, dunkle Öffnung in der Wand fiel. Neugierig geworden, ging ich langsam darauf zu. Aus etwa zehn Meter Entfernung konnte ich feststellen, dass es sich um ein großes metallenes Tor handelte, etwa drei Meter hoch und zwei Meter breit, mit zwei schwarzen, eisernen Flügeltüren. Schließlich versuchte ich, die Tür zu öffnen, was mir mühelos gelang – und ich wunderte mich, weshalb sie nicht verschlossen war. Der dahinter liegende Raum, den ich nun betrat, war von einem eigenartigen Licht erfüllt, ein grünliches, diffuses, phosphoreszierendes Licht, das mir unheimlich vorkam. Es schien aus den Wänden zu kommen und erleuchtete notdürftig eine schmale Steintreppe aus weißem Marmor, die steil nach unten führte.

Ich zögerte und überlegte ein paar Sekunden, ob ich die Treppe nach unten gehen sollte. Doch schließlich siegte die Neugierde. Vorsichtig und mit einem etwas mulmigen Gefühl stieg ich bedächtig die Stufen hinunter, sie erschienen mir fast endlos und schließlich fand ich mich in einem großen Saal wieder, dessen Wände ebenfalls bis zur Decke mit weißem Marmor getäfelt waren. Genau in der Mitte des Saales, auf einem Marmorsockel, stand ein schwarzer Sarkophag, der mit einer schweren Steinplatte verschlossen war. Auch hier war alles in dieses merkwürdige, grüne Licht getaucht.

Es muss so etwas sein wie eine Grabkammer, dachte ich. Langsam und sehr vorsichtig ging ich auf den steinernen Sarg zu. Auf der Steinplatte befand sich eine goldene Inschrift. Die Schrift kam mir im ersten Moment unbekannt und fremdartig vor – und ich wunderte mich, dass ich sie mühelos entziffern konnte. Sie lautete:

Wer jemals meine Ruhe stört, dessen Haare sollen grau werden wie Asche, die Zähne schwarz wie Ruß, und die Schwingen des Todes sollen ihn erschlagen...

Ich schüttelte den Kopf. „Wer immer du bist, wer will hier in dieser gottverlassenen Gegend schon deine Ruhe stören?“, hörte ich mich fragen.

„Du! Du störst meine Ruhe!“ Eine tiefe, hohle, furchteinflößende Stimme hallte laut durch den Raum. Mir war nicht klar, woher sie kam, doch ich bemerkte, wie sich die schwere Steinplatte auf dem Sarkophag langsam auf einer Seite anhob. Ich erschrak heftig, zuckte zusammen, das Gefühl des Entsetzens überkam mich wie ein eisiger Hagelschauer; ich drehte mich um und rannte los – in Richtung Treppe, hastete die Stufen hinauf, als würde mich der Leibhaftige verfolgen, erreichte endlich das schwarze Tor, öffnete es und stand jäh im blendend weißen Sonnenlicht. Meine Augen schmerzten. Erschöpft ließ ich mich in den heißen Sand fallen und mir wurde bewusst, dass ich am ganzen Körper wie Espenlaub zitterte, mir kam es fast so vor, als würde mich jemand schütteln...

Als ich aufwachte, stand Albert Mayer neben mir und rüttelte an meiner Schulter. Schlaftrunken und völlig verständnislos sah ich ihn an. Mich fröstelte.

„Was machst du denn hier?“, fragte ich.

„Es ist vier Uhr morgens, Chef. Deine Frau hat mich vor einer halben Stunde angerufen, weil du noch nicht zu Hause warst. Sie hat sich natürlich Sorgen gemacht und mich gebeten, nach dir zu sehen.“ Mayer schüttelte den Kopf. „Jetzt aber marsch, ich bringe dich nach Hause.“

„Ich muss über dem Bericht eingeschlafen sein“, antwortete ich, immer noch etwas benommen.

„Du übertreibst manchmal gewaltig, weißt du das?“ Alberts Stimme klang etwas vorwurfsvoll. „Außerdem war der Bericht nicht so eilig. Den hättest du auch morgen im Lauf des Tages noch schreiben können.“

„Ist ja schon gut, du hast Recht“, brummte ich missmutig, stand langsam auf und zog mein Sakko an. „Gehen wir.“

Schweigend fuhren wir durch die fast menschenleere Stadt. Als wir schließlich vor meiner Haustüre standen, meinte Mayer: „Ich nehme mal an, du kommst morgen etwas später?“

„Ich komme heute etwas später, Albert – gegen Mittag, schätze ich – falls jemand nach mir fragen sollte. Und danke fürs Wecken.“ Ich grinste ihn schräg an.

„Gut, ich halte dann vormittags die Stellung. Bis dann.“

Als ich die Wohnung betrat, saß Ruth im Morgenmantel im Wohnzimmer und las. Sie sah von ihrem Buch auf, klappte es zu und legte es zur Seite. „Gott sei Dank, da bist du ja! Ich habe mir schon große Sorgen gemacht.“ Ich sah ihr die Erleichterung an.

„Ich bin während der Arbeit eingeschlafen – ist bei einem Beamten völlig normal“, entgegnete ich und grinste etwas dümmlich.

„Manchmal übertreibst du es wirklich, Josef", meinte sie in mütterlich-strengem Ton.

„Kommt mir bekannt vor, das hat mir vor kurzem schon jemand gesagt. Aber deshalb hättest du doch nicht gleich Albert Mayer alarmieren müssen. Mir passiert schon nichts."

„Weiß man's?"

„Stimmt. Mir wollte vorhin schon wieder mal einer ans Leder."

„Was??" Ruth sah mich erschrocken an.

„Keine Angst, nur im Traum, meine Liebe – nur im Traum..."

8

Nachdem ich ausgiebig gefrühstückt und die Tageszeitung studiert hatte, machte ich mich langsam und sehr gemächlich auf den Weg ins Präsidium. Draußen schien die Sonne, für die Jahreszeit war es angenehm warm und wenn ich ehrlich war, so musste ich mir eingestehen, dass ich für die Arbeit eigentlich nicht so richtig Lust verspürte – ich empfand sie heute eher als Pflicht denn als Kür. Da ich keine Eile hatte, beschloss ich, den Wagen stehen zu lassen und zu Fuß zu gehen. Dabei nahm ich einen kleinen Umweg über die Innenstadt. An einem Straßencafé kam ich schließlich auf die Idee, mir ein zweites Frühstück zu gönnen.

Ich ging hinein und setzte mich in die Sonne, bestellte mir eine Tasse Cappuccino und wollte mir gerade genüsslich eine Zigarette anzünden, als sich mein Handy meldete. Mayer war dran.

„Hallo Chef, guten Morgen. Schon ausgeschlafen?"

„Aber klar, Albert. Was gibt's?"

„Bis wann kannst du da sein?", wollte mein Assistent wissen.

„In ungefähr einer halben Stunde. Warum fragst du?"

„Steiner hat schon nach dir gefragt. Ich habe ihm aber erklärt, weshalb du heute später kommst. Das ist aber nicht der Hauptgrund meines Anrufs. Wir haben einen Mord im Ortsteil Oberhausen. Vor zwanzig Minuten wurde ich von den Kollegen verständigt. Soll ich mir die Sache alleine ansehen oder gehst du mit? Die Spurensicherung ist auch schon unterwegs."

„Brauchst du mich unbedingt?"

„Unbedingt nicht, aber mir wäre es lieber, du wärst dabei. Oberhausen ist das Türkenviertel und du weißt, dass ..."

„... du dich alleine fürchtest", flachste ich. „Natürlich gehe ich mit. Allerdings bin ich momentan in der Innenstadt und zu Fuß unterwegs. Das Wetter ist so herrlich, fast frühlingshaft, ich habe den Wagen stehen lassen. Du könntest mich aber abholen."

„Wo bist du denn genau?"

„Momentan sitze ich im Cafe Bertele am Rathausplatz in der Fußgängerzone. Ich wäre jetzt anschließend ins Präsidium marschiert. Wir treffen uns am besten am Stadttheater, ich laufe das Stück." Ich sah auf meine Armbanduhr. „Ich beeile mich. In zirka zwanzig Minuten bin ich da, ok?"

„Alles klar, bis gleich."

Ich steckte das Handy zurück in die Brusttasche, zündete mir meine Zigarette an, trank gemächlich meinen Cappuccino aus, winkte die Serviererin an den Tisch, bezahlte und schlenderte anschließend ohne Eile in Richtung Stadttheater. Als ich dort angekommen war, stellte ich mich in bester Anhalter-Manier an den Straßenrand. Es vergingen keine drei Minuten, als Albert Mayer um die Ecke bog. Er hielt kurz an, ich stieg ein.

„Was ist denn genau passiert?", fragte ich.

„Eine Messerstecherei in einer türkischen Familie. Die Nachbarn haben uns verständigt, weil es ziemlich lautstark zuging."

„Bei denen sitzt das Messer immer ziemlich locker", brummte ich. „Die sollten sich auch mal was anderes einfallen lassen. Wie heißen die Leute?"

„Es handelt sich um eine Familie Ülcan. Wohnen in der Grafstrasse 9."

„Das ist doch direkt gegenüber vom Oberhauser Bahnhof, oder?"

„Stimmt."

„Dann erinnere mich bitte anschließend, dass ich nach der Vernehmung bei der Bahnhofsbuchhandlung vorbeischaue, ich muss dem alten Wintergerst mal wieder einen Besuch abstatten."

„Wintergerst? Wer ist das denn?", fragte mein Kollege.

„Der Inhaber der Bahnhofsbuchhandlung. Ein alter Freund von mir."

„Ach so."

Zwischenzeitlich waren wir angekommen. Vor dem Haus standen bereits der Notarztwagen sowie zwei Funkstreifen. Am Eingang kam uns ein Kollege in Uniform entgegen und wollte unsere Ausweise kontrollieren. Ich stellte mich und meinen Assistenten kurz vor.

"Wo ist es?", fragte ich den Streifenbeamten knapp.

„Im ersten Stock rechts", kam die Antwort.

Wir stiegen die schmutzige braungraue Treppe nach oben, im Treppenhaus roch es muffig, der Anstrich der Wände musste gut und gern zwanzig Jahre alt sein, die Farbe, die teilweise bereits abblätterte, war kaum mehr zu definieren. Insgesamt machte das Haus einen sehr ungepflegten Eindruck. In der ersten Etage stand die Wohnungstüre weit offen, einige schaulustige Nachbarn versperrten uns den Weg, die Leute im Treppenhaus redeten aufgeregt durcheinander und erst, nachdem wir die Gaffer gebeten hatten, den Weg frei zu geben, konnten wir die Wohnung betreten.

Am Küchenboden lag ein junger Mann, er mochte so um die fünfundzwanzig Jahre alt sein, blutüberströmt, ein großes Fleischermesser steckte in seiner Magengrube, er war tot. Eine ältere, beleibte Frau mit Kopftuch stand mit verquollenem, verweintem Gesicht neben der Leiche und jammerte unaufhörlich und sehr lautstark in türkischer Sprache; auf einem Küchenstuhl saß wie ein Häufchen Elend zusammengekauert ein älterer graubärtiger Mann, den Blick schweigend und starr auf den Boden gerichtet.

Der Notarzt war gerade dabei, die Leiche zu untersuchen. Nachdem ich mich und meinen Assistenten kurz vorgestellt hatte, fragte ich: „Wie lange ist er schon tot?"

„Höchstens eine Stunde", antwortete der Arzt. „Er hat sich selbst erstochen."

„Was? Er hat sich selbst erstochen? Harakiri sozusagen?" Man glaubt ja gar nicht, zu was alles Menschen fähig sind, schoss es mir durch den Kopf.

„Ja, es besteht kaum ein Zweifel, Kommissar. Er hat sich das Messer selbst in den Bauch gerammt. Da sind sich auch Ihre Kollegen von der Spurensicherung einig."

Ich warf Mayer einen fragenden Blick zu. Dann meinte ich: „Du hast doch gesagt, es wäre ein Mord."

„Das war das, was mir der Kollege von der Funkstreife erzählt hat, ja", brummte mein Kollege.

„Sind Sie Herr Ülcan?", wollte ich von dem schweigsamen Alten wissen.

Er nickte. „Ich Ülcan Ahmet. Vater von tote Sohn."

Zwischenzeitlich begann die Frau, erneut laut zu wehklagen. Ich winkte einen Streifenkollegen heran. „Bringen Sie die Frau bitte in einen anderen Raum, wir vernehmen sie anschließend“, befahl ich. Behutsam nahm ein Kollege die Frau am Arm und führte sie weg.

„Nun, Herr Ülcan, jetzt erzählen Sie mal, wie das passiert ist.“

Der Mann sah mich mit traurigen Augen an. „War mein einziges Sohn – jetzt tot.“

„Ja, ich kann sie gut verstehen, Herr Ülcan, und mir tut es leid – aber jetzt erzählen Sie uns bitte, wie das passiert ist.“

„Gencal von Nachtschicht kommen, sich hinlegen – schlafen.“

„Und weiter?“

„Nach zwei Stunden Gencal aufstehen, in Küche gehen und Essen machen.“

„Aha. Und?“

„Dann Telefon klingeln, Gencal Hörer abnehmen.“

„Mit wem hat er telefoniert? Haben Sie das mitbekommen?“

„Nix geredet – nur Telefonhörer gehalten und nix sagen.“

„Mit wem hat er geredet?“, wiederholte ich meine Frage.

„Nix wissen.“ Der alte Mann schüttelte langsam den Kopf. Ich hatte den Eindruck, dass er das, was er erlebt hatte, überhaupt noch nicht richtig begreifen konnte.

„Wie lange ging das Gespräch, Herr Ülcan?“

„Nix lang – halbe Minute vielleicht. Gencal nix geredet, nur gehört, dann Hörer auflegen.“

„Gut. Und was ist weiter passiert?“

„Er plötzlich gewesen ganz komisch, Gesicht ist geworden ganz bleich – komisch geguckt – nix reden.“

„Aha. Und was geschah weiter?"

„Güncal gehen an Schublade, wo ist Messer drinne und nehmen großes Messer. Ich fragen Güncal: Was machst du? Er aber nix antworten, nur komisch gucken, sich einfach stechen Messer in Bauch, patsch, umfallen, alles mit Blut. Er liegen auf Boden, ich Angst, beugen mich über ihn, fragen, warum du machen solche Scheiße?"

„Ja, und? Hat er etwas gesagt?"

„Er leise sagen: Ist mein Tag heute. Dann tot. Ich schreien, Angst, verstehn? Rüber gehen zu Nachbar, Hilfe holen und Nachbar Polizei rufen."

Ich war überrascht. Zudem hatte ich noch nie im Leben einen derart kurzen Bericht über einen Selbstmord bekommen. Ich schüttelte den Kopf und warf Albert einen vielsagenden Blick zu.

„War ihre Frau auch anwesend?", wollte mein Kollege wissen.

„Nein, Frau nix da, Frau einkaufen. Erst kommen, wie Sohn tot. Sehen, und jetzt immer weinen. Sehr traurig. War einziges Sohn."

„Es tut mir sehr leid, Herr Ülcan. Ich weiß, es ist ein schwerer Verlust für Sie." Nach einer kurzen Pause fuhr ich fort: „Momentan habe ich keine weiteren Fragen, aber falls noch welche auftauchen sollen, wo können wir Sie erreichen?"

„Ahmet immer da, nix Arbeit, arbeitslos."

„Die Vernehmung der Frau können wir uns schenken", brummte mein Kollege.

Ich nickte und vergewisserte mich noch mal bei einem Kollegen von der Spurensicherung. „Ist es sicher, dass sich der Mann selbst erstochen hat?"

„Ziemlich sicher, Kommissar. Aber genau wissen wir es erst nach der Obduktion, doch so wie sich der Fall momentan darstellt, scheint es keine Fremdeinwirkung zu geben. Er hat sich den Stich mit hoher Wahrscheinlichkeit selbst zugefügt.

„Lassen Sie mir bitte den Obduktionsbericht so schnell wie möglich zukommen, ja?“

„Selbstverständlich, Kommissar.“

Mein Kollege und ich verabschiedeten uns kurz und verließen das Haus. Aufgrund der Tatsachen, die uns bis jetzt bekannt waren, wurden wir beide sehr nachdenklich. Mein Gefühl sagte mir, dass bei all diesen Selbstmorden etwas nicht ganz stimmig war. Und ganz sicher waren sie kein Zufall. Das sah nach einer Serie aus.

„Gehen wir noch schnell rüber zum Oberhauser Bahnhof. Wintergerst soll uns mal eine Tasse Kaffee spendieren.“

Albert nickte zustimmend. „Was hältst du von der Geschichte, Chef?“

„Ich weiß es nicht, Albert – das muss sich alles erst mal setzen. Ich muss nachdenken. Eigenartig ist jedenfalls, dass wir nun innerhalb von zwei Tagen drei Selbstmorde haben. Und immer wieder höre ich die Äußerung: Heute ist sein Tag – in diesem Fall sagte der junge Mann, heute sei sein Tag ...“

Mein Kollege sah mich mit zusammengekniffen Augen an und meinte leise: „Langsam kommt mir das alles sehr unheimlich vor, Chef – und an Zufall glaube ich schon gleich gar nicht mehr ...“

„Da sind wir uns wieder mal einig“, knurrte ich.

9

Wir saßen an der Kaffeetheke des Oberhauser Bahnhofs. Rainer Wintergerst, der Inhaber der Bahnhofsbuchhandlung, kam freudestrahlend auf mich zu.

„Ja der alte Hekli! Was treibt dich denn in mein Revier? Da freue ich mich aber!“, rief er überschwänglich. Er war wie immer in Eile und sehr hektisch.

Wir begrüßten uns herzlich wie alte Freunde, ich stellte meinen Assistenten mit knappen Worten vor.

„Ein etwas mysteriöser Selbstmord in der Nachbarschaft, das treibt mich her.“

„Wäre ein guter Buchtitel – du solltest Kriminalromane schreiben“, meinte Wintergerst lachend.

„Wenn man davon ausgeht, was ich in meinem Beruf schon alles erlebt habe, könnte ich das sicher, aber ich kann nicht schreiben. Ich werde das auf meine alten Tage auch nicht mehr lernen und bin froh, wenn ich meine Berichte einigermaßen ordentlich hinbekomme.“ Lächelnd schüttelte ich den Kopf.

„Was ist denn genau passiert?“ Wintergerst sah mich gespannt an.

„Darüber darf ich dir momentan keine Auskunft geben, Rainer. Es ist eine laufende Ermittlung. Du kannst aber morgen in der Zeitung darüber lesen, denke ich.“

„Ok, verstehe, Berufsgeheimnis ... Leider kommst du etwas ungünstig, ich bin in Eile und schon viel zu spät dran. Ich habe in einer Stunde einen Termin in München.

Aber ruf einfach vorher an, dann kann ich mir Zeit nehmen und wir plauschen ausgiebig."

„So kenne ich dich, du alter Hektiker", meinte ich grinsend.

„Der Kaffee geht übrigens auf Kosten des Hauses."

„Hab ich auch gar nicht anders erwartet", brummte ich und blinzelte ihn an.

Er verabschiedete sich eilig. Mayer hatte die ganze Zeit geschwiegen und zugehört. Doch jetzt, nachdem Wintergerst weg war, meinte er: „Der ist auch schon nahe am Herzinfarkt. Wenn der Gute so weiter macht, dann wird er nicht alt."

„Der kann nicht anders, er macht das schon seit Jahren so. Ich glaube sogar, der hat als Baby bereits seine Milchflasche nach der Stoppuhr ausgenuckelt."

Mein Kollege brachte das Thema wieder auf diese mysteriösen Selbstmorde. „Chef –", begann er und machte dann eine bedeutungsvolle Pause, „selbst auf die Gefahr hin, dass ich mich wiederhole: Ich bin fast sicher, dass bei all diesen Selbstmorden ein Zusammenhang besteht."

„Bravo, Albert – aber sei mir nicht böse bitte, wenn ich dir sage, dass man nicht gerade sehr viel an kriminalistischem Spürsinn benötigt, um das festzustellen", erwiderte ich leicht sarkastisch und fuhr fort: „Es ist ziemlich unwahrscheinlich, dass drei verschiedene Menschen unabhängig voneinander die gleiche Äußerung machen und sich noch dazu fast identisch verhalten. Die Frage, die zu klären wäre, ist lediglich: welcher Zusammenhang?"

„Da habe ich auch keine Idee, Chef. Vor allem schon deshalb nicht, weil sich die Leute untereinander nicht kennen. Es muss also eine andere Verbindung geben. Und was mich ebenfalls wundert: Der alte Ülcan hat uns erzählt, dass sein Sohn zuerst noch telefoniert hätte, wobei er uns leider nicht sagen konnte, mit wem. Aber jetzt frage ich mich: Wer telefoniert, legt den Hörer auf und sticht sich anschließend ohne zu zögern ein Fleischermesser in den Bauch?“

„Zugegebenermaßen ein etwas seltsames Verhalten – und außerdem tut das vermutlich sehr weh“, flachste ich.

„Mich würde interessieren, wer dieser Anrufer war.“

„Wer weiß, vielleicht seine Bank, weil er sein Konto überzogen hat? Die sind da heute schnell bei der Sache.“ Ich grinste.

„Ehrlich gesagt, glaube ich auch nicht, dass dieser Anruf etwas mit dem Tod des jungen Türken zu tun hat“, meinte Mayer, schüttelte bedächtig den Kopf und verzog den Mund zu einem schrägen Grinsen. „Außerdem wäre es ziemlich dämlich, sich wegen eines überzogenen Kontos mit einem Messer zu entleiben. Ich glaube, dann gäbe es vermutlich jeden Tag ein paar Millionen Tote.“

„Dann war's hundertprozentig das Finanzamt, die sind noch schlimmer als die Banken“, flachste ich weiter.

„Das meinst du doch jetzt nicht ernst oder?“

„Albert – nimm's um Gottes Willen nicht wörtlich, das war ein Scherzchen meinerseits.“

„Ach so – hatte ich ganz vergessen, dass du auch mal Scherzchen machst, Chef.“ Er lachte.

Wir tranken unseren Kaffee aus, stiegen anschließend ins Auto und waren gerade auf dem Weg ins Präsidium, als das Autotelefon klingelte. Ich hob den Hörer ab und meldete mich. Herbert Steiner war dran: „Hallo Hekli. Wo sind Sie gerade?“

„Wir waren eben in der Grafstrasse in Oberhausen und sind nun auf dem Weg ins Präsidium. Warum fragen Sie?“

„Vor ungefähr zwanzig Minuten wurden am Hotelturm zwei Leichen gefunden. Fahren Sie gleich mal hin und sehen Sie sich das an, ja?“

„Ok, machen wir, sind schon unterwegs.“ Ich legte den Hörer zurück in die Halterung. „Steiner war's. Fahr mal Richtung Göggingen, Albert. Angeblich liegen am Hotelturm zwei Leichen herum.“

„Ereignisreicher Tag heute, was? Eignet sich anscheinend prima zum Sterben“, brummte Mayer.

Nach kurzer Zeit waren wir am Ziel. Eine große Traube Schaulustiger hatte sich um den Platz geschart, an dem die beiden Toten lagen. Ein Notarzt war eben damit beschäftigt, die beiden Leichen zu untersuchen, zwei Sanitäter waren gerade mit Tragbahren im Anmarsch. Alles in allem ein grauenhafter Anblick, die beiden Toten lagen in einer großen Blutlache. Sie waren anscheinend Hand in Hand gesprungen, ihre Hände waren jetzt noch, im Tod, ineinander verkrampft.

„Hekli, Morddezernat und das ist mein Kollege Mayer“, stellte ich uns kurz vor. „Wie ist das passiert?“

„So wie es aussieht, sind beide vom Balkon gesprungen – und das auch noch aus ziemlicher Höhe. Bei denen wird wohl kein einziger Knochen mehr heil sein – von den inneren Blutungen ganz zu schweigen. Sie dürften auf der Stelle tot gewesen sein“, antwortete der Arzt.

„Wer hat die Leichen entdeckt?“, wollte Mayer wissen.

„Eine Frau hat beobachtet, wie die beiden gesprungen sind. Sie steht noch etwas unter Schock, aber ich glaube, sie ist vernehmungsfähig. Ein Sanitäter kümmert sich im Augenblick um sie. Gehen Sie mal rüber zu meinem Fahrzeug."

Im Notarztwagen lag eine ältere dickliche Frau, ich schätzte sie so um die Fünfzig. Sie lag auf einer Trage, war bleich wie ein frisch mit Persil gewaschenes Bettlaken und sichtlich aufgewühlt. Ein jüngerer Sanitäter stand neben ihr und sprach beruhigend auf sie ein. Ich stellte mich kurz vor und nahm den Mann behutsam zur Seite.

„Wie heißt die Frau?"

„Gudrun Lentinger. Sie sagt, sie habe alles beobachtet und ist fix und fertig", gab mir der junge Mann bereitwillig Auskunft.

„Kann ich mir vorstellen. Ist sie Ihrer Ansicht nach vernehmungsfähig?"

„Ich denke schon. Aber machen Sie's nicht zu lange, Herr Kommissar. Sie ist ziemlich geschockt. Der Vorfall hat sie außerordentlich mitgenommen."

Ich nickte, dann wandte ich mich der Frau zu, die völlig bleich auf der Trage lag. „Sie haben alles beobachtet?"

„Ja – es war entsetzlich." Ihre Stimme klang leise und etwas weinerlich.

„Können Sie mir sagen, was Sie gesehen haben, Frau Lentinger?"

„Es passierte vor etwa einer Stunde. Ich kam vom Wittelsbacher Park und ging in Richtung Hotelturm, als ich zufällig nach oben sah. Ich finde diesen Turm einfach potthässlich und ärgere mich immer wieder, wie man so etwas bauen kann."

„Da kann ich Ihnen nur beipflichten, Augsburg hat weit schönere Bauwerke als ausgerechnet diesen Hotelturm, der aussieht wie ein abgenagter Maiskolben“, entgegnete ich. „Und was ist dann passiert?“

Mit leiser, zitternder Stimme fuhr sie fort: „Ich bemerkte zwei Leute, die oben am Balkon standen. Plötzlich stiegen beide wie auf Kommando über die Brüstung, nahmen sich bei der Hand und sprangen – es ging alles wahnsinnig schnell. Dann sah ich nur noch, wie beide in die Tiefe fielen. Ich rannte, so schnell ich konnte, hier her und sah die beiden in einer Blutpfütze am Boden liegen – tot.“

„Erzählen Sie weiter“, ermunterte ich sie.

„Ich war völlig geschockt, lief wie in Trance in das Restaurant neben der Kongresshalle und erzählte den Vorfall einem Kellner, der sofort Polizei und Notarzt verständigte.“

„Können Sie mir sagen, aus welchem Stockwerk die beiden gesprungen sind?“

„Nein, aber es war ziemlich weit oben, das habe ich gesehen. Es müssen mindestens dreißig bis vierzig Meter gewesen sein.“

Ich verabschiedete mich von der Frau. Auf dem Rückweg zum Unglücksort informierte ich Mayer knapp, was ich eben erfahren hatte. Ich fragte einen Kollegen von der Spurensicherung: „Weiß man, wer die beiden sind?“

„Wir kennen bislang nur den Namen des Mannes, Kommissar. Es handelt sich um einen gewissen Manfred Gerstlauer. Er hatte seinen Personalausweis im Geldbeutel. Wer die Frau ist, wissen wir noch nicht.“

„Gut“, entgegnete ich, „wir sehen uns hier mal genauer um.“

„Lass uns eben mit den Leuten von der Hausverwaltung sprechen, Chef. Die müssen ja wissen, welche Leute im Haus leben und können uns sicher sagen, ob die beiden hier im Hotelturm gewohnt haben und wenn ja, in welchem Appartement", meinte mein Kollege.

„Albert – du bist einfach nur genial." Ich grinste ihn an.

„Tja – wie immer...", erwiderte mein Kollege und verzog dabei keine Miene.

In der geräumigen Eingangshalle des Gebäudes empfing uns ein Pförtner. Er saß hinter einem langen Tresen. „Was kann ich für Sie tun, meine Herren?", sprach er uns an.

Ich zückte meinen Dienstausweis. „Kriminalpolizei. Wo bitte, finde ich die Hausverwaltung?"

„Fahren Sie nach oben in die dritte Etage und folgen Sie dann den Schildern. Darf ich fragen, um was es geht?"

Der Portier schien mir ziemlich neugierig zu sein. Eine Spur zu neugierig. Dennoch gab ich Auskunft. „Da sind eben zwei Leute vom Balkon gesprungen."

„Mein Gott", entgegnete der Mann. Anscheinend hatte er noch gar nichts mitbekommen und war jetzt überrascht. „Schon wieder! Hört denn das nie auf! Ich weiß einfach nicht, weshalb die Leute ausgerechnet immer hier in den Tod springen!"

„Hatten Sie dieses zweifelhafte Vergnügen schon öfter?", fragte ich.

„Das passiert garantiert einmal im Jahr." Er schüttelte den Kopf.

„Nehmen Sie einen der Aufzüge", meinte er schließlich. Dabei kam er hinter seinem Tresen hervor, begleitete uns zu den Aufzügen und drückte einen Knopf. Kurze Zeit später öffneten sich die Türen, wir betraten den Lift.

„Wenden Sie sich an Frau Körbl, sie ist für die Mieter zuständig.“

Wir bedankten uns, fuhren nach oben, fanden problemlos den Eingang zur Hausverwaltung und läuteten. Eine Dame mittleren Alters öffnete. „Guten Tag, meine Herren. Was kann ich für Sie tun?“

„Hekli, Kriminalpolizei, wir möchten gerne zu Frau Körbl.“

„Kommen Sie herein. Ich sage ihr Bescheid, einen Moment bitte.“ Mit diesen Worten verschwand sie eilig hinter einer der zahlreichen Bürotüren.

Zwei Minuten später standen wir einer jüngeren, dunkelblonden Frau gegenüber, ich schätzte sie auf etwa dreißig Jahre, sie trug einen beigefarbenen Hosenanzug und machte einen sehr gepflegten Eindruck auf mich. „Martina Körbl, ich bin die Leiterin der Hausverwaltung“, stellte sie sich vor. „Wollte mal wieder einer das Fliegen probieren? Der Portier hat mich eben verständigt“, sprach sie uns an.

„Nein – zwischenzeitlich fliegen sie sogar paarweise“, brummte Mayer.

„Ja – das kommt leider öfter vor, wissen Sie. Voriges Jahr hatten wir auch so einen Fall. Fährt eine Frau – sie war noch dazu schwanger – hinauf in den 32. Stock, schlägt mit einem Hammer das Fenster ein und springt raus. Sie war noch ziemlich jung, gerade mal zwanzig Jahre alt. Wenn ich ehrlich bin, dann bewundere ich diese Leute auf eine gewisse Art, da gehört schon eine Menge Mut dazu.“

„Oder sehr viel Verzweiflung und Resignation“, meinte mein Assistent. „Wieso hat sie das Fenster mit einem Hammer eingeschlagen?“, wollte er wissen.

„Die Fenster in den oberen Etagen kann nur der Hausmeister öffnen – aus Sicherheitsgründen“, antwortete die Frau.

„Eine Frage, Frau Körbl: Wohnt ein gewisser Manfred Gerstlauer hier im Hotelturm?“, fragte ich.

„Auswendig weiß ich das nicht. Wir haben sehr viele Appartements hier, da kann ich nicht jeden Mieter persönlich oder mit Namen kennen – aber ich habe einen schlauen Computer. Ich sehe sofort nach. Kommen Sie bitte mit in mein Büro.“

Sie machte sich an der Computertastatur zu schaffen und stutze. „Gerstlauer wohnt hier. Wie war noch mal der Vorname?“

„Manfred.“

„Es handelt sich um ein Ehepaar, Manfred und Monika Gerstlauer. Wohnen seit etwa zwei Jahren hier im Hotelturm – im 28. Stock, Appartement Nummer 2833.“

„Haben Sie einen Schlüssel dafür? Wir würden uns die Räume gern mal ansehen.“

„Aber sicher. Moment bitte, ich hole ihn und begleite Sie.“ Martina Körbl verschwand in einem Büro und kam kurze Zeit später mit dem Schlüssel zurück. „Kommen Sie bitte mit.“

Wir betraten den Lift und fuhren in die 28. Etage. Die vielen Türen der verschiedenen Appartements konnten einen leicht verwirren.

„Hier könnte man leicht mal den Eingang verwechseln – besonders wenn man nicht mehr ganz nüchtern ist“, bemerkte mein Kollege.

„Ist alles schon mal da gewesen“, entgegnete die Hausverwalterin. „Sie glauben gar nicht, was in so einem riesigen Haus alles passiert – ich sollte bei Gelegenheit einen Roman drüber schreiben.“

„So etwas ähnliches hat heute auch schon jemand zu mir gesagt“, erwiderte ich.

Das Appartement bestand aus zwei großen sechseckigen Zimmern, das Wohnzimmer war sehr geräumig, die Balkontüre stand weit offen, ein etwas vergilbter Vorhang flatterte leise im Wind.

„Momentan brauchen wir Sie nicht, Frau Körbl. Wenn wir mit den Untersuchungen fertig sind, schließen wir ab und lassen die Eingangstüre versiegeln. Den Schlüssel behalten wir, bis der Fall für uns abgeschlossen ist.“

„Das geht in Ordnung. Und falls Sie noch Fragen haben – Sie wissen, wo Sie mich finden.“ Mit diesen Worten verließ sie das Appartement.

„Albert, geh mal nach unten und hol die Leute von der Spurensicherung rauf. Die sollen sich hier umsehen, vielleicht finden sie was, das uns weiter bringt.“

Mein Assistent nickte. „Bin schon unterwegs.“

Ich nutzte die Zeit und sah mich um, konnte allerdings nichts finden, was besonders auffällig gewesen wäre. Schließlich inspizierte ich den Balkon. Vorsichtig warf ich einen Blick über die Brüstung nach unten – und mir wurde fast übel. Das waren locker vierzig Meter, da gehört schon eine Menge dazu, hier einfach über das Balkongeländer zu steigen und sich in die Tiefe fallen zu lassen, dachte ich. Auch auf dem Balkon fand ich nichts, was meine Aufmerksamkeit sonderlich erregt hätte; so ging ich zurück ins Wohnzimmer.

Plötzlich kam mir irgend etwas eigenartig vor. Ich lauschte. Ein kaum hörbares, anfänglich undefinierbares

Geräusch drang an mein Ohr. Und da sah ich es: Das Telefon stand auf einem gläsernen Beistelltisch, der Hörer lag daneben, die Freisprechfunktion war aktiviert. Was ich gehört hatte, war das Besetztzeichen des Apparats gewesen.

Es läutete. Ich öffnete die Wohnungstüre, mein Kollege stapfte mit zwei Leuten von der Spurensicherung herein. „Sie haben doch hoffentlich nichts angerührt, Herr Kommissar?", meinte einer der Spurensicherungsmenschen und grinste mich frech an.

„Doch – ich habe zwischenzeitlich die gesamte Wohnung umgestellt, was denken Sie denn? Ich vernichte Beweise immer sofort."

Ich zog Albert Mayer zur Seite und deutete auf das Telefon. „Ich habe den Verdacht, das Telefon hat etwas damit zu tun", raunzte ich ihm ins Ohr.

„Wie kommst Du denn darauf?"

„Wie Du siehst, ist der Hörer nicht aufgelegt. Was also schließen wir daraus, werter Kollege? Die Leute könnten kurz vor ihrem Sturzflug noch telefoniert haben. Zudem ist die Freisprechanlage eingeschaltet, sie konnten also vermutlich beide hören, was der Anrufer gesagt hat."

Mayer pfiff leise durch die Zähne. „Hat nicht auch dieser Türke kurz vor seinem Tod noch telefoniert? Wir lassen den Anruf zurückverfolgen, Chef. Vielleicht ist das ein Anhaltspunkt. Und bei dieser Familie Ülcan sollten wir das auch tun."

Ich winkte einen Kollegen von der Spurensicherung zu mir. „Wie Sie sehen, ist der Telefonhörer nicht aufgelegt", sagte ich und fuhr fort: „Wir nehmen an, dass die Leute kurz vorher noch telefoniert haben. Wir müssen wissen, mit wem. Stellen Sie bitte fest, welcher Telefonanbieter zuständig ist und lassen Sie das letzte Gespräch zurückverfolgen. Sobald Sie was wissen, informieren Sie mich unverzüglich."

„Klar Kommissar, machen wir doch glatt."

„Dann können wir abdüsen, oder?", fragte Mayer.

„Können wir", antwortete ich und übergab einem der beiden Spurensicherungsmänner den Schlüssel. „Wenn Sie fertig sind, schließen Sie bitte ab und versiegeln anschließend die Eingangstüre. Geben Sie mir den Schlüssel danach wieder. Vielleicht brauchen wir ihn noch."

„Nehmen wir den schnellen Weg über den Balkon oder den Lift?", fragte Mayer und grinste.

„Albert – sei nicht so pietätlos!", rief ich und schüttelte den Kopf.

„Weißt du, Boss, der Job macht einen eben hart. Wenn man sich dabei nicht ein Quäntchen Humor bewahrt, wird man depressiv."

Und damit hatte er wieder einmal Recht.

10

Im Präsidium angekommen, holte ich mir sofort eine Tasse Kaffee aus dem Automaten und verzog mich damit unauffällig in mein Büro. Ich setzte mich an meinen Schreibtisch, fischte mir eine Zigarette aus der Packung, zündete sie an und sah den blauen Rauchwolken nach. Ich musste nachdenken.

Die erste Frage, die sich mir logischerweise stellte, war: Wo gab es hier einen Zusammenhang? Gab es überhaupt einen? Fünf Menschen hatten sich innerhalb kürzester Zeit auf eine nicht gerade alltägliche Weise selbst ins Jenseits befördert, keiner von ihnen hatte anscheinend einen Abschiedsbrief hinterlassen – waren laut Aussagen ihrer Angehörigen absolut nicht selbstmordgefährdet und hatten offensichtlich auch sonst keine größeren Probleme. Und was bedeuteten diese Anrufe? Wenn sie eine Bedeutung hatten, wer war dann der Anrufer? War es Zufall, dass Güncal Ülcan kurz vor seinem Tod noch telefoniert hatte? Und auch das Ehepaar Gerstlauer, das vom Balkon gesprungen war, hatte zweifelsfrei noch kurz zuvor telefoniert. Aber was war mit Paul Berger und Sylvia Miller? Und weshalb verhielten sich die Angehörigen so eigenartig, reagierten mit einer stoischen Ruhe, mit fast demütiger Ergebenheit und vor allem: Was sollten diese mysteriösen Bemerkungen bedeuten: Heute war sein Tag oder heute war ihr Tag? Das alles ergab kaum einen Sinn für mich und ich merkte, dass meine Gedanken lediglich im Kreis schwirrten.

Doch mein Gefühl sagte mir, dass es eine Verbindung geben musste, auch wenn ich sie momentan nicht konkretisieren konnte.

Das Telefon läutete. Steiner war am Apparat. „Hekli, kommen Sie doch bitte mal rüber in mein Büro." Der Unterton in seiner Stimme gefiel mir nicht.

„Bin in zwei Minuten da, Herr Steiner." Ich legte auf, drückte die Zigarette aus und stand auf, um mich wieder einmal ins Unvermeidliche zu stürzen. Gerade als ich gehen wollte, klopfte es an meiner Bürotüre. Mayer steckte seinen Kopf durch den Türspalt. „Störe ich?"

„Ne, komm rein. Was liegt an?"

„Eben haben wir den Obduktionsbericht von diesem Güncal Ülcan erhalten. Er hat sich den Stich eindeutig selbst beigebracht, Chef. Durch die Wucht des Stichs hat das Gewebe nachgegeben, die Klinge hat den Magen durchstochen, die Lunge ebenfalls, sie fanden auch Magensäure im Brustbereich und …"

„Mann – hör auf, mir wird speiübel!", rief ich. „Du weißt, ich stelle mir das immer sofort bildlich vor."

„Tschuldige. Ich habe übrigens auch veranlasst, dass dieses letzte Telefongespräch des jungen Türken überprüft wurde – das Ergebnis war negativ. Der Anruf erfolgte aus einer Telefonzelle, was ich mir fast schon gedacht hatte."

„Dann – so vermute ich – wird es beim Ehepaar Gerstlauer nicht viel anders sein", entgegnete ich und nickte. „Ich habe gerade darüber nachgedacht, was es mit diesen ominösen Telefongesprächen auf sich haben könnte – doch wenn ich ehrlich bin, komme ich zu keinem Resultat."

„Ich kam auf die Idee, die Anrufe bei Bergers und Millers auch überprüfen zu lassen – zumindest um den Zeitpunkt dieser Selbstmorde herum. Die sind gerade dabei, ich denke, wir bekommen die Informationen in etwa einer Stunde. Selbst wenn alles Zufall sein sollte, aber vielleicht ergibt sich daraus eine Spur“, meinte mein Assistent.

„Ich muss zu Steiner – er hat eben angerufen.“

„Du Ärmster.“

„Danke fürs Beileid. Er hatte schon wieder den bekannten ekelhaften Unterton in der Stimme, der nichts Gutes ahnen lässt.“

„Was wollte er?“

„Weiß ich nicht. Vermutlich will er einen Rapport von mir. Ich werde es aber gleich erfahren.“

Wir verließen beide den Raum, Mayer ging zum Kaffeeautomaten, ich schlug die Richtung zu Steiners Büro ein, klopfte an seiner Tür und trat ein.

Steiner saß an seinem Schreibtisch. Er telefonierte und hatte dabei einen ärgerlichen Gesichtsausdruck. „Ich kann jetzt nicht weitertelefonieren, ich habe zu arbeiten.“ Seine Stimme klang unwirsch. Er deutete mir an, mich zu setzten. „Nein – das entscheiden wir heute Abend, nicht jetzt! – ja, tschau.“ Er knallte den Hörer aufs Telefon.

„Probleme?“, fragte ich.

„Nichts von Bedeutung. Eine Familienangelegenheit.“

„Das kommt in den besten Familien vor“, meinte ich jovial.

Ohne weiter darauf einzugehen, fragte er: „Was haben Sie zwischenzeitlich rausbekommen?“

„Na ja – oberflächlich betrachtet, sind es einwandfrei Selbstmorde“, antwortete ich.

„Was heißt bitteschön oberflächlich betrachtet, Hekli?“

Ich musste vorsichtig sein und beschloss, jede meiner Äußerungen auf die Goldwaage zu legen, er war sehr schlecht gelaunt – scheinbar war die Familienangelegenheit doch mehr von Bedeutung, als er zugeben wollte. Zudem war der Zeitpunkt, ihm plausible Erklärungen geben zu können, verfrüht – wir wussten bislang selbst kaum etwas Definitives.

„Ich meine damit, dass in keinem Fall eine feststellbare Fremdeinwirkung festgestellt werden konnte.“

„Hekli, Sie sprechen in Rätseln. Was meinen Sie damit: Es konnte keine feststellbare Fremdeinwirkung festgestellt werden?“

„Ich will damit sagen, dass niemand anderer daran beteiligt war“, korrigierte ich mich und hätte mich am liebsten geohrfeigt. „Allerdings …“

„Ja?“

„… ist es seltsam: Zwei der Selbstmörder, also dieser junge Türke, Güncal Ülcan und auch das junge Ehepaar, das vom Hotelturm gesprungen ist, haben anscheinend kurz vorher noch telefoniert. Bei dem Türken wissen wir sicher, dass er kurz vorher angerufen wurde, sein Vater hat es bezeugt. Der Anruf kam aus einer Telefonzelle, das haben die Nachforschungen ergeben. Bei dem Ehepaar laufen diesbezüglich noch die Ermittlungen. Bei Bergers und Millers ebenfalls.“

„Sie glauben also, dass diese Telefonanrufe etwas mit den Selbstmorden zu tun haben?“

„Zumindest besteht der Verdacht.“

„Eine ziemlich abstruse Theorie, Hekli, meinen Sie nicht? Man kann doch niemandem per Telefon befehlen, sich umzubringen – das ist ja lächerlich!“

„Sie haben Recht, doch es soll ja mehr Dinge zwischen Himmel und Erde geben, als wir uns...“

„Überlegen Sie doch mal, Hekli“, unterbrach er mich abrupt und fuhr fort: „wie sollte das möglich sein? Das wäre ungefähr so, als würden Sie mich anrufen, um mir zu sagen: Herr Steiner, springen Sie aus dem Fenster. Ich wäre doch wirklich schön blöd, wenn ich das tun würde, meinen Sie nicht?“

„Ja, das wären Sie – äh – es wäre zumindest eine elegante Mögl ...“ Ich brach den Satz gerade noch rechtzeitig ab und biss auf die hinteren Stockzähne.

„Wie meinen Sie das?“ Sein Blick war lauernd.

„Ich wollte sagen: Es wäre zumindest eine elegante Möglichkeit, jemanden ins Jenseits zu befördern, ohne sich dabei großartig die Hände schmutzig zu machen.“ Gerade hatte ich noch einmal die Kurve gekratzt.

„Also, lieber Hekli – lassen Sie sich was anderes einfallen.“

„Wir sind mit unseren Ermittlungen noch längst nicht fertig, Herr Steiner. Und Sie müssen zugeben, dass diese Selbstmordserie bis jetzt ziemlich mysteriös ist. Fakt ist: Selbstmorde geschehen immer wieder, ganz klar. Was mich jedoch stutzig macht, ist die momentane Häufigkeit. Fünf Suizide hintereinander in ganz kurzer Zeit – ich weiß nicht... Dazu kommen die eigenartigen Äußerungen der Angehörigen und deren stoische Ruhe oder Gleichgültigkeit – nein, mein Bauch sagt mir, dass hier mehr dahinter steckt und ich bin sicher, wir haben noch viel Arbeit vor uns.“

„Bleiben Sie dran, Hekli.“

„Selbstverständlich bleibe ich dran, Herr Steiner.“ Ich stand auf und ging zur Tür.

„Lassen Sie’s mich wissen, wenn es etwas Neues gibt.“ Mit diesen Worten war ich entlassen.

11

Wolfram Altenried, ein großer, breitschultriger Mann, saß in seinem Büro am Schreibtisch, auf dem sich die verschiedensten Geschäftspapiere zu mehreren Stapeln auftürmten. Er hatte sich vorgenommen, heute endlich Ordnung zu schaffen und dem sich immer weiter ausbreitenden Chaos Einhalt zu gebieten. Schon vor seiner Urlaubsreise wollte er seinen Schreibtisch aufräumen, aber alle guten Vorsätze waren an den Urlaubsvorbereitungen gescheitert. Gerade, als er widerwillig mit der Arbeit beginnen wollte, kam seine Frau mit einem Tablett herein.

„Ich habe dir eine Tasse Kaffee gemacht, dann geht es etwas leichter", sagte sie und lächelte. Sie stellte das Tablett auf einem Seitentischchen ab.

„Danke – du bist ein Engel", seufzte er.

Sie strich ihm über das schon angegraute Haar. „Wie lange wirst du brauchen?"

„Weiß ich noch nicht. Aber ich denke, da arbeite ich bestimmt ein paar Stunden dran. Meine Schlamperei rächt sich jetzt."

„Dann lass ich dich jetzt in Ruhe – frohes Schaffen", sagte sie und verließ den Raum.

Wolfram Altenried trank einen Schluck Kaffee, nahm eine Tabakspfeife aus dem Lederetui und begann, sie genüsslich zu stopfen, um sie anschließend bedächtig in Brand zu setzen. Er sah den blauen Rauchwolken nach, dachte wehmütig zurück an den vergangenen Urlaub –

und an Renate, die er auf dem Schiff kennengelernt hatte. Er lehnte sich zurück und schloss die Augen. Und plötzlich stand sie wieder vor ihm: Ihr provozierendes Lächeln, ihre dunklen, unergründlichen Augen, die ihn geheimnisvoll ansahen, ihr schulterlanges rotes Haar, ihre bronzefarbene Haut – er spürte ihre vollen Lippen auf seinem Körper und plötzlich überfiel ihn eine leidenschaftliche Sehnsucht. Ich muss sie schnellstens wiedersehen – ich werde sie heute noch anrufen, dachte er.

Das schrille Läuten des Telefons riss ihn aus seinen Träumen und brachte ihn schnell in die Realität zurück.

Er legte die Pfeife in den Aschenbecher, nahm seufzend den Hörer ab und meldete sich. Eine eindringliche, leise Stimme war zu hören, fast flüsternd. Sie sagte nur einen einzigen Satz, dann ein Klicken – das Gespräch war beendet.

Altenrieds Blick war plötzlich starr und ausdruckslos geworden. Wie hypnotisiert legte er den Hörer langsam neben das Telefon, öffnete die Schreibtischschublade, in der seine Pistole lag und nahm sie heraus. Dann entsicherte er die Waffe, setzte sie an die rechte Schläfe und betätigte ohne zu zögern den Abzug der Waffe.

Der Knall hallte durch das Haus. Marianne Altenried, die gerade in der Küche hantiert hatte, erschrak und lief in das Büro ihres Mannes. Sie fand ihn zusammengesunken an seinem Schreibtisch sitzend, sein blutender Kopf lag auf der Tischplatte, daneben die leblose Hand, die noch den Griff der Pistole umklammert hielt. Einen kurzen Augenblick stand sie wie gelähmt da, dann erst wurde ihr klar, was hier geschehen war – schreiend rannte sie aus dem Büro, lief ins Wohnzimmer und wählte die Notrufnummer.

Als wir am Ort des Geschehens ankamen, waren die Leute von der Spurensicherung bereits bei ihrer Arbeit. Uwe Meitner, der Leiter des Spurenlabors, war ebenfalls anwesend, sah mich, kam sofort auf mich zu und begrüßte mich überschwänglich, als hätte er mich schon drei Jahre lang nicht mehr gesehen.

„Hallo Meitner, was machen Sie denn hier?“, fragte ich.

„Bei uns sind gerade eine Menge Leute krank, da musste ich selbst ran.“

„Wenn ich Zeit habe, bedauere ich Sie“, meinte ich sarkastisch und grinste.

„Danke Kommissar, Sie sind sehr mitfühlend“, antwortete er und deutete mit dem Kopf auf den Toten. „Er hat sich erschossen und ein hässliches Loch im Kopf.“

„Also einwandfrei Selbstmord?“

„Ja. Kopfschuss in die rechte Schläfengegend, der Schuss erfolgte aus nächster Nähe, Schmauchspuren an der Einschussstelle. Bei der Waffe handelt es sich um eine Walther PP Kaliber 9 Millimeter. Es gibt keine fremden Fingerabdrücke auf der Waffe. Was sehr eigenartig ist: Der Hörer lag neben dem Telefon, der Mann hat demnach kurz vorher noch telefoniert. Wie wir zwischenzeitlich festgestellt haben, wurde er angerufen, der Anruf kam höchstwahrscheinlich aus einer Telefonzelle.“

„Super – das war endlich mal ein kurzer, knackiger Bericht“, brummte ich und warf Albert Mayer einen vielsagenden Blick zu. Der nickte nur und fragte den

Notarzt, der gerade dabei war, seine Utensilien zusammenzupacken: „Wann ist das passiert?"

„Kann höchstens eine Stunde her sein." Der Arzt rieb sich bedächtig das Kinn.

„Gibt es Zeugen?", wollte ich wissen.

„Nein", antwortete Meitner, „die Frau hat ausgesagt, sie hätte einen Schuss gehört, sei daraufhin ins Büro gegangen, ihr Mann habe bereits tot am Schreibtisch gesessen. Dann sei sie ins Wohnzimmer gerannt und hätte die Polizei angerufen."

„Wo ist die Frau?"

„Sie liegt auf der Couch im Wohnzimmer, ich habe ihr ein starkes Beruhigungsmittel verabreicht", meinte der Arzt und fuhr fort: „Sie sollten sie vorsichtig vernehmen, die Sache hat sie sehr mitgenommen."

„Verständlich", brummte ich und ging ins Wohnzimmer.

Mein Assistent folgte mir und murmelte: „Aus der Telefonzelle – war eigentlich klar..."

„Was hast du da in deinen Bart gebrummt?"

„War fast klar, dass der Anruf wieder mal aus einer Telefonzelle kam, Chef. Bei Berger, Miller und den Gerstlauers war es übrigens ebenso", klärte mich mein Kollege auf.

An die Frau gewandt, meinte ich: „Ich bin Hauptkommissar Hekli und das ist mein Assistent Mayer. Können Sie uns etwas über den Vorfall sagen?"

Marianne Altenried sah mich mit verweinten Augen an, dann antwortete leise und stockend: „Nicht allzu viel. Ich hörte den Schuss, mir war sofort klar, dass er aus seinem Büro gekommen war, rannte rein und sah meinen

Mann am Schreibtisch – tot.“ Sie begann zu schluchzen. Mayer zog ein Papiertaschentuch aus der Jacke und reichte es ihr.

„Was haben Sie sonst noch bemerkt?“, fragte ich.

„Nichts – ich war ziemlich in Panik, wie Sie sich vorstellen können. Ich bin anschließend ins Wohnzimmer gerannt und habe von dort aus die Polizei angerufen.“

„Haben Sie in letzter Zeit irgendein auffälliges Verhalten an Ihrem Mann festgestellt, Frau Altenried?“

„Nein, überhaupt nicht.“ Sie überlegte. „Doch – er war etwas ruhiger, seit er vom Urlaub zurückgekommen war. Er schien mir manchmal etwas nachdenklich.“ Sie begann wieder, leise zu weinen.

Ich sah, dass die Frau nervlich am Ende war, wollte sie momentan nicht mit meiner Fragerei quälen und meinte: „Gut, wir haben im Augenblick keine weiteren Fragen, wir melden uns die nächsten Tage noch mal. Bitte stehen Sie uns zur Verfügung.“

Sie nickte nur stumm, wir verabschiedeten uns und fuhren zurück ins Präsidium.

Im Auto meinte Albert: „Verstehe ich nicht. Warum ist er vorher noch in Urlaub gefahren, wenn er sich anschließend erschießt? Wollte er erholt sterben?“ Er schüttelte grinsend den Kopf.

„Das war jetzt eine sehr zynische Bemerkung, Herr Mayer“, bemerkte ich grinsend.

12

Der Himmel über mir leuchtete in einem tiefen, wolkenlosen Blau. Es war heiß, die Sonne brannte gnadenlos auf das ausgedörrte Land und die Hitze trieb mir erbarmungslos den Schweiß aus dem Körper. Mehr gebückt als aufrecht taumelte ich durch den brennenden Sand.

Als ich den Kopf hob, bemerkte ich etwa fünfzig Meter vor mir eine große Palme. Ich verharrte einen Moment und wunderte mich. Wie konnte der Baum in dieser gottlosen Einöde überhaupt existieren? Ich beschloss, ihn mir aus der Nähe anzusehen und wankte auf ihn zu.

Endlich hatte ich die Palme erreicht und wollte mich eben erschöpft an ihren Wurzeln niederlassen, da erblickte ich unter mir ein Tal – in einem satten Grün, mit den verschiedensten Bäumen und Sträuchern bewachsen, das klare Wasser eines kleinen Flusses glitzerte im Sonnenlicht wie Kristall.

Ich stieg hinab und befand mich plötzlich in einem Wald, der überwiegend aus Palmen bestand. Es war schattig, die Luft war angenehm kühl und eben, als ich überlegte, ob dies wohl eine Oase sein könnte, hörte ich hinter mir eine Stimme: „Allah sei dir gnädig, Fremder. Warum setzt du deinen frevlerischen Fuß auf dieses heilige Land?“

Erschrocken drehte ich mich um und sah einen alten Mann hinter mir im Schneidersitz auf dem sandigen Boden sitzen. Eine riesige Hakennase zierte das von vielen tiefen Falten zerfurchte Gesicht. Auf dem etwas zu klein geratenen Kopf türmte sich ein mächtiger weißer Turban. Unweigerlich musste ich grinsen – er kam mir irgendwie lächerlich vor, wie er hier so saß – der spindeldürre Körper, der zu kleine Schädel mit dem völlig unproportionierten, riesigen Turban. Er erinnerte mich irgendwie an eine Erscheinung aus der Märchensammlung „Tausend und eine Nacht".

„Wie bitte? Äh – ich habe mich verirrt", hörte ich mich sagen.

„Das sagen sie alle", bemerkte der Alte und schüttelte langsam den Kopf. Der Turban auf seinem greisen Haupt wackelte bedenklich. „Was suchst du hier, Fremder?"

„Eigentlich nichts. Ich bemerkte diese Palme da oben, wollte mich ausruhen, sah dieses merkwürdige Tal und bin heruntergestiegen", antwortete ich wahrheitsgemäß.

„Du weißt nicht, wessen Land du da betreten hast?", fragte der Alte.

„Ich habe wirklich keinen blassen Schimmer."

„Wer bist du überhaupt?", wollte der Hakennasige wissen.

„Hauptkommissar Josef Hekli vom Morddezernat Augsburg", sagte ich, schlug die Hacken zusammen und salutierte. Eilig wollte ich meinen Dienstausweis aus der Tasche holen. Doch dann merkte ich, dass ich ihn nicht bei mir hatte.

„Aha – wie mir scheint, ein ungläubiger Beamter aus dem fernen Abendland", meinte der Mann und nickte vielsagend.

„Hören Sie, guter Mann, jetzt mal im Ernst – ", entgegnete ich, „können Sie mir sagen, wo ich hier bin? Ich habe mich hoffnungslos verirrt. Vor einer halben Stunde ging ich aus dem Haus, um mir aus dem Automaten Zigaretten zu holen und plötzlich stehe ich hier und habe keine Ahnung, wo ich mich befinde.“

„Du bist in Ägypten, Fremder.“

„In Ägypten – aha. Dann glaube ich das halt auch noch“, frotzelte ich.

„Du Ungläubiger! Du bist im Land des Pharaos Tutanchamun und dies hier ist ein heiliger Ort!“

„Und ich habe immer geglaubt, dieser Pharao sei schon ein paar tausend Jahre tot.“

„Nein, der Pharao lebt, erfreut sich bester Gesundheit und regiert das Land gerecht und weise – das heißt, seine Gemahlin tut es, der König selbst ist noch zu jugendlich“, erwiderte der Alte.

„Bedauerlich. Dann geht es euch vermutlich auch nicht besser als uns. Wir haben die Angela Merkel und die große Koalition, was im Klartext heißt: Wir haben Pest und Cholera gleichzeitig“, entgegnete ich.

„Du sprichst sehr verworren und in Rätseln, mein Freund.“ Der Greis schüttelte verständnislos den Kopf.

Der Alte schien wirklich keine Ahnung zu haben und so wechselte ich das Thema und fragte: „Gibt es hier etwas zu trinken für mich?“

„Wir haben hier Wasser im Überfluss, Fremder. Doch ich rate dir, nicht davon zu trinken. Der Ungläubige lädt damit einen Fluch auf sich.“

„Und wie wirkt sich der aus?“

„Wenn du dieses Wasser trinkst, dann wirst du ein Opfer Ammits“, zischte der Mann. Er benahm sich für meinen Geschmack etwas zu theatralisch.

„Aha – und wer ist das, bitte?“

„Du kennst Ammit nicht?“ Erstaunt sah er mich an.

„Nö – man kann schließlich nicht jeden kennen“, entgegnete ich.

„Ammit ist eine Dämonin – Krokodil, Raubkatze und Nilpferd zugleich. Die Totengöttin. Sie hütet hier das Wasser.“

„Die wäre eine Attraktion für den Augsburger Tiergarten“, meinte ich und lachte.

„Spotte nicht, Fremder! Ammits Macht ist groß und gewaltig! Sie hat Kräfte, deren Gewalt du niemals wirst abschätzen können!“

„Und das alles nur wegen eines einzigen Schluck Wassers? Diese Dämoninnen sind aber wirklich kleinlich.“

„Lass es und eile schnell von diesem Ort, denn wenn du die Stimme Ammits hörst, wird es zu spät für dich sein.“

„So, so, gut. Wenn du meinst. Bestell ihr einen Gruß von mir und sag ihr, sie kann mich ja mal anrufen, dann erzähle ich ihr das Passende.“

„Anrufen?“, fragte der Alte und sah mich irritiert an.

„Genau – Telefon – Handy oder so“, antwortete ich, spreizte die Hand und hielt den Daumen ans rechte Ohr und den kleinen Finger an den Mund.

„Du Narr! Tu was dir beliebt, doch bedenke: Lass dich nicht mit Mächten ein, die du nicht kennst und die weit über jedem Sterblichen stehen. Sei gewarnt!“

„Ja, ich hab’s ja schon kapiert – dann geh ich eben. Halt die Ohren steif und deinen Turban sauber“, raunzte ich dem Alten zu und machte mich zurück auf den Weg, den ich gekommen war. Nach ein paar Schritten warf ich noch einen Blick zurück, doch der Alte war verschwunden.

Das Klingeln des Weckers riss mich schließlich aus meinem Traum. Meine Kehle war staubtrocken und ich hatte brennenden Durst, als wäre ich tatsächlich stundenlang in der Wüste gelaufen. So stand ich auf, taumelte noch etwas schlaftrunken in die Küche und schüttete mir ein großes Glas kalten, frischen Wassers in die Kehle. Anschließend startete ich die Kaffeemaschine und ging ins Bad.

13

Der Morgen war trist und grau. In Gedanken versunken betrachtete ich die Fensterscheiben, an denen das Regenwasser in kleinen Bächen herunter lief. Heute ist mal wieder einer jener Tage, die man besser im Bett verbringen sollte, dachte ich.

An der Türe klopfte es. Mein Assistent betrat mein Büro.

„Hallo Boss, guten Morgen“, sagte er frohgelaunt.

„Morgen Albert“, brummte ich weit weniger freundlich.

„Was ist denn mit dir los? Schlecht geschlafen?“

„Nein. Aber ich hatte heute Nacht wieder mal einen meiner berühmten bildhaften Träume“, antwortete ich, „und bin am Rätseln, was er wohl zu bedeuten hat.“

„Au weia. Du solltest nicht zuviel darauf geben. Aber darf man trotzdem erfahren, um was es in selbigem ging, werter Chef?“

„Sagt dir der Name Ammit etwas, Albert?

„Ammit?“, wiederholte Albert und kratzte sich am Hinterkopf. „Also wenn du mich so direkt fragst, nein. Handelt es sich um einen bestimmten Fall?“

„Es handelt sich um eine Dämonin.“

„Um eine Dämonin??“ Albert sah mich irritiert an und schüttelte langsam den Kopf. „Und wer sagt das?“

„Das hat mir dieser komische Alte im Traum erzählt. Er hatte einen riesigen weißen Turban auf dem Kopf, eine Hakennase im Gesicht und warnte mich vor eben dieser Dämonin. Sie hätte angeblich einen Hintern wie ein Nilpferd.“

„Ammit?“ Mayer grinste.

„Genau. Ich habe diesen Namen vorher noch nie gehört.“

„Moment, ich bin gleich wieder da.“ Mein Assistent rannte aus dem Büro.

„Wo willst du denn hin?“, rief ich ihm nach, aber ich bekam keine Antwort mehr. Verständnislos schüttelte ich den Kopf, setzte mich an meinen Schreibtisch und wollte eben einen Schluck Kaffee zu mir nehmen, als das Telefon läutete. Steiner war dran.

„Hallo, Hekli, guten Morgen. Sie waren doch gestern bei dieser Familie Altenried?“ Ohne Pause fuhr er fort: „Man hat mich über die näheren Umstände bereits informiert. Er hat sich erschossen. Haben Sie darüber noch etwas rausgefunden?“

„Stimmt, Herr Steiner, es war zweifelsfrei ein Selbstmord. Die Frau des Toten sagte aus, er hätte sich keinesfalls anders verhalten als sonst auch. Sie meinte lediglich, er sei etwas nachdenklicher gewesen seit der Rückkehr aus seinem Urlaub. Aber das ist für niemand ein Grund, anzunehmen, dass er sich erschießen könnte. Fakt ist: Altenried hat kurz vorher telefoniert. Der Hörer lag noch neben dem Apparat. Wir wissen aber nicht, mit wem er telefoniert hat. Für mich steht jedoch fest, dass diese Telefonate etwas mit dieser mysteriösen Selbstmordserie zu tun haben, selbst wenn Sie diese Theorie anzweifeln.“

„Hekli – Sie wissen, was ich davon halte, ja?“

„Das mag sein, Herr Steiner, trotzdem: Es gibt da einen Zusammenhang. Da bin ich mir sicher.“

„Gut, Hekli, wenn Sie meinen – bleiben Sie dran.“

„Natürlich, Herr Steiner.“ Ein kurzes Klicken folgte, er hatte aufgelegt.

Zwischenzeitlich war mein Kollege wieder in meinem Büro aufgetaucht und sah mich mit ernstem Gesicht an.

„Sag mal Chef, das hast du tatsächlich nur geträumt?“

„Klar, Albert. Warum fragst du?“

„Und du hast diesen Namen vorher wirklich noch nie gehört?“

„Nein. Aber was soll diese unsinnige Fragerei?“ Langsam wurde ich ungeduldig.

„Ich habe eben im Internet recherchiert und das Ergebnis ausgedruckt. Es stimmt verblüffend genau mit dem überein, was du mir erzählt hast.“ Er legte mir ein Blatt Papier auf den Schreibtisch. Darauf stand:

Ammit – Göttin der Unterwelt aus der ägyptischen Mythologie mit dem Kopf eines Krokodils, dem Vorderteil eines Löwen und dem Hinterteil eines Nilpferdes. In den im ägyptischen Totenbuch abgebildeten Darstellungen des Totengerichts sitzt die „Totenfresserin“ während des Wiegevorganges neben den Waagschalen, um die Herzen der Unseligen zu verschlingen, die aufgrund ihres Verhaltens im Diesseits die Rechtfertigungsprüfung nicht bestehen und daher das Recht auf ein Leben im Jenseits verwirkt haben.

Ich war wie erschlagen. „Woher hast du das?“, wollte ich wissen.

„Aus dem Internet. Man braucht in der Suchmaschine Google nur diesen Namen einzugeben und schon wird man fündig“, antwortete Mayer.

„Jetzt, wo ich das lese, fällt es mir wieder ein: Der Alte im Traum sagte mir, diese Ammit sei Krokodil, und Raubkatze zugleich, und hätte außerdem das Hinterteil eines Nilpferds."

„Gott sei Dank kommt das nur bei ganz wenigen Damen vor." Mayer grinste.

„Ich frage mich nur, wie ich darauf komme, Albert. Denn wenn ich ehrlich bin, dann habe ich mich noch nie im Leben mit ägyptischer Mythologie beschäftigt. Dieses Gebiet hat mich wirklich noch nie interessiert – nicht mal ansatzweise!"

„Vielleicht bist du ein plötzlich Erleuchteter", flachste mein Kollege.

„Ich hatte schon vor kurzem einen ähnlichen Traum dieser Art."

„Ach ja?"

„Ja. Ich war in einer Pyramide und wurde von einem Geist oder einer Mumie oder was immer das war, gejagt. Diese Träume spielen sich eigenartigerweise alle in der Wüste ab."

„Vielleicht holst du gerade deine verpasste frühkindliche Sandkastenphase nach. Ich spendiere dir zum nächsten Geburtstag ein Eimerchen und eine kleine Schaufel." Albert lachte schallend.

„Nein, ich glaube eher, diese Träume haben eine Bedeutung. Kannst du dich noch an diese Philodendronmorde voriges Jahr erinnern? Da hatte ich ebenfalls diese Träume. Und in allen Träumen kamen Pflanzen vor. Und genau diese Träume erwiesen sich im Nachhinein als richtig, stimmt's?"

„Stimmt."

„Könnte doch jetzt ebenso sein, oder?“, brummte ich.

„Klar. Dennoch will ich es nicht so recht glauben. Was hat eine ägyptische Göttin der Unterwelt mit diesen Selbstmordfällen zu tun? Das ergibt doch keinen Sinn.“ Albert schüttelte den Kopf.

„Wie auch immer – wir sollten ein paar Leute noch einmal vernehmen.“

„Warum das denn, Chef?“

„Weil ich das Gefühl nicht los werde, dass wir vermutlich etwas übersehen haben, Albert.“

14

Ich hatte beschlossen, Marianne Altenried noch einmal zu vernehmen, in der Hoffnung, dass sie sich zwischenzeitlich etwas beruhigt haben würde. Auf der Fahrt zu ihrem Haus schossen mir verschiedene Gedanken durch den Kopf – aber sie drehten sich im Kreis. Mir waren viele Dinge unklar – vor allem diese mysteriösen Anrufe. Was hatte es damit auf sich?

Am Ziel angekommen, stieg ich aus dem Wagen und läutete an der Haustüre, die mir sofort geöffnet wurde.

Marianne Altenried bat mich ins Haus. „Wie geht es Ihnen?“, wollte ich wissen.

„Den Umständen entsprechend – nicht besonders gut“, antwortete sie leise. Ich nickte verständnisvoll.

Ohne Umschweife begann ich zu fragen: „Sie sagten mir, Ihr Mann wäre bis kurz vor seinem Tod im Urlaub gewesen. Allein. Darf ich wissen, weshalb Sie nicht dabei waren?“

„Mein Mann hat öfters Studienreisen unternommen. Diesmal war dem auch so. Außerdem bin ich an ägyptischen Gräbern und Pyramiden absolut nicht interessiert.“

„Ihr Mann war in Ägypten?“, fragte ich überrascht.

„Ja – er war im Tal der Könige, hat die Königsgräber besichtigt und anschließend eine Nilfahrt von Kairo über Luxor nach Assuan unternommen. Ägypten hat ihn schon immer brennend interessiert.“

„Wie lange war Ihr Mann in Ägypten?“

„Etwa drei Wochen. Er ist erst vorige Woche zurückgekehrt. Weshalb interessiert Sie das?“ Fragend sah sie mich an.

„Nur eine Routinefrage, nichts weiter. Sie sagten mir, Ihr Mann sei seit seiner Rückkehr etwas nachdenklich gewesen. Wie darf ich das verstehen?“

„Na ja, wie soll ich es ausdrücken? Er war seitdem manchmal etwas geistesabwesend. Ich weiß nicht, wie ich das genau beschreiben soll. Man konnte ihn ansprechen und er reagierte überhaupt nicht darauf. Das war alles.“

„Haben Sie eine Vermutung, weshalb Ihr Mann ...?“ Ich musste mich räuspern. Obwohl es lediglich eine Routinebefragung war, hatte ich seltsamerweise einen Frosch im Hals.

„Nein – und vor allem: Er war immer sehr lebenslustig. Ich hätte nie gedacht, dass ...“ Sie hielt sich die Hände vors Gesicht und begann zu schluchzen. Mir war die Situation peinlich und die Frau tat mir aufrichtig leid, doch ich musste versuchen, noch einige Dinge in Erfahrung zu bringen. So fragte ich weiter: „Hat Ihnen ihr Mann etwas von seiner Ägypten-Tour erzählt? Irgendwelche Details? Ich meine, normalerweise spricht man doch von seinen Erlebnissen, nicht wahr?“

„Natürlich hat er mit mir darüber gesprochen, mir auch Fotos gezeigt – er war ganz begeistert. Diese Reise muss sehr eindrucksvoll für ihn gewesen sein.“

„Kann ich diese Fotos sehen?“

„Selbstverständlich. Sie liegen in seinem Büro.“ Sie stand auf, um mir die Bilder zu holen. Nach einer Weile kam sie zurück und drückte mir eine Papiertasche in die

Hand. Ich nahm die Bilder heraus und betrachtete sie. Im Grunde wusste ich nicht so richtig, nach was ich genau suchte, dennoch hoffte ich, einen kleinen Anhaltspunkt zu finden.

„Können Sie mir diese Fotos ein paar Tage überlassen? Ich möchte sie mir etwas genauer ansehen, vielleicht geben sie mir Aufschluss darüber ..."

„Sie können die Bilder ruhig mitnehmen – um ehrlich zu sein, mir sagen die Aufnahmen sowieso nichts", unterbrach sie mich.

Ich stand auf, verabschiedete mich eilig und fuhr zurück ins Präsidium.

15

Als ich wieder im Büro war, setzte ich mich zuallererst an meinen Schreibtisch, zog die Fotos aus der Papiertasche und betrachtete eines nach dem anderen sehr intensiv. Wenn ich ehrlich war, dann musste ich zugeben, dass mir selbst nicht so richtig klar war, weshalb ich sie mitgenommen hatte. Ich hatte lediglich einem vagen Gefühl nachgegeben, doch jetzt wusste ich nicht mehr so genau, was ich mit ihnen anfangen sollte.

Auf einem der Bilder war eine junge Frau zu sehen, sie mochte etwa Anfang dreißig sein. Was mir neben ihrem schulterlangen rötlichen Haar besonders auffiel, waren die dunklen, geheimnisvollen Augen und der sehr schön geschwungene, sinnliche Mund. Sie hatte etwas Orientalisches an sich und war noch dazu ausnehmend hübsch. Doch ihr Blick war ohne Wärme – eine kalte Schönheit, die sicherlich genau wusste, was sie wollte. Plötzlich stutzte ich.

Irgendetwas kam mir bekannt vor.

Auf dem Foto war ein kleiner, weißer Fleck im Hintergrund zu sehen, den ich nicht richtig deuten konnte. So öffnete ich meine Schreibtischschublade, entnahm ihr ein Vergrößerungsglas und besah mir den Fleck genauer. Durch die Lupe konnte ich jetzt klar und deutlich erkennen, dass es sich um einen alten Mann mit einem großen, weißen Turban handelte. Mitten aus seinem braunen, faltigen Gesicht sprang eine riesige Hakennase hervor... Sofort kam mir mein Traum der vergangenen Nacht in den Sinn. Der Mann auf dem Foto und der Alte, der mich vor dieser seltsamen Krokodil-Löwin-Nilpferd-Dämonin gewarnt hatte, ähnelten sich auffallend. Verblüfft schüttelte ich den Kopf. Zufall? Daran wollte ich nicht so richtig glauben. Ich war bereits seit meiner Jugend eher ein Verfechter des Kausalitätsprinzips – war es bis dato geblieben und stets der Überzeugung gewesen, dass es rein wissenschaftlich betrachtet keine spontanen oder ursachelosen Ereignisse in der Welt gibt und jedes reale Ereignis auf eine ursächlich bedeutsame Bedingung zurückgeführt werden kann. Aber das hier? Das warf meine Theorie ordentlich durcheinander!

Es klopfte kurz an der Tür, dann wurde sie geöffnet und Mayer stand in meinem Büro. „Entschuldige, ich wollte nur mal sehen..."

Ich winkte ab, ließ ihn nicht ausreden, sondern stand vom Schreibtisch auf und drückte ihm schweigend das Foto in die Hand. „Fällt dir auf diesem Bild etwas auf?"

Albert warf einen kurzen Blick auf das Foto. „Netter Hase, da könnte man leicht einen Hormonstoß bekommen – unter anderem", meinte er und grinste. „Ist das deine Neue?"

Ich angelte das Vergrößerungsglas vom Schreibtisch und reichte es ihm. „Nimm das mal zu Hilfe und achte auf den weißen Fleck im Hintergrund."

Er betrachtete das Foto durch die Lupe. „Sieht aus wie ein alter Araber mit einem großen weißen Turban. Er sollte sich übrigens seine Nase verkleinern lassen. So groß, wie sie momentan ist, könnte der glatt als Spürhund arbeiten."

„Er sieht ganz genauso aus wie der Alte aus meinem Traum vergangene Nacht“, bemerkte ich.

„Ach was! Tatsächlich? Mit so alten Leuten gibst du dich ab?“ Er grinste mich schräg an.

„Albert – jetzt sei doch mal einen Moment ernst! Oder glaubst du etwa, ich bin meschugge, oder wie?“

„Glaube ich nicht, Chef. Und wenn, dann würde ich es dir nicht sagen. Könnte meine Karriere kosten.“ Er lachte schallend. „Wo hast du dieses Foto überhaupt her?“

„Marianne Altenried hat es mir gegeben. Ich habe noch mehr davon. Es sind die Urlaubsfotos ihres eben verblichenen Gatten. Er hat sie in Ägypten geknipst. Bis kurz vor seinem Tod war er noch in Ägypten im Tal der Könige.“

„Ich verstehe den Zusammenhang trotzdem nicht so ganz, lieber Herr Chef.“

„Ich auch nicht, Albert. Ich weiß nur, dass ich zweimal eigenartig geträumt habe – und immer wieder kamen Pyramiden, Wüsten oder Ägypten vor. Ist doch sonderbar, oder? Und jetzt dieses Foto ...“

„Vielleicht hast du recht und dein Unterbewusstsein hat dich tatsächlich mittels dieser Träume auf etwas hingewiesen.“

„Ja – das denke ich auch“, entgegnete ich, „und es ist, wie du weißt, nicht das erste Mal.“

„Aber was hat das mit Altenrieds Selbstmord zu tun?“

„Ich weiß es nicht Albert – keine blasse Ahnung ...“

Das Telefon unterbrach unsere Unterhaltung mit einem schrillen Klingeln. Ich nahm den Hörer ab.

„Kommissar Hekli?“, fragte der Anrufer.

„Ja. Was liegt an?“

„Hafner, Polizeiobermeister“, stellte sich der Kollege vor. „Spaziergänger haben am Lechufer in der Nähe der MAN-Brücke die seltsame Leiche eines Mannes gefunden, uns verständigt und nun wissen wir nicht, ob es vielleicht ...“

„Wo sind Sie jetzt genau?“, unterbrach ich ihn.

„Etwa fünfzig Meter nördlich der Lechbrücke in Flussrichtung. Fahren Sie auf den Gästeparkplatz der Gaststätte ‚Stadt Bourges’. Den Rest müssen Sie zu Fuß gehen. Mein Kollege holt Sie ab.“

„Gut – wir fahren sofort los. In etwa zehn Minuten sind wir da. Haben Sie die Spurensicherung schon verständigt?“

„Wie? Nein. Wir sind selbst erst vor zwei Minuten hier angekommen“, meinte der Streifenpolizist.

„Gut – ich erledige das. Bis gleich.“ Ich legte auf, wählte die Nummer der Spurensicherung und gab den Fundort der Leiche durch. Mayer, der interessiert zugehört hatte, fragte: „Was ist denn jetzt los?“

„Sie haben eine Leiche am Lechufer gefunden. In der Nähe der MAN-Brücke in Lechhausen. Und genau da fahren wir jetzt hin.“

„Mord?“

„Weiß ich noch nicht, der Kollege vom Streifendienst wusste es auch nicht. Bin ich etwa Hellseher?“

„Wenn einer, dann mit Sicherheit doch du“, bemerkte Mayer und grinste süffisant.

16

Der grün uniformierte Kollege wartete wie verabredet am Gästeparkplatz der Lechgaststätte, die seit geraumer Zeit schon ‚Stadt Bourges' hieß. Der Besitzer war ein eingefleischter Frankreich-Fan. Neben den üblichen gutbürgerlichen Speisen hatte er auch einige raffinierte französische Spezialitäten auf der Speisekarte. Heute jedoch war das Restaurant geschlossen und verwaist – anscheinend feierte der Wirt seinen Ruhetag.

Nach einer kurzen Begrüßung meinte der Streifenbeamte: „Wir vermuten, dass der Mann aufgehängt worden ist."

„Woraus schließen Sie das?", wollte ich wissen.

„Er hat die Schlinge noch um den Hals."

„Aha."

Gemeinsam marschierten wir im Eilschritt zum Fundort der Leiche. Was wir sahen, war wenig erhebend. Vor uns lag der Körper eines etwa 40jährigen, 1,70 Meter großen Mannes. Seine Beine wurden noch vom Flusswasser umspült, der Oberkörper lag verdreht auf der Kiesbank. Er trug einen grauen, abgewetzten Wollmantel, um den Hals hatte er ein dünnes Nylonseil geschlungen.

Minuten später trafen der Notarzt und die Kollegen von der Spurensicherung ein und nahmen sofort die Arbeit auf.

Ich ließ den Arzt die nötigen Untersuchungen vornehmen und fragte dann knapp: „Todesursache?"

„Wenn Sie wollen, gleich fünf“, antwortete der Arzt und erklärte weiter: „Er hat sich das Genick gebrochen, durch die Schlinge wurden die Carotiden abgedrückt, das heißt, die Blutzufuhr zum Gehirn unterbrochen, zusätzlich hat ihm die Schlinge den Kehlkopf zugeschnürt, so dass er erstickte. Anschließend ist er ins Wasser gefallen und noch ertrunken. Zudem haben wir jetzt Winter – er hätte zusätzlich leicht noch im eiskalten Wasser erfrieren können. Jetzt dürfen Sie sich die schönste Todesursache aussuchen.“ Der Mediziner grinste mich an.

Ich verdrehte die Augen. Cooler Typ, dieser Medizinmann, er hätte durchaus das Talent zum Komiker, dachte ich und meinte: „Mord oder Selbstmord?“

„Kann man momentan nicht exakt feststellen“, antwortete der Arzt und fuhr fort: „Wir müssen zuerst eine exakte Obduktion vornehmen. Zudem nehme ich an, dass Ihre Spurensicherung auch noch ein Wörtchen mitreden wird. Heute Abend wissen wir mehr.“

Ich bedankte mich und betrachtete den Toten. Dabei fiel mir auf, dass das Nylonseil um seinen Hals sehr dünn war, aber dennoch dazu geeignet, einen Mann mit etwa achtzig Kilo zu tragen. Mayer war gerade dabei, das Ende des Seils, das dem Mann noch immer um den Hals geschlungen war, zu begutachten. Schließlich meinte er: „Das Seil ist gerissen. Es muss an einen scharfen Gegenstand geraten sein und wurde angeschnitten. Im Normalfall hätte es das Gewicht des Mannes locker ausgehalten.“

Ich nickte. „Lass uns gehen, Albert, wir können hier nichts mehr tun. Warten wir erst mal die Untersuchungsergebnisse ab.“

Während wir am Lechufer entlang zum Wagen zurück gingen, meinte Albert: „Wo könnte der wohl aufgehängt worden sein oder sich aufgehängt haben?"

„Du glaubst an einen Selbstmord?"

„Sieht verdammt danach aus", antwortete er. „Ich habe das so im Urin..."

Mein Blick fiel auf die nahe gelegene, kaum hundert Meter entfernte Lechbrücke. Spontan meinte ich: „Er könnte sich zum Beispiel doch leicht am Geländer der Lechbrücke..."

„Du hast Recht!" unterbrach mich Albert. „Er hat sich das Seil um den Hals gelegt und ist dann von der Lechbrücke gesprungen – oder er wurde hinunter gestoßen. Das ist es! Dabei ist die Nylonschnur gerissen, die Leiche fiel ins Wasser und die Strömung hat sie flussabwärts an die Kiesbank gespült."

„Dann müssten wir den Rest des Seils an der Brücke finden."

„Lass uns das gleich mal nachprüfen. Er könnte theoretisch irgendwo am Brückengeländer festgemacht worden sein."

Wir beschleunigten unseren Schritt. Nach kurzer Zeit waren wir auf der Lechbrücke, inspizierten das Brücken geländer und wurden schnell fündig: Mitten auf der Brücke, am rechten Metallgeländer, hing der andere Teil der Nylonschnur. „Na also", meinte Mayer, „dann dürfte das geklärt sein. Jetzt sollten wir nur noch in Erfahrung bringen, ob er das freiwillig getan hat oder auf diese Weise ins Jenseits befördert worden ist. Wenn es kein Selbstmord ist, dann waren der oder die Mörder nicht gerade zimperlich – sieht beinahe wie eine Hinrichtung aus."

„Und falls es doch Selbstmord war, dann hat sich der Junge nicht gerade die schönste Todesart ausgesucht“, bemerkte ich lakonisch.

Nach einer kurzen Denkpause deutete er auf eine Stelle unter dem Geländer und meinte: „Ist dir unter dem Geländer der scharfkantige Betonsockel aufgefallen? Ich vermute, dass das Seil genau an dieser Stelle angeschnitten wurde.“

Ich nickte zustimmend und informierte umgehend die Kollegen von der Spurensicherung über unseren Fund. Das Seil ließen wir so hängen wie es hing und gingen zurück zum Wagen.

„Glaubst du, es gibt einen Zusammenhang zwischen dem hier und den anderen Selbstmorden?“, fragte mein Assistent.

„Das glaube ich nicht, Albert. Außerdem war dieses Mal kein Telefon im Spiel ...“

17

Das Foto mit der jungen Frau und dem Alten im Hintergrund, das ich von Altenrieds Witwe bekommen hatte, ließ mir keine Ruhe. War es wirklich nur Zufall, dass dieser alte Mann mit dem riesigen weißen Turban auf dem Bild war oder hatte es eine Bedeutung? Und vor allem hätte ich gerne gewusst, wer die weibliche Person auf dem Bild war, die Wolfram Altenried da fotografiert hatte.

Ich griff zum Telefon und wählte die Nummer von Marianne Altenried.

„Ja bitte?“, meldete sie sich.

„Guten Tag, Frau Altenried. Hekli hier. Ich würde sie gerne etwas fragen: Auf einem der Fotos, die Sie mir gegeben haben, ist eine junge Frau abgebildet, etwa dreißig Jahre alt, mit langen rötlichen Haaren. Haben Sie eine Ahnung, um wen es sich dabei handeln könnte?“

„Ich weiß nicht, von welchem Foto Sie sprechen. Ich habe mir die Bilder nicht so genau angesehen. Mein Mann hatte einen großen Bekanntenkreis. Er hat immer irgendwelche Leute fotografiert, die ich nicht kenne.“

„Ich frage Sie jetzt mal ganz direkt: Glauben Sie, dass Ihr Mann eine Freundin hatte?“

„Wie bitte? Ich verstehe nicht...“ Sie hatte einen ärgerlichen Unterton in der Stimme.

„Besteht für Sie ein Grund zu der Annahme, dass Ihr Mann ein außereheliches Verhältnis hatte?“, wiederholte ich meine Frage, obwohl ich mir ziemlich sicher war, dass sie genau verstanden hatte, auf was ich hinaus wollte.

„Ich finde diese Frage reichlich unverschämt, Kommissar“, antwortete sie und fuhr fort: „Ich bin mir ziemlich sicher, dass er keines hatte, unsere Ehe war sogar sehr gut – außerdem wüsste ich nicht, was das mit seinem Tod zu tun haben sollte.“

„Nichts für ungut, Frau Altenried. Es war nur eine Routinefrage – hätte ja sein können. Wir müssen jeder noch so kleinen Spur nachgehen, denn wie Sie selbst schon festgestellt haben, hatte Ihr Mann genau genommen eigentlich kein Motiv für einen Selbstmord.“

„Wollen Sie etwa mich verdächtigen?“, fragte sie. „Sie haben doch selbst gesehen, dass er sich erschossen hat. Zudem war ich zu diesem Zeitpunkt gar nicht in seinem Büro.“

„Nein, ich verdächtige Sie in keiner Weise, verstehen Sie mich bitte nicht falsch – mir kommen nur ein paar Dinge eigenartig vor. Das ist alles.“

Ich bedankte mich für das Gespräch und legte auf. Das war wohl ein Griff ins Klo, dachte ich. Doch mein Instinkt sagte mir, dass dieses Foto etwas zu bedeuten hatte.

Und plötzlich kam mir eine Idee.

Ich ging nach nebenan in das Büro meines Assistenten. Albert saß am Schreibtisch und telefonierte mit einem Kollegen. Als er mich sah, beendete er rasch das Gespräch und meinte: „Was verschafft mir die Ehre, hoher Chef?“

„Wir sollten all diese mysteriösen Selbstmordfälle noch mal genau überprüfen, Albert.“

„Warum das denn?“

„Ich fühle einen vagen, inneren Drang in mir, es zu tun – frag mich jetzt nicht, weshalb.“

„Okay – und wo fangen wir an?“

„Ganz am Anfang, beim ersten Selbstmordfall – beim Fall Berger.“

Das Telefon meines Kollegen schrillte. Er hob den Hörer ab und meldete sich. Einen Augenblick später sagte er: „Hallo Herr Meitner. Ja, er ist gerade bei mir. Möchten Sie ihn sprechen?“ Eine kurze Pause entstand, dann meinte er: „Moment“, und während er mir den Hörer reichte, brummte er: „Meitner von der Spurensicherung – wegen des Toten an der Lechbrücke.“

Ich meldete mich. „Hallo Meitner, Neuigkeiten?“, fragte ich.

„Es geht um diesen Kameraden, der von der Lechbrücke gesprungen ist.“

„Ja und?“

„Es war einwandfrei Selbstmord, Kommissar. Dr. Kowalsky hat den Toten untersucht. Sie haben keinerlei Spuren einer Fremdeinwirkung an der Leiche gefunden. Doch wissen Sie, was eigenartig ist?“

„Nein. Aber Sie werden es mir vermutlich gleich erzählen.“

„Dem Mann war anscheinend bis zuletzt unklar, auf welche Weise er sterben wollte.“

„Wie darf ich das verstehen?“

„Nun ja – so wie wir den Fall rekonstruiert haben, ist folgendes passiert: Rolf Faltermeier – so hieß der Mann, hat die Nylonleine zuerst am Brückengeländer befestigt, sich dann die Schlinge um den Hals gelegt, sie zugezogen und ist anschließend von der Brücke gesprungen. Daher rührt der Genickbruch. Das Seil ist aber am scharfkantigen Mauervorsprung unter dem Geländer angeschnitten worden, es ist schließlich gerissen und er ist ins Wasser gefallen."

„Soweit waren wir auch schon", brummte ich.

„Was Ihnen aber sicher nicht bekannt sein dürfte, ist die Tatsache, dass der Mann vorher ein ziemlich starkes Beruhigungsmittel eingenommen hat."

„Hat das die Obduktion ergeben?"

„Die Obduktion hat es lediglich bestätigt. Wir fanden bereits vorher in der Manteltasche des Toten eine angebrochene Tablettenpackung. Tranxilium – laut Doc Kowa ein ziemlicher Hammer. Fünfzig Milligramm reichen aus und man ist handlungsunfähig, meint der Doc."

„Dieser – äh, wie hieß er noch mal ...?"

„Rolf Faltermeier."

„Genau. Dieser Faltermeier war aber nicht handlungsunfähig. Er ist immerhin noch von der Brücke gesprungen."

„Er hat ja nicht die ganze Packung geschluckt, soweit wir wissen. Aber der Clou kommt noch: Wir fanden in einer der Manteltaschen einen Revolver, eine Nowlin Avenger 45 ACP vom Feinsten."

„Vermutlich hatte er die Absicht, sich unmittelbar nach dem Erhängen sicherheitshalber noch zu erschießen", flachste ich.

„Er ging jedenfalls auf Nummer sicher."

„Hat der Mann Angehörige?", wollte ich wissen.

„Er ist verheiratet, lebt aber getrennt."

„Was war er von Beruf?"

„Beamter bei der Stadtverwaltung."

„Deswegen muss man sich doch nicht umbringen – so schlecht verdienen die ja auch wieder nicht." Ich grinste und fuhr fort: „Jedenfalls hat er einem Beamten alle Ehre gemacht – er hat gründlich gearbeitet."

„Stimmt", entgegnete Meitner. „Übrigens: Der Tod eines Beamten stellt die stärkste Form der Dienstunfähigkeit dar, habe ich mal gelesen." Er lachte.

„Da ist zweifelsfrei was dran", erwiderte ich. „Jedenfalls besten Dank für die Info, Meitner."

„Keine Ursache, Kommissar. War mir fast schon ein Vergnügen. Tschau." Wir beendeten das Gespräch und ich erzählte meinem Kollegen, was ich eben erfahren hatte. Der schüttelte den Kopf und meinte nur: „Was es nicht alles gibt. Man lernt nie aus..."

Ich brachte das Thema wieder auf unsere mysteriösen Selbstmordfälle und meinte: „Wir sollten uns noch mal mit Johanna Berger unterhalten."

„Und du glaubst, das bringt was?" Albert sah mich skeptisch von der Seite an.

„Das weiß ich nicht. Aber wir sollten nichts außer Acht lassen. Komm mit, wir fahren mal eben bei Johanna Berger vorbei."

„Na gut, wenn du unbedingt meinst", maulte mein Kollege und stand behäbig auf, um seine Jacke zu holen.

„Nun komm schon, keine Müdigkeit vortäuschen, Junge."

„Ein alter Kriminalbeamter ist doch kein D-Zug", erwiderte Albert, grinste mich an und fragte: „Was – außer diesem vagen Gefühl, das du hast, bringt dich auf die Idee, bezüglich dieser Selbstmordfälle noch mal nachzuforschen? Die Idee ist total absurd. Außerdem hat die Spurensicherung doch festgestellt, dass ..."

Ich unterbrach ihn: „Ich vermute, dass es keine Selbstmordfälle waren, Albert."

18

Wir fuhren durch die regennasse Stadt. Meinem Assistenten war immer noch nicht klar, weshalb ich noch einmal Nachforschungen anstellen wollte. Leicht missgestimmt brummte er: „Und was willst du das alte Mädchen fragen?“

„Das wirst du schon sehen. Halte dich einfach im Hintergrund und hör zu. Vielleicht kannst du ja noch was lernen.“ Ich grinste ihn an.

Es war bereits 18 Uhr 25, als wir am Haus der Bergers ankamen. Durch die Fenster sahen wir einen schummerigen Lichtschein. Wir stiegen aus und läuteten. Johanna Berger öffnete. Überrascht sah sie uns an.

„Guten Abend, Frau Berger, entschuldigen Sie die Störung, aber wir hätten da noch ein paar Fragen.“

„Muss das ausgerechnet jetzt sein, Kommissar?“

„Ja, leider, es muss sein. Können wir reinkommen?“ Offensichtlich widerwillig bat sie uns ins Haus und meinte: „Ich habe gerade Besuch. Meinen Nachbarn.“

„Wir halten Sie nicht unnötig lange auf, keine Angst“, erwiderte ich.

Sie führte uns ins Wohnzimmer. „Darf ich vorstellen: Das ist Professor Möbius, mein Nachbar“, meinte sie und fuhr zu Möbius gewandt, fort: „Und die beiden Herren sind von der Kriminalpolizei.“

Ich wollte nicht lange stören und fragte ohne Umschweife: „Mich würde vorab erst mal eines interessieren, Frau Berger: Hat Ihr Mann vor seinem Tod eine Reise unternommen?"

„Weshalb ist das wichtig? Und was hat das mit seinem Tod zu tun?"

„Überlassen Sie mir das Fragen, Frau Berger. Also: Ist Ihr Mann vor seinem Tod noch verreist? Ja oder Nein?"

„Ja. Mein Mann und ich waren zusammen etwa drei Wochen vor seinem Tod in Ägypten."

Ich merkte, wie mich mein Kollege überrascht ansah.

„Und wo waren Sie da genau?"

„Im Tal der Könige. Wir haben uns unter anderem auch die Königsgräber angesehen.

„Auch das Grab Tutanchamuns?"

„Natürlich."

„Wie lange waren Sie dort unterwegs?", wollte ich wissen.

„Etwa drei Wochen. Aber was soll diese Fragerei, Kommissar? Ich kann nicht verstehen, was das alles mit seinem Tod zu tun haben soll."

„Eine reine Routineangelegenheit, nichts weiter. Das war's auch schon. Aber ich bitte Sie, uns für weitere Fragen zur Verfügung zu stehen."

„Selbstverständlich."

Sie brachte uns an die Haustür, wir verabschiedeten uns. Als wir im Wagen saßen, meinte Albert nur: „Donnerwetter!"

„Ist was?", fragte ich.

„Wolfram Altenried war in Ägypten und das Ehepaar Berger ebenfalls. Kurz vor den Selbstmorden."

„Du merkst auch alles“, brummte ich.

„Aber ich begreife immer noch nicht so richtig, was das alles mit den Selbstmorden zu tun hat.“

„Das ist mir bis jetzt auch noch unklar, Albert. Übrigens: Hat sie nicht bei der ersten Vernehmung gesagt, sie würde diesen Professor Möbius nur flüchtig kennen?“

„Kann mich nicht mehr erinnern.“

„Aber ich erinnere mich noch sehr gut daran. Hast du vorhin gesehen, was auf dem Tisch stand?“

„Zwei halbvolle Weingläser und eine Weinflasche. Warum?“

„Genau – und sie standen nicht gegenüber, sondern direkt nebeneinander. Zudem waren die Kissen auf der Couch zerdrückt, obwohl dieser Professor Möbius nur an einer Stelle gesessen ist und die Couch relativ groß ist. Logischerweise sind sie also nebeneinander auf der Couch gesessen – oder gelegen.“

„Und was sagt das schon aus?“

„Eigentlich nur so viel, Albert: Die beiden kennen sich bereits länger und zwar nicht nur flüchtig! Sie haben etwas miteinander – und das auch nicht erst seit gestern ...“

„Meinst du wirklich??“

„Mann, sei nicht so naiv – klar doch. Außerdem kann ich mich auf mein Gespür verlassen ... Okay, machen wir für heute Feierabend.“

19

Shamal Ibn Rihab Al-Saud stand am Fenster seines Hotelzimmers und blickte in die untergehende Sonne. Er dachte nach. Lange hatte er auf diesen Augenblick gewartet, jetzt endlich war es soweit. Er war der Todesengel, von höchster Stelle dazu auserkoren, Rache zu nehmen an all den Ungläubigen, die meinten, sie könnten sich ungestraft versündigen. Er würde seine Aufgabe ausführen, hart und gerecht, ohne Skrupel, ohne Erbarmen – wenn es sein müsste, auch durch den Einsatz des eigenen Lebens.

Das Telefon auf dem Nachtisch läutete. Er nahm den Hörer ab und meldete sich. Ihm war klar, wer am anderen Ende der Leitung war. Er erkannte die Stimme sofort, die ihm lediglich einen Namen nannte: Günther Volz. Dann klickte es, der Anrufer hatte aufgelegt.

Shamal nahm sein Notizbuch vom Beistelltisch und schlug es auf. Mit dem Finger fuhr er über die Seiten, blätterte um und hielt plötzlich inne. Dann nahm er ein kleines Stück Papier und schrieb eine Nummer darauf. Fast akribisch faltete er den Zettel und steckte ihn in die Brusttasche seines Hemdes. Schließlich verstaute er das Notizbuch in seinem schwarzen Aktenkoffer, verschloss ihn sorgfältig und schob ihn unter das Bett. Langsam und bedächtig zog er sein Jackett an und verließ das Hotelzimmer.

Als ich zu Hause ankam, war meine Frau nicht da. An ihrer Stelle fand ich lediglich einen Zettel auf dem

Küchentisch: Essen steht im Kühlschrank, bin zu Edeltraud gefahren und um etwa 22 Uhr zurück. Nur in der Mikrowelle aufwärmen. Bis dann, Ruth.

Na toll, dachte ich, dann wird es wohl später als 22 Uhr werden. Wenn die beiden zusammensaßen, dann ging ihnen bei ihren ausdauernden Gesprächen jedes Zeitgefühl verloren – das wusste ich aus Erfahrung. Ich mochte Edeltraud nicht besonders. Sie war eine Schulfreundin meiner Frau, eine Nervensäge ohne Ende, ich war fast schon allergisch gegen sie und wenn sie zu Besuch kam, sträubten sich all meine Nackenhaare einzeln. Meistens suchte ich dann schnell das Weite.

Ich nahm die beiden Tupperschüsseln aus dem Kühlschrank und stellte sie in die Mikrowelle. Während ich den Tisch deckte, kam mir die Idee, Martin Miller anzurufen. So angelte ich mir mein Notizbuch aus der Jackentasche, fand die Nummer, ging zum Telefon und drückte sie in die Tasten. Miller meldete sich.

„Guten Abend, Herr Miller, Hekli hier“, sagte ich.

„Wer ist dort?“

„Hekli, Kriminalpolizei. Wir waren neulich bei Ihnen und ...“

„Ach ja, stimmt“, unterbrach er mich. „Was kann ich für Sie tun?“

„Ich hätte eine Frage, Herr Miller: Sind Sie in letzter Zeit im Urlaub gewesen?“

„Warum fragen Sie das?“

„Weil ich es wissen muss – ich habe meine Gründe“, antwortete ich.

„Ja – meine Frau ...“, er stockte und redete nach einer kurzen Pause weiter: „Also, meine verstorbene Frau und ich, wir waren etwa drei Wochen vor ihrem Tod zusammen in Urlaub."

„Darf ich fragen, wo Sie waren?"

„In Ägypten."

„In Ägypten, aha." Ich wunderte mich, dass ich nicht überrascht war. Irgendwie hatte ich es geahnt.

„Aber weshalb wollen Sie das wissen?"

Ohne auf seine Frage einzugehen, meinte ich: „Sie waren im Tal der Könige, nicht wahr?"

„Stimmt. Woher wissen sie das alles?", fragte er verblüfft.

„Haben Sie unter anderem die Königsgräber besichtigt, Herr Miller? Das von Pharao Tutanchamun beispielsweise?"

„Auch das. Wir waren im Grab von Ramses dem Sechsten und haben dann noch auf ein Sprüngchen bei Tutanchamun reingeschaut. Der lag ja gleich nebenan", meinte er jovial, als spräche er von einem Barbesuch. Aber warum interessiert Sie das alles?"

„Ist nicht so wichtig, Herr Miller, und ich kann es Ihnen momentan auch nicht erklären. Betrachten Sie es einfach als Routinefrage, ja?"

„Na gut. Kann ich sonst noch etwas für Sie tun, Kommissar?"

„Nein, danke, das war's schon. Wenn ich weitere Fragen habe, melde ich mich. Schönen Abend noch." Ich legte auf und ging zurück in die Küche.

Während des Essens schossen mir die verschiedensten Gedanken durch den Kopf. Bisher waren drei der Selbstmörder vor ihrem Tod in Ägypten gewesen, was mich nun zu der Überzeugung brachte, dass dies alles kein Zufall mehr sein konnte. Ich war mir sicher, dass auch die anderen Selbstmörder vor ihrem Tod Ägypten bereist hatten. Mir waren jedoch die Zusammenhänge nicht klar. Dazu kamen meine eigenartigen Träume, die mich zwar auf eine Spur gebracht hatten, aber die Sache dennoch nicht einfacher machten ...

Ich beschloss, noch einen Anruf zu wagen und wählte die Nummer von Ahmet Ülcan.

„Ülcan hier."

Ich sagte mein Sprüchlein auf und fragte schließlich: „War Ihr Sohn vor seinem Tod in Urlaub?"

„Ich nix Urlaub, Kommissar. Ich arbeitslos, viel zu viele Urlaub haben. Arbeit wolle."

„Nein, ich meine nicht Sie, sondern Ihren verstorbenen Sohn, Herr Ülcan."

„Güncal?"

„Ja."

„Hat Urlaub gemacht, jawoll."

„Und wo, bitte?"

„Güncal in Ägypten war. Hat sich angeschaut alte Gräber und so was."

„Wissen Sie zufällig, ob er im Tal der Könige war?"

„Tal was?"

„War er im Tal der Könige?", wiederholte ich meine Frage.

„Nix wissen, muss Frau fragen, eine Moment." Er legte den Hörer beiseite. Nach einer halben Minute kam er zurück und meinte: „Frau sagen, Güncal gewesen ist in Tal von Könige, jawoll."

„Gut, Herr Ülcan. Danke für die Auskunft. Das war alles, was ich wissen wollte. Schönen Abend noch."

Mir war nun klar, dass hinter all den Selbstmorden irgendein Schema steckte. Doch was hatte das alles zu bedeuten und wo war der Sinn dahinter?

20

Als ich am anderen Morgen ins Präsidium kam, empfing mich mein Kollege Mayer bereits mit einem mürrischen Gesicht. Nach einer kurzen Begrüßung meinte ich: „Was ist dir denn über die Leber gelaufen?“

„Ach, meine Tochter macht mir Sorgen. Gestern bekomme ich eine Mitteilung ihrer Schulleitung, dass sie dieses Schuljahr wiederholen muss. Reine Faulheit bei ihr. Sie hat alle möglichen Flausen im Kopf, nur nicht die Schule. Sie will die Schule hinschmeißen – jetzt, so kurz vor dem Abi.“

„Sie geht in die elfte Klasse Gymnasium, nicht wahr?“, fragte ich.

„Ja. Und deshalb wäre es schade, wenn ...“

„Denk dir nichts. Mein Gerhard hat die elfte Klasse auch wiederholt. Sie ist bekanntlich die Schwierigste. Doch beim zweiten Anlauf hat er sie locker geschafft. Irgendwann kommen sie alle auf den Trichter, keine Angst“, meinte ich beschwichtigend.

„Glaubst du?“

„Sicher glaube ich das. Soll ich mal mit ihr reden?“

„Nein, meine Frau und ich werden das schon schaffen, denke ich.“

„Gut – dann können wir ja jetzt das Thema wechseln. Sei mal bitte so nett und hol uns zwei Tassen Kaffee aus dem Automaten, dann erzähle ich dir was.“

Mayer trabte los und kam nach einer Minute mit zwei Tassen Kaffee zurück. Ich setzte mich auf unsere schwarze „Denker-Couch“ und zündete mir eine Zigarette an.

„Also pass auf, Albert: Als ich gestern Abend nach Hause kam, habe ich noch schnell Martin Miller angerufen.“

„Den Mann von der Sylvia Miller, die vor das Auto rannte?“

„Genau den. Ich wollte von ihm wissen, ob sie kurz vor ihrem Freitod noch in Urlaub war.“

„Und?“

„Sie war. Dreimal darfst du raten, wo.“

„Sag jetzt bloß nicht, sie sei in Ägypten gewesen!“ Albert sah mich fragend an.

„Doch!“

„Nein!“

„Doch, tatsächlich. Beide waren im Tal der Könige und haben sich die Königsgräber angesehen.“

„Also Bergers, Wolfram Altenried und Millers ...“, sinnierte mein Kollege und schüttelte langsam den Kopf.

„Und nicht nur das“, fuhr ich fort. „Ich habe auch mit Ahmet Güncal telefoniert. Er bestätige mir ebenfalls, dass sein Sohn vor seinem Selbstmord in Ägypten gewesen sei. Seine Frau gab an, er hätte das Tal der Könige bereist.“

„Das darf doch alles nicht wahr sein!“, rief Mayer.

„Es ist so. Und was die anderen Fälle betrifft, wette ich fast, dass die auch dort waren.“

„Ich verstehe das alles nicht“, meinte Mayer und rieb sich das Kinn. „Und weshalb bringen die sich dann anschließend um? Und was bedeuten die eigenartigen Telefonanrufe und vor allem der Satz „Heute war sein

Tag oder heute war ihr Tag? Wo steckt da ein Sinn dahinter?“

„Das habe ich mich gestern auch schon gefragt, Albert. Und ich bin bislang noch nicht dahinter gekommen. Ich erinnere mich aber, dass es mal einen Film gab, der hieß: Der Fluch des Pharao oder so ähnlich.“

„Da bist du aber nicht mehr ganz aktuell“, entgegnete mein Kollege. Zwischenzeitlich sind wir bei ‚Die Mumie kehrt zurück‘, Teil 2. Wenn man eine halbwüchsige Tochter hat, dann weiß man das...“

„Okay. Und diese Mumie ruft dann die Leute an und befiehlt ihnen übers Telefon, sich umzubringen, oder wie?“

„Na ja“, meinte mein Kollege, „schon Shakespeare sagte, dass es mehr Dinge zwischen Himmel und Erde gäbe...“

„Ich kenne den Spruch auch. Aber wenn ich dich im Büro anrufe und sage: Albert, spring mal eben kurz in den Lech, dann würdest du das doch auch nicht tun, oder?“

„Du bist ja auch keine altägyptische Mumie, Chef.“ Er grinste mich an.

„Manchmal fühle ich mich aber so.“

21

Das Telefon auf meinem Schreibtisch riss uns aus unserem Gespräch. Herbert Steiner war am Telefon. Nach einer kurzen formellen Begrüßung meinte er: „Wir haben schon wieder einen Selbstmordfall, Hekli. Anscheinend häuft sich das. Sieht fast so aus, als würde es in Augsburg zum Volkssport."

„Wo und wie ist das passiert?", fragte ich.

„Ein Mann hat sich vor etwa fünfzehn Minuten in der Nähe von Kissing auf die Bahngleise gelegt und gewartet, bis der ICE aus München kam. Die Kissinger Kollegen fanden den Mann total verstümmelt und zerfetzt am Bahndamm. Der ICE fährt hier noch mit einer Geschwindigkeit von etwa 160 km/h – da bleibt außer Hackfleisch nicht mehr viel übrig."

„Kennt man die Identität des Mannes?", fragte ich.

„Im Augenblick noch nicht. Die Kollegen sind gerade am Ermitteln. Sie sollten sich das mal ansehen, Hekli. Der Fall ist etwas unklar."

Schon allein der Gedanke, die verstümmelte Leiche eines vom Zug überfahrenen Mannes begutachten zu müssen, schüttelte mich. Aber was blieb mir anderes übrig? So erwiderte ich: „Gut Herr Steiner, mein Kollege und ich fahren sofort los." Ich legte auf.

„Was ist denn jetzt wieder los?", fragte Albert.

„Wir haben wieder mal einen Selbstmordfall. Ein Mann hat sich in Kissing auf der Schnellstrecke München-Augsburg vor den Zug geworfen."

„Das wird langsam zum Volkssport“, meinte Mayer.

„Genau das hat Steiner vorhin auch gesagt. Allerdings sei der Fall etwas unklar.“

„Wieso unklar?“, maulte mein Kollege. „Da hat sich einer auf die Schienen gelegt und gewartet, bis der Zug kommt. Was bitte schön ist daran unklar?“

„Na – er könnte ja auch vor den Zug gestoßen worden sein. Weiß man’s?“

„Na gut, dann stürzen wir uns eben ins Vergnügen, was soll’s ...“, meinte Albert resignierend.

Kurze Zeit später saßen wir im Auto und fuhren in Richtung Kissing. „Glaubst du, es hat etwas mit unserer Selbstmordserie zu tun, Chef?“

„Diese Frage ist illusorisch, Albert. Könnte sein, muss es aber nicht. Woher soll ich das wissen?“

„Och – ich dachte nur. Hätte ja sein können, dass du heute Nacht wieder geträumt hast ...“ Leicht spöttisch grinsend sah er mich von der Seite an.

Als wir am Ort des Geschehens ankamen, standen bereits eine Menschentraube, ein paar Streifenwagen und ein Notarztwagen am Bahndamm. Die Leiche war mit einem großen, grauen Kunststofflaken bedeckt. Wir begrüßten die Kollegen und stellten uns kurz vor. „Wie ist das passiert?“, fragte ich einen Kollegen. Mein Assistent unterhielt sich währenddessen etwas abseits mit den Leuten vom Erkennungsdienst.

„Der Mann hat sich anscheinend auf die Schienen gelegt und seelenruhig abgewartet, bis der Zug kam. Er war weder angebunden noch gefesselt oder ähnliches. Deshalb können wir davon ausgehen, er ist freiwillig aus dem Leben geschieden.“

„Der hat vielleicht Nerven“, entfuhr es mir.

„Die Leiche ist bis zur Unkenntlichkeit zerfetzt, wir mussten die Teile aufsammeln – und das war kein angenehmer Job“, berichtete der Kollege. Ich fühlte, wie sich mir langsam der Magen umdrehte.

„Eigenartigerweise war sein Handy noch betriebsbereit. Die Spurensicherung ist gerade dabei, anhand der mitgeführten Kreditkarten die Identität der Leiche festzustellen“, fuhr der Kollege fort.

„Bis wann haben Sie diesbezüglich Ergebnisse?“, wollte ich wissen.

„In ein paar Minuten, denke ich. Die Spurensicherung ist gerade dabei ...“

Albert war dazugekommen, unterbrach das Gespräch und meinte leise, so dass nur ich es hören konnte: „Zwischenzeitlich kennt man die Identität der Leiche. Der Mann wohnte in Augsburg-Hochzoll in der Karwendelstrasse, verheiratet, zwei Kinder. Die Frau wurde zwischenzeitlich telefonisch verständigt. Und möchten Sie wissen, was Sie gesagt hat?“

„Heute war sein Tag, vermute ich.“

„Richtig. Und sie sagte es mit einer stoischen Ruhe, als ginge sie das alles überhaupt nichts an.“

„Wie heißt der Mann?“, wollte ich wissen.

„Es handelt sich um einen gewissen Günther Volz.“

22

Am Nachmittag hatten wir die unangenehme Aufgabe, die Ehefrau von Günther Volz zu befragen. Dabei kam heraus, dass auch sie mit ihrem Mann vor noch nicht allzu langer Zeit in Ägypten gewesen war – im Tal der Könige – und auch dieses Ehepaar hatte das Grab Tutanchamuns besucht.

Karin Volz hatte ebenso – wie Johanna Berger oder Martin Miller – ein ähnliches, sonderbar gleichgültiges Verhalten an den Tag gelegt und wiederum konnten wir uns des Eindrucks nicht erwehren, dass ihr der tragische Selbstmord ihres Mannes fast gleichgültig war. Ihr lapidares Argument war lediglich gewesen: Heute war sein Tag...

Ich hatte nun ein Rätsel vor mir und wusste nicht, wie ich es lösen sollte...

Gegen Abend fiel mir ein, dass mir Johanna Berger erzählt hatte, dieser Professor Möbius sei Ägyptologe. Und da mir das Verhältnis der beiden reichlich suspekt vorkam – insbesondere nach der Aussage von Johanna Berger, man kenne sich angeblich nur flüchtig, beschloss ich, das Ganze nebenbei zu hinterfragen. So nahm ich das Telefonbuch, suchte nach der Telefonnummer von Möbius und rief ihn an.

„Möbius“, meldete er sich.

„Ich spreche mit Herrn Professor Möbius?“

„Ja – und wer sind Sie?“

„Wir hatten schon mal das Vergnügen, Professor. Bei Frau Berger. Erinnern Sie sich?“

„Sind Sie einer dieser beiden Kriminalpolizisten?“, wollte er wissen.

„Genau. Hekli ist mein Name, Hauptkommissar im Morddezernat.“

„Und was wollen Sie von mir?“

„Ich würde mich gerne mit Ihnen unterhalten.“

„Ich wüsste nicht, worüber ich mit Ihnen sprechen sollte, Herr Kommissar.“ Er hatte einen etwas arroganten Unterton in der Stimme.

„Über Ägypten, Professor. Sie sind Ägyptologe, nicht wahr?“

„Das ist korrekt. Was möchten Sie wissen?“

„Lassen Sie uns nicht am Telefon darüber sprechen. Ich möchte persönlich mit Ihnen reden. Ist es Ihnen recht, wenn mein Kollege und ich kurzfristig heute Abend bei Ihnen vorbeischauen?“

„Na ja, gut. Meinetwegen. Bis wann kommen Sie?“

„Sagen wir, 20 Uhr?“

„Gut, das passt. Meine Adresse wissen Sie sicherlich, nehme ich an.“

„Klar. Also bis dann.“ Ich legte auf und ging zum Büro meines Kollegen. Albert saß an seinem Schreibtisch über einem Bericht.

„Hör mal, Junge“, meinte ich, „hast du heute Abend schon was vor?“

„Weshalb die Frage, Chef?“

„Ich bin um zwanzig Uhr mit diesem Professor Möbius verabredet und hätte dich gerne dabei. Du weißt schon: Vier Ohren hören mehr als zwei ...“

„Was willst du denn von dem?"

„Och – ich möchte so einiges wissen. Also: Fährst du mit? Ja oder Ja?"

„Na klar. Zusammen sind wir bekanntlich unschlagbar." Er grinste mich an und meinte weiter: „Ich fahre aber zuerst nach Hause und esse eine Kleinigkeit."

„Bingo – dann hole ich dich um Viertel vor acht ab, okay?"

„Ja, mach das."

Ich verließ Mayers Büro, holte meinen Mantel und fuhr nach Hause.

23

Pünktlich um dreiviertel acht läutete ich an Alberts Haustüre. Er war bereits startbereit und wir fuhren sofort los.

„Nun sag mal ehrlich, was willst du eigentlich von diesem komischen Professor, Chef?“

„Ich möchte erstens ein paar Dinge über Ägypten erfahren und zweitens nebenbei herausbekommen, in welchem Verhältnis er genau zu Johanna Berger steht.“

„Ist mir zwar schleierhaft, was das soll, aber bitteschön – vielleicht wird’s ja ganz interessant, zudem wirst du schon deine Gründe dafür haben.“

„Habe ich, Albert. Die habe ich wirklich.“

Als wir angekommen waren und an der Haustüre läuteten, öffnete uns eine kleine, dickliche Frau und führte uns ins Arbeitszimmer des Professors. Wie sich herausstellte, war sie die Haushälterin. Möbius begrüßte uns äußerst freundlich, was mich nach dem Telefonat am Nachmittag zugegebenermaßen etwas überraschte – ich hatte ihn ganz anders eingeschätzt. Der grauhaarige, große, hagere Mann war nun die Liebenswürdigkeit in Person. Zwei wasserblaue Augen hinter einer randlosen Brille blickten uns prüfend an. Seine scharf geschnittene Nase war etwas zu groß geraten und erinnerte mich fast an den Schnabel eines Adlers.

„Darf ich Ihnen etwas anbieten? Kaffee, Tee?“

„Gerne. Wir nehmen den Kaffee.“

„Gut.“ Er stand auf, ging zur Tür, öffnete sie einen Spalt, steckte den graubehaarten Kopf durch und rief:

„Amalie, machen Sie uns bitte mal eine Kanne Kaffee, ja?!“

Ohne eine Antwort abzuwarten, schloss er die Türe wieder und nahm in dem weinroten Ledersessel hinter seinem Schreibtisch Platz.

„Nun, meine Herren, was kann ich für Sie tun?“, eröffnete er das Gespräch.

„Wie lange kennen Sie Johanna Berger, Professor?“

„Ist das ein Verhör, Kommissar, oder wie?“, fragte er.

„Nein“, erwiderte ich, „kein Verhör, lediglich eine Routinefrage.“

„Ungefähr zwanzig Jahre. Aber wir hatten nie einen engeren Kontakt. Ihr Mann und ich – na ja, wie soll ich sagen? Wir hatten überhaupt keinen Draht zueinander, verstehen Sie, was ich meine? Erst seit ihr Mann tot ist, treffen wir uns ab und zu – ich habe ihr damals die Badezimmertür aufgebrochen. Aber ich nehme an, das wissen Sie.“

„Klar.“

„Sonst noch Fragen, Kommissar?“

„Ja, Professor. Und möglicherweise können Sie uns sogar helfen, etwas Klarheit in gewisse Dinge zu bringen.“

„Helfen? Ich? Und wie?“

„Es geht um diese Selbstmordfälle, die sich in letzter Zeit gehäuft haben.“

„Ich habe in der Zeitung davon gelesen“, bemerkte er.

„Was können Sie uns über Ägypten, besser gesagt: über das Tal der Könige sagen?“

Möbius lächelte. „Kriminalpolizisten, die sich ausgerechnet für das alte Ägypten interessieren, findet man auch nicht oft...“, meinte er und fuhr fort: „Nun ja, im Tal der Könige findet man insbesondere die Gräber der Herrscher des Neuen Reiches aus der Zeit von etwa 1552 bis 1069 vor Christus. Es waren die Herrscher der achtzehnten, neunzehnten und zwanzigsten Dynastie. Das Tal befindet sich im westlichen Theben, am Rand der Wüste gegenüber von Karnak, ist von hohen Bergen eingesäumt, es gibt dort eine natürliche Felspyramide, die man el Korn genannt hat – was nichts anderes bedeutet als ‚Das Horn‘. Das Ganze stellt eine riesige Nekropole dar, also eine Totenstadt, wenn Sie so wollen.“

„Dort wurden überwiegend die ägyptischen Könige bestattet?“, wollte Mayer wissen.

„Nein, auch ägyptische Königinnen. Unweit davon findet man das Tal der Königinnen. Es ist aber relativ unbekannt – zumindest für Touristen. Im Tal der Könige sind außerdem einige hohe Würdenträger bestattet – sogar Tiergräber hat man gefunden. Aber mal eine Zwischenfrage: Weshalb interessieren Sie sich für all diese Dinge?“

„Das erkläre ich Ihnen später“, antwortete ich und fragte weiter: „Was können Sie uns speziell über Tutanchamun erzählen?“

„Tutanchamun? Er war ein Herrscher der 18. Dynastie, ein Sohn von König Echnaton. Seine Mutter war mit großer Wahrscheinlichkeit dessen eigene Tochter Maketaton. Könnte aber auch Kija gewesen sein. Man weiß nichts Genaues darüber. Er kam bereits im zarten Alter von acht Jahren auf den Thron. Damals allerdings hieß er noch nicht so, sondern Tutanchaton.“

„Der war aber früh dran“, bemerkte mein Assistent und grinste.

„Tja – und er ist auch sehr früh gestorben – bereits mit siebzehn“, erwiderte Möbius und fuhr fort: „Deshalb hatte er auch kaum die Zeit, einen eigenen politischen Willen zu entwickeln. Er war ein schwacher Pharao und für die harten Staatsgeschäfte viel zu jung. Aus diesem Grund übte seine Hauptgemahlin, sie hieß Anchesenamun und war älter als er, die Macht und den politischen Einfluss aus, wobei der wirkliche Machthaber allerdings Haremhab gewesen sein dürfte. Er war der oberste General und Stellvertreter des Königs.“

„Hochinteressant“, warf ich ein.

„Stimmt.“ Möbius nickte wohlwollend und meinte: „Ich könnte Ihnen sicherlich noch ein paar Stunden lang darüber erzählen.“

Die Tür wurde geöffnet und Amalie, die Haushälterin, schob einen kleinen Beistelltisch mit drei Tassen und einer Kanne in den Raum. Wir gossen den Kaffee ein und tranken. Nebenbei nahm mein Kollege das Gespräch wieder auf und meinte: „Es ist verwunderlich, dass man das alles heute noch weiß.“

„Na ja, man hat ja auch eine Menge Inschriften und Hinterlassenschaften gefunden, obwohl Grabräuber jahrtausendelang geplündert und dabei sicherlich vieles zerstört haben dürften.“

„Was hat es nun speziell mit dem Grab von Tutanchamun auf sich?“

„Mit dem Grab?“

„Ja.“

„Na ja – die Entdeckung war ein Glücksfall – es wäre beinahe nicht entdeckt worden und die Geschichte klingt fast wie ein Kriminalroman. Es ranken sich eine Menge Schauergeschichten drum herum."

„Erzählen Sie uns mehr darüber", bat mein Kollege.

Möbius fuhr fort: „Entdeckt wurde das Grab 1922 von dem Briten Howard Carter. Lord Carnarvon hat die ganze Mission damals finanziert – heute würde man sagen, gesponsert. Die Suche hat annähernd sieben Jahre gedauert, man war schon nahe daran, aufzugeben – schuld daran war die wirtschaftliche Lage nach dem Ersten Weltkrieg, da das britische Pfund seit dem Sommer 1921 auf Talfahrt war, der Lord einen beträchtlichen Teil seines Vermögens verloren hatte und dadurch finanziell langsamer treten musste. Dennoch: Als man das Grab schließlich entdeckt hatte, gab es einen riesigen weltweiten Presserummel, das Medieninteresse war geradezu enorm, die Entdeckung löste quasi eine Ägyptomanie aus. Die goldene Totenmaske dürfte neben den vielen anderen Utensilien, die man gefunden hat, der wohl berühmteste Fund in dieser Richtung sein – Sie haben sie sicherlich schon öfter auf einem Foto gesehen, nehme ich an."

Ich nickte. „Und wie ging die Geschichte weiter?"

„Nun ja, Carter bekam zwar die Ehrendoktorwürde der Universität Yale, aber viel Glück hat ihm diese Entdeckung nicht gebracht."

„Wie das?", wollte ich wissen.

„Dazu muss man wissen: Howard Carter war kein Archäologe im üblichen Sinn – auch kein Ägyptologe, er war der Sprache nicht mächtig und machte einige entscheidende Grabungsfehler, die normalerweise nicht passieren dürften."

„Und welche Fehler waren das?“, warf mein Kollege ein.

„Einige – ein gravierender Fehler war es beispielsweise, die Königsmumie zu zerschneiden.“

„Weshalb hat er das getan?“, fragte ich.

„Carter war nicht entsprechend ausgebildet und auch nicht an wissenschaftliches Arbeiten gewöhnt.“

„Und welche Folgen hatte das?“

„Nun ja, ob es unmittelbare Folgen hatte, kann ich so nicht sagen. Tatsache ist jedenfalls: Im Jahr darauf, also 1923, verstarb Lord Carnarvon, Carter selbst litt später am Hodgkin-Syndrom, an dem er auch letztlich starb.“

„Also war der legendäre Fluch des Pharao daran schuld?“, wollte mein Assistent wissen.

„Nein, das glaube ich nicht. Es gab damals zwar einige mysteriöse Todesfälle in diesem Zusammenhang, aber ich denke eher, es handelt sich dabei um Märchen. Sicherlich waren die Umstände damals eigenartig, aber solche Geschichten wurden auch durch zeitgenössische Schriftsteller wie Sir Arthur Conan Doyle, dem Vater des allseits bekannten Sherlock Holmes, gefördert. Ich halte es lediglich für einen Aberglauben ohne jegliche realistische Grundlage.“

„Sagen Sie mal, Professor, um was geht es eigentlich bei diesem ominösen Fluch des Pharao?“, fragte ich.

Möbius strich sich mit der linken Hand über das Kinn und erklärte nach eine kurzen Pause schließlich: „In diesem Fluch werden irdische, aber auch jenseitige Strafen angedroht – falls der Totenkult vernachlässigt wird oder der Tote in Vergessenheit geraten sollte. Er sollte das Grab mit magischen Sprüchen vor Eindringlingen schützen. Der bekannteste Fluch ist der Fluch des Tutanchamun. Bereits damals, als Howard Carter an jenem Novembertag 1922 dessen Grab öffnete, soll er angeblich – neben den zahlreichen Grabschätzen – eine Tontafel gefunden haben, die eine warnende Inschrift trug.

„Und wie lautete die?"

„Moment – lassen Sie mich überlegen ...", murmelte Möbius. Nach einer kurzen Denkpause sagte er:

„Der Tod soll den mit seinen Schwingen erschlagen, der die Ruhe des Pharao stört!"

Für einen Moment war ich schockiert. Hatte ich es nicht so oder so ähnlich geträumt? Ich erinnerte mich fast haargenau an diesen intensiven Traum. Wie lautete doch der Spruch auf dem Sarkophag wieder? Ich versuchte mich krampfhaft zu erinnern, die Schrift war goldfarben gewesen ... Da! Plötzlich stand die Inschrift wieder vor meinem geistigen Auge:

Wer jemals meine Ruhe stört, dessen Haare sollen grau werden wie Asche, die Zähne schwarz wie Russ, und die Schwingen des Todes sollen ihn erschlagen ...

„Kommissar, was haben Sie? Geht es Ihnen nicht gut?" Mit diesen Worten holte mich die Stimme des Professors wieder aus meiner Gedankenwelt.

„Alles in Ordnung, Professor. Ich habe nur kurz nachgedacht."

„Wo befindet sich diese Tafel heute?", wollte Albert wissen.

„Sie wurde nie gefunden und die Wissenschaft hält diese Tontafel für die Erfindung einiger Amateur-Okkultisten. Obwohl man damals alle Funde fotografiert hat, ist diese Tafel auf keinem der Fotos zu sehen“, klärte uns Möbius auf.

„Sie sprachen vorhin von einigen mysteriösen Todesfällen, Professor. Was waren das für Todesfälle?“ Ich war nun wieder voll auf die Unterhaltung konzentriert.

„Na ja – im Anschluss an die Grabung starben einige daran beteiligte Leute unter merkwürdigen Umständen, wenn man das mal so sagen darf...“

„Und welche Umstände waren das?“, fragte Mayer.

„Es ging genau genommen schon damit los, dass der Kanarienvogel Carters am 26. November von einer Schlange getötet wurde. Schlangen galten gemeinhin schon immer als die Beschützerinnen des Pharaos.“

„Was kann der arme Kanarienvogel denn dafür, dass sein blaublütiger Herr und Meister ein Pharaonengrab entdeckt?“, bemerkte mein Kollege.

Möbius lachte. „Gar nichts, und es war sicherlich nur Zufall, aber damals wurde jedes noch so kleine Ereignis im Zusammenhang mit dieser Grabung von den Medien hochgespielt und schamlos ausgeschlachtet. Das war damals nicht anders als heute.“

„Gut – aber als mysteriösen Todesfall würde ich es nicht unbedingt bezeichnen“, warf ich ein.

„Nein“, fuhr Möbius fort, „doch die Serie ging weiter. Der Tod des Kanarienvogels war sozusagen nur die Ouvertüre, denn als Lord Carnarvon, der ebenfalls bei der Graböffnung anwesend war, das Grab verließ, wurde er von einem Moskito gestochen, was zu einer Blutvergiftung führte. Dann kam schließlich noch eine Lungenentzündung dazu. Diese Kombination führte zu dessen Tod. Eigenartig ist dabei allerdings der Umstand, dass am 5. April 1923 nachts um zwei Uhr – es war genau der Zeitpunkt seines Todes – im gesamten Kairo der Strom ausfiel. Zudem starb in dieser Nacht auch der Lieblingshund des Lords."

„Faszinierend", meinte ich. „Soviel Zufälle auf einmal – das ist ja fast unglaublich..."

„Ja – wenn man ein Faible für Mystik hat, dann könnte man die Dinge durchaus übernatürlich sehen, denn die Liste ist noch länger", erzählte Möbius weiter und man merkte, dass er in seinem Element war. Mir schien es fast so, als empfände er insgeheim eine gewisse Freude darüber. Er fuhr fort: „1924 beispielsweise besuchte Gardian La Fleur, ein anerkannter Literaturwissenschaftler der McGill University in Kanada das Grab – und starb prompt zwei Tage später. Dessen Assistent erhängte sich – nicht, ohne vorher noch einen Abschiedsbrief zu hinterlassen, in dem er schrieb, dass der Fluch des Pharao dafür verantwortlich sei. Eine weitere Geschichte war die des Millionärs George Jay Gould, der die Grabstätte besuchte und sich dabei erkältete, die Folge war wiederum eine Lungenentzündung und kurz darauf verstarb er. Ein gewisser Woolf Joel, der ebenfalls bei der Öffnung des Grabes anwesend war, fiel bei einer Schiffsreise nach Luxor vom Schiff und ertrank. Auch eine gewisse Evelyn Greely war damals dabei. Sie beging anschließend in Chicago, wo sie lebte, Selbstmord – nachdem sie ihren Sohn ins Jenseits befördert hatte. Sie sehen also, meine Herren, es ranken sich eine Menge Schauergeschichten um diese Grabentdeckung."

„Wenn ich ehrlich bin, glaube ich nicht an einen Fluch. Aus meiner Erfahrung heraus kann ich sagen, dass meist Menschen hinter diesen Dingen stecken“, meinte ich.

„Womit ich Ihnen bedingt Recht gebe, Kommissar. Ich bin da eigentlich der gleichen Meinung. Doch Tatsache ist: Diese Geschichten sind nie ganz vergessen worden. Und auch in der späteren Zeit gab es einige mysteriöse Vorfälle. 1943 zum Beispiel erhängte sich eine gewisse Evelyn White, eine Kollegin – sie war Ägyptologin, nach dem intensiven Studium diverser pharaonischer Papyrusrollen. Auch sie machte in einem Abschiedsbrief den Fluch des Pharao dafür verantwortlich. 1969 schließlich äußerte sich Richard Adamson, ein Kollege Howard Carters, in einem Interview sehr herabwürdigend über diesen Fluch. Einen Tag später verstarb seine Ehefrau völlig unerwartet, eine Woche danach hatte sein Sohn einen schweren Unfall. Der letzte Vorfall, der mir bekannt ist, war 1992, als ein Filmteam – ich glaube, es war von der BBC – einen Dokumentarfilm über den berühmten Pharao drehen wollte. Es wurde an den Originalschauplätzen gedreht – und immer wieder kam es dabei zu merkwürdigen Unfällen. Fazit ist: Man kann davon halten, was man will, eigenartig ist es dennoch – aber ein Fluch? Na ja – die Menschen neigten von jeher zur Mystik – und zur Übertreibung. Die Medien, aber auch die Unterhaltungsindustrie haben sicherlich einen großen Teil dazu beigetragen und die Sache entsprechend aufgeschaukelt. Ich erinnere nur an solche Filme wie „Die Mumie“, die bereits ab 1932 produziert wurden – damals noch mit dem Gruseldarsteller Boris Karloff. Auch in jüngerer Zeit hat man diese Thematik wieder aufgegriffen, soweit ich weiß.“

„Meine Tochter ist ganz hin und weg von diesem Gruselzeug", meinte Mayer.

„Ja – der Mensch ändert sich nie – und selbst dann, wenn sich die jungen Leute immer für so aufgeklärt halten – hier beweist es sich immer wieder: Die Faszination des Geheimnisvollen zieht sie dennoch unweigerlich in ihren Bann."

Ein Blick auf meine Armbanduhr sagte mir, dass es schon sehr spät geworden war. So beschloss ich, aufzubrechen – ich hatte für heute genug erfahren.

„Wir sollten jetzt gehen", sagte ich zu Mayer, „es ist schon spät und Herr Möbius möchte sicherlich ..."

„Machen Sie sich meinetwegen keine Gedanken, Kommissar", unterbrach mich der Professor freundlich, „ich bin ein Nachtmensch. Außerdem möchte ich noch etwas über den eigentlichen Grund Ihres Besuchs erfahren."

24

Nach dieser freundlichen Aufforderung, noch zu bleiben, wäre es mir fast unhöflich vorgekommen, überstürzt aufzubrechen. Zudem hatte Möbius Recht: Ich war ihm noch eine Erklärung schuldig.

So fragte ich: „Sie haben von den gehäuften Selbstmorden in der letzten Zeit gelesen, sagten Sie?“

„Natürlich, Kommissar. Und?“

„Bei unseren Nachforschungen haben wir festgestellt, dass fast alle, die sich umgebracht haben, kurz zuvor in Ägypten waren – im Tal der Könige – und hier unter anderem das Grab Tutanchamuns besucht haben.“

„Glauben Sie nicht, dass es nur Zufall war?“

„Ehrlich gesagt, nein. Ich glaube nämlich nicht an Zufälle, wissen Sie.“

„Aha.“ Möbius setzte sich in seinen roten Ledersessel, in den er sich lässig hineingelümmelt hatte, auf und sah mich gespannt an.

Ich musste vorsichtig sein. Ein Gefühl sagte mir, dass ich einige Dinge besser für mich behalten sollte. Dennoch redete ich weiter: „Die Hinterbliebenen verhielten sich durch die Bank alle sehr merkwürdig und äußerten sich fast identisch auf die gleiche Weise.“

Möbius sah mich schweigend und gespannt an. Dann sagte er unvermittelt: „Sie sagten: Heute war sein Tag, habe ich Recht?“

Ich war ziemlich verblüfft und fragte: „Woher wissen Sie das?“

„Ich hatte ein längeres Gespräch mit Frau Berger“, entgegnete Möbius. Ich vermute, Sie haben sie vernommen – und wenn Sie mir jetzt erzählen, Sie hätte sich dabei seltsam benommen, dann glaube ich Ihnen das aufs Wort – bei mir war es nicht anders.“

„Sie hat Ihnen das Gleiche erzählt?“

„Ich weiß nicht, was sie Ihnen gesagt hat – auf mich wirkte sie, was den Tod ihres Mannes betraf, jedenfalls relativ unbeteiligt. Gut – ich weiß, die Ehe war nicht mehr die Beste, trotzdem entspricht dieses Verhalten sicherlich nicht der Normalität. Sie empfand keine Spur von Trauer für ihren Verblichenen.“

„Sie sagen, die Ehe von Bergers war nicht mehr die Beste. Wie darf ich das verstehen?“, fragte ich.

„Ich weiß nur das, was man sich so in der Nachbarschaft erzählt, Kommissar.“

„Und was erzählt man sich so in der Nachbarschaft?“

„Dass sie sich einfach im Lauf der Jahre auseinandergelebt hätten. Die Kinder sind längst aus dem Haus, die jüngste Tochter ist schon vor etwa zwei Jahren ausgezogen und seitdem gingen beide ihre eigenen Wege. Er hat viel gearbeitet, war meist außer Haus und sie hat sich in allen möglichen Dingen verlustiert, um die Langeweile zu bekämpfen. Aber wie schon erwähnt: Wir hatten all die Jahre kaum Kontakt zueinander – nur so, wie sich Nachbarn eben kennen. Man grüßt sich und wechselt ein paar höfliche Floskeln übers Wetter oder so, mehr nicht. Das änderte sich allerdings, als beide planten, nach Ägypten zu fliegen. Da Frau Berger wusste, dass ich Ägyptologe bin, erzählte sie mir eines Tages von ihrem Vorhaben und fragte mich über einige Kultstätten in

Ägypten aus. Ich empfahl ihr, Kairo zu besuchen, Luxor und die Königsgräber, eventuell eine Nilfahrt zu machen und so weiter. Sie hat sich seit vielen Jahren schon immer sehr stark für kulturelle Dinge aller Art interessiert."

„Und daraufhin reisten die Bergers nach Ägypten?"

„Ich habe ihnen nicht dazu geraten, falls Sie das meinen. Ich habe die Bergers lediglich mit Informationen versorgt, das war alles. Geplant hatten sie die Reise schon länger."

Es folgte eine längere Pause, dann entschloss ich mich zum Aufbruch, denn zwischenzeitlich war es schon sehr spät geworden. „Haben Sie herzlichen Dank für Ihre ausführlichen Informationen, Professor. Ich glaube, wir haben heute eine Menge gehört und gelernt", sagte ich.

„Keine Ursache, Kommissar, es war mir ein Vergnügen", entgegnete Möbius und fuhr fort: „Sollten Sie weitere Fragen haben – insbesondere, was Ägypten und seine Geschichte betrifft, so stehe ich Ihnen jederzeit gerne zur Verfügung."

Wir standen auf und verabschiedeten uns. Möbius brachte uns noch zur Haustüre.

Müde fuhren wir nach Hause – es war in der Tat ein langer Tag gewesen. Bevor ich Albert vor seinem Haus absetzte, meinte er noch: „Ein netter Typ, dieser Professor. Sein Wissen ist enorm. Außerdem ist er sehr zuvorkommend und hilfsbereit. Was meinst du, Chef?"

„Ich traue ihm nicht über den Weg, Albert. Gute Nacht."

25

Am anderen Morgen, ich war noch kaum fünf Minuten im Büro, klingelte das Telefon. Steiner war am Apparat. „Guten Morgen, Hekli. Ich wollte Ihnen nur mitteilen, dass wir diese Selbstmordfälle abschließen werden. Laut Spurensicherung gab es bei keinem der Toten ein Anzeichen von Fremdeinwirkung, auch wenn die Umstände etwas eigenartig waren – und wir sind alle davon überzeugt, dass es tatsächlich Suizide waren. Also schlagen Sie ein Ei über die Geschichten und machen Sie den Deckel zu, okay? Es waren astreine Selbstmorde."

„Da bin ich wiederum ganz anderer Ansicht, Herr Steiner."

„Wie? Sie sind anderer Ansicht?"

„Ja. Mein Gefühl sagt mir ..."

„Sie immer mit Ihren Ahnungen und Gefühlen, Hekli! Sehen Sie Tatsachen und Fakten, Mann!"

„... dass hinter all diesen Selbstmorden mehr steckt, als wir alle momentan ahnen", beendete ich unbeirrt den Satz.

„Vermutungen, Hekli, nichts als Vermutungen. Wir haben keinen einzigen Beweis dafür. Also vergessen Sie das, wir haben auch noch was anderes zu tun, meinen Sie nicht auch?"

Ich kochte innerlich. Dennoch versuchte ich, cool zu bleiben und meinte nur lapidar: „Ganz wie Sie wünschen, Herr Steiner." Es klickte kurz in der Leitung, Steiner hatte aufgelegt.

Ich war geladen, mein Adrenalinspiegel stand mir beinahe an der Unterlippe und war im Begriff, langsam überzuschwappen.

Nervös angelte ich mir Zigaretten und Feuerzeug aus der Jackentasche. Ich hatte das Rauchen in letzter Zeit gewaltig reduziert und versuchte, bewusster zu rauchen – was mir meist ganz gut gelang, aber jetzt hatte ich das Gefühl, unbedingt eine Zigarette haben zu müssen. So zog ich eine aus der Packung und zündete sie an.

Innerlich bebend saß ich an meinem Schreibtisch und überlegte. Viele Dinge gingen mir durch den Kopf und ich fragte mich, weshalb mir Steiner nicht mehr Zeit gelassen hatte, all die Fakten um diese Selbstmordserie genauer zu klären. Mein Gefühl, auf das ich mich all die Jahre absolut verlassen konnte, das zuverlässig war wie ein alter Schiffskompass, sagte mir, dass hinter den Geschehnissen der letzten Tage mehr steckte. Zuerst hatte man mich gebeten, diesbezüglich zu ermitteln, obwohl Selbstmorde nicht meine Angelegenheit waren – und jetzt sollte ich alle Ermittlungen plötzlich einstellen? Verständnislos schüttelte ich den Kopf.

An meiner Bürotüre klopfte es. Mürrisch rief ich: „Herein".

Kurz darauf stand Mayer in meinem Büro. „Du Chef, hast du schon gehört..., äh..."

„Nicht du auch noch!", brummte ich ärgerlich.

„Aha, also hat dich Steiner schon erreicht", stellte Albert fest und verzog das Gesicht.

„Ja, dieser Knallkopf hat mich vor fünf Minuten angerufen und gesagt, dass wir die Ermittlungen einstellen sollen. Und zwar in einem Ton, der in dieser Form nicht ganz angebracht war."

„Reg dich nicht auf, Boss. Du solltest den alten Knaben doch schon langsam kennen."

„Und er mich allerdings langsam auch, meinst du nicht?!", schimpfte ich los. „Wenn ich ihm erzähle, dass hinter all diesen Fällen mehr steckt, dann habe ich meine berechtigten Gründe dafür. Aber scheinbar hält mich der Trottel für einen Anfänger!!"

„Niemand hält dich hier für einen Anfänger, Chef, ganz sicher nicht." Mayer versuchte, mich zu beschwichtigen. „Bleib ganz ruhig. Du solltest dir ein Glas Cognac zur Brust nehmen."

„Nicht im Dienst."

Es entstand eine kurze Pause, Albert setzte sich auf die schwarze Ledercouch, schlug die Beine übereinander und sah etwas verlegen an die Decke. So wie jetzt hatte er mich selten erlebt. Schließlich fragte er: „Sag mal – gestern Abend, als wir uns verabschiedet haben, sagtest du, du würdest diesem Professor Möbius nicht über den Weg trauen. Wie kommst du zu diesem Schluss?"

„Sag mal, Albert", antwortete ich ärgerlich, „hörst du nicht richtig zu, wenn dir die Leute etwas erzählen?"

„Äh – doch..."

„Anscheinend nicht. Denn sonst wäre dir aufgefallen, dass uns Möbius erzählt hat, er hätte diese Johanna Berger in all den Jahren nur flüchtig gekannt, es wären nur Höflichkeitsfloskeln ausgetauscht worden – und im nächsten Satz erzählt er uns, sie hätte sich seit vielen Jahren immer schon sehr stark für kulturelle Dinge interessiert. Jetzt frage ich dich: Woher will er das denn wissen, wenn er sie angeblich all die Jahre nur flüchtig kannte? Kann der hellsehen oder was? Das ist doch unlogisch!“

Mein Kollege sah mich überrascht an und meinte dann: „Du glaubst also, die kennen sich schon etwas länger? Ich meine, schon länger näher?“

„So kann man es auch ausdrücken“, knurrte ich und fuhr in wütendem Tonfall fort: „Aber warum mache ich mir um diesen Mist Gedanken – die Ermittlungen sind ja eingestellt!“

Ich ging aus dem Büro, um mir eine Tasse Kaffee aus dem Automaten zu holen. Meine Bürotüre fiel scheppernd hinter mir ins Schloss.

26

Den Pappbecher mit heißem Kaffee in der Hand, starrte ich einige Minuten aus dem Flurfenster. Langsam kam meine Ruhe wieder zurück, ich bedauerte meinen Wutanfall bereits wieder und hatte Albert gegenüber fast so etwas wie ein Schuldgefühl. Er konnte wirklich nichts dafür, dass mein Chef blöd war, überlegte ich.

Ich ging zurück in mein Büro, mein Assistent saß immer noch auf der Couch.

„Entschuldige mein Verhalten von vorhin, bitte. Ich bin einfach mal ausgerastet", brummte ich.

„Du musst dich nicht bei mir entschuldigen, Chef – das kommt in der besten Familie mal vor." Er grinste mich in gewohnter Manier an und fuhr fort: „Ich glaube, du bist irgendwie auch urlaubsreif. Kann das sein?"

„Ja, das könnte sein. Ich fühle mich in letzter Zeit manchmal ziemlich ausgebrannt. Vielleicht sollte ich mal ein Wochenende richtig schön ausspannen."

„Tu das – fahr mal ein paar Tage weg. Und ich denke, deiner Frau würde das auch gefallen." Mit dieser Bemerkung verließ er mein Büro.

Vor mir auf meinem Schreibtisch lagen immer noch die Fotos von Wolfram Altenried. Gedankenversunken nahm ich sie zur Hand, betrachtete sie und stieß schließlich wieder auf jenes, das die junge Frau mit dem alten Turbanträger im Hintergrund zeigte. Und plötzlich fiel mir auf, dass der Alte fast dieselbe Nase wie Professor Möbius besaß. Ich atmete tief durch und legte die Bilder auf einen Stapel. Egal, dachte ich, die Ermittlungen sind eingestellt, es interessiert nicht mehr.

Es ging bereits auf siebzehn Uhr zu. Der Tag war, bis auf den Ärger am Morgen, relativ ruhig verlaufen. Mayer hatte bereits Feierabend gemacht und ich war eben auch im Aufbruch begriffen, als es an meiner Bürotüre klopfte. Kurz darauf stand Steiner im Raum. Ohne Vorwarnung begann er: „Tut mir sehr leid, Hekli, wenn ich sie jetzt noch belästigen muss, aber es ist wichtig.“ Er war für meinen Begriff etwas zu freundlich und so war ich auf der Hut.

„Was gibt es denn, Herr Steiner?“

„Eben habe ich einen Bericht des Kollegen Ensenmeier auf den Tisch bekommen. Heute Vormittag wurde eine junge Frau tot aufgefunden. Die Umstände sind aber sehr eigenartig und deshalb ...“

„Ich habe die Ermittlungen, was diese Selbstmorde betrifft, heute morgen auf Ihren eigenen Wunsch hin eingestellt – außerdem gehören Selbstmorde eigentlich gar nicht in mein Ressort.“

„Jetzt seien Sie mal nicht eingeschnappt, Hekli. Gehen Sie bitte einfach davon aus, dass auch ich meine Anweisungen habe und sie entsprechend weitergeben muss.“

„Ich bin keinesfalls eingeschnappt, wie sie es ausdrücken, Herr Steiner. Mich ärgert lediglich, dass man einen erfahrenen Kriminalisten zum Idioten abstempelt. Vor allem aber auch, dass die Menschen immer nur das glauben, was sie sehen oder zu sehen glauben – das ist alles – und sie gehören zu jener Sorte. Tut mir leid, dass ich das sagen muss, aber Sie kennen mich: Ich äußere meine Meinung immer sehr direkt.“

„Das ist ja auch genau eine jener Eigenschaften, die ich sehr an Ihnen schätze, Hekli."

Ich war es leid, ewig um die gleiche Sache herum zu diskutieren, die ich obendrein nicht ändern konnte. Also versuchte ich, das Thema zu wechseln und meinte lapidar: „Vergessen wir's, Herr Steiner. Was ist nun mit dieser Frau?"

„Sie lassen mich ja nicht ausreden, Hekli! Zu Ihrer Information: Es war kein Selbstmord. Sie ist allem Anschein nach umgebracht worden. Und das fällt sehr wohl in ihr Ressort. Also möchte ich, dass Sie den Fall überprüfen."

„Und weshalb gerade ich? Ich denke, Kollege Ensenmeier bearbeitet den Fall?"

„Na ja – es ist eine etwas delikate Angelegenheit. Die tote Dame ist eine etwas andere Dame. Außerdem brauche ich da einen Mann mit Erfahrung."

„Wie darf ich das verstehen?"

„Sie hat – besser gesagt, hatte – einen etwas außergewöhnlichen Beruf."

„Aha." Ich sah Steiner skeptisch an. Fall mir nicht auf den Wecker, dachte ich und spuck es endlich aus.

„Die Frau war von Beruf Domina."

„Ich glaube nicht, dass dieser Beruf so außergewöhnlich ist, Herr Steiner. Viele Ehefrauen dominieren ihre Männer und haben die Zügel in der Hand – und viele Ehemänner bemerken es nicht einmal", erwiderte ich mit einem etwas bissigen Unterton. Ich wusste, dass Steiners Frau zu Hause die Hosen an hatte – und er kompensierte dies im Dienst. In Kollegenkreisen hatte sich das längst herum gesprochen. Aber anscheinend hatte er meine Anspielung nicht verstanden oder wollte sie nicht verstehen, denn ohne auf meine Bemerkung einzugehen, meinte er: „Sie arbeitete in einem sehr noblen Etablissement, das sich Studio Excentric nennt. Es ist ein Sado-Maso-Studio vom Feinsten, das keine Wünsche seines Klientels offen lässt – soviel haben wir bereits herausgefunden. Überprüfen Sie bitte das Umfeld der Toten, die näheren Umstände, den Bekanntenkreis und so weiter ..."

„Herr Steiner, bitte! Jetzt machen Sie aber einen Punkt! Glauben Sie, ich bin Anfänger??" Meine Stimme war nun eine Nuance lauter und heftiger als normal.

„Hekli, ich glaube, Sie sind überarbeitet und deshalb gereizt. Sie sollten mal ein Wochenende ausspannen." Ich fand Steiners gespielte Fürsorge zum Kotzen und hätte ihn am liebsten aus meinem Büro geschossen.

„Wo ist dieses Studio Excentric eigentlich?"

„In der Bahnhofstrasse 243, gleich neben dem großen Teppichhaus", klärte er mich auf und fuhr fort: „Die Leiche der Frau wurde bereits ins Klinikum transportiert und die Spurensicherung hat ihre Arbeit ebenfalls abgeschlossen. Die Frau wurde mit einer Lederpeitsche erdrosselt. Vernehmen Sie einfach mal die Kolleginnen und den Chef des Studios."

Während ich meinen Mantel anzog, brummte ich: „Gut, dann stürze ich mich jetzt ins Unvermeidliche. Ich lasse Ihnen einen Bericht zukommen. Ach so – wie heißt das Mordopfer eigentlich?"

„Renate Auer."

Ich ließ Steiner stehen, verließ mein Büro und warf die Türe etwas heftiger als normal hinter mir zu. Auf der Strasse verharrte ich einen Moment und atmete erst einmal tief durch. Dann stieg ich in meinen Wagen und fuhr los.

27

Shamal Ibn Rihab Al-Saud lief durch die nächtlichen Strassen Augsburgs zurück in sein Hotel. Dieser Auftrag war zwar nicht so einfach gewesen wie die vorherigen, aber er war mit sich zufrieden – und sicher würde die Bruderschaft ebenso zufrieden sein – ganz abgesehen von den Göttern. Und wenn man sein Herz einst aufwiegen würde gegen die Feder der Maat, dann würde es leichter sein als sie, dessen war er sich sicher. Osiris würde ihm durch seine Taten mit ihrem unwiderruflichen Richterspruch den Zugang zum Jenseits, zum Jaru-Feld, zum Gefilde der Speisen gestatten – auch der Pharao würde seine Taten anerkennen und ihn in Ehren empfangen und reich belohnen.

Er hatte sie getötet – sie hatte es nicht besser verdient. Wer den Namen der Totengöttin missbraucht, war auf den falschen Weg geraten und musste ausgerottet werden. Zudem war sie eine Verräterin, die dem Pharao und seiner Sache untreu geworden war. Und darauf stand der Tod – ohne Wenn und Aber. Das Übel muss man mit der Wurzel ausreißen, überlegte er. Und er, Shamal Ibn Rihab Al-Saud, war dazu auserkoren, ein Werkzeug der Götter zu sein und den Frevel, welchen man dem Pharao angetan hatte und immer wieder aufs Neue antat, zu rächen. Ihm war klar, dass seine Zeit auf Erden begrenzt war – doch diese Zeit wollte er nutzen – und kein Mensch dieser Erde würde ihn je davon abbringen oder aufhalten. Er würde sie alle hinwegraffen, sie in die finstere Unterwelt schicken, hart, gnadenlos und ohne Erbarmen, auf dass ihre Seelen ewig in der Dunkelheit gefangen waren und litten. Er fühlte blanken Hass in sich aufsteigen und dachte grimmig: Ich bin der lebende Fluch des Pharao...

Langsam fuhr ich die Bahnhofstrasse entlang in Richtung Hauptbahnhof und suchte die Hausnummer, die Steiner mir angegeben hatte. Ich fand sie, parkte den Wagen und besah mir das Haus. Es war ein älteres, gepflegtes Gebäude, die Fassade machte einen frisch gestrichenen Eindruck. Neben der Haustüre fand ich ein kleines, eher unauffälliges Messingschild, auf dem in schwarzer, elegant geschwungener Schrift „Studio Excentric" stand. Ich läutete.

Aus der Türsprechanlage kam ein erotisch gehauchtes „Ja, bitte?"

„Hekli ist mein Name", sagte ich knapp.

„Bist du angemeldet?", kam es wiederum sehr erotisch zurück.

„Nein, aber ich denke, ich brauche keine Anmeldung – Kriminalpolizei", sagte ich sehr sachlich und völlig unerotisch. Sofort ertönte der Türsummer. Ich öffnete die Haustüre und ging hinauf in die zweite Etage. Oben, am bereits geöffneten Eingang stand eine Dame, etwa 1,70 groß, sehr schlank, ihr gut gebauter Körper steckte in einem schwarzen, glänzenden Latexkleid.

„Kommissar Hekli, Kriminalpolizei – darf ich reinkommen?"

„Aber natürlich, bitte."

Als ich das Etablissement betreten hatte, verdrehte ich zunächst erst einmal die Augen. Da hingen Bilder an der Wand, die alles andere als jugendfrei waren: Fotos von halbnackten Damen in schwarzen Lackstiefeln, mit Masken, in den unmöglichsten Positionen, beinahe schon akrobatisch. In der Mitte des länglichen Flures stand ein antiquierter Gynäkologenstuhl, daneben ein mächtiger überdimensionierter schwarzer Gummipenis. Sofort fiel mir Wolfgang Manlich ein, der Pfarrer unserer Gemeinde – und ich kam nicht umhin, innerlich zu grinsen. Er wäre hier vor Schreck vermutlich sofort tot umgefallen – zumindest aber lauthals Sodom-und-Gomorrah-schreiend davongelaufen. Alles in allem erweckte das Studio eher den nüchternen Eindruck einer Klinik – ich empfand die Atmosphäre keinen Augenblick als erotisch. Nun gut, die Katze mag die Mäuse roh, ich mag sie nicht mal gekocht, dachte ich in einem Anfall von Sarkasmus.

„Sind Sie die Inhaberin?"

„Ja", kam die knappe Antwort der Frau. Der warme, erotische Unterton von vorhin war verschwunden, statt dessen hatte ich nun das Gefühl, die Frau sei eine eben aus der Antarktis entsprungene Eiskönigin. Ihre Stimme klang plötzlich ziemlich frostig. Scheinbar hat sie einen Schalter, den sie umlegen kann, stellte ich ironisch fest.

„Ich komme wegen Ihrer ..."

„Ist mir schon klar – kommen Sie bitte mit", unterbrach sie mich und führte mich in einen kleinen Raum. Es musste anscheinend so etwas ähnliches wie ein Besprechungszimmer sein. In der Ecke stand eine kleine schwarze Samtcouch, davor ein kleiner Rauchtisch mit aufgelegter Glasplatte, vor dem Tisch ein roter Plüschsessel. An der Wand schräg gegenüber befand sich eine Glasvitrine, die mit allem möglichen Krimskrams vollgestopft war – vermutlich handelte es sich dabei um Folterwerkzeuge und medizinische Utensilien zur Untersuchung für den Genitalbereich – wobei ich mich ernsthaft fragte, was daran wohl erotisch sein mochte. Ich schüttelte unwillkürlich den Kopf: Bei meinem Urologen sah es auch nicht viel anders aus.

„Sie sind also die Inhaberin dieses Studios. Haben Sie auch einen Namen?"

„Ines Braunmüller."

„Gut, Frau Braunmüller. Es geht um Ihre Mitarbeiterin Renate Auer. Wie lange kannten Sie Frau Auer?"

„Renate? Meine Güte – fast eine Ewigkeit!"

„Und wie lange dauerte diese Ewigkeit?"

Sie sah mich einen Moment lang schräg an, dann meinte sie: „Etwa zehn Jahre."

„Können Sie mir etwas zum Tathergang sagen?"

„Leider nein. Wir fanden Sie heute Vormittag gegen zehn Uhr. Sie lag im Bad auf dem Boden – allem Anschein nach mit ihrer eigenen Lederpeitsche erdrosselt. Zumindest hat das der Arzt festgestellt."

„Wer könnte Ihrer Meinung nach als Täter in Frage kommen? Hatte sie Feinde?"

„Keine Ahnung, Herr Kommissar. Vermutlich eine Menge Leute – sie hatte viele Sklaven."

„Sie hatte viele was??"

„Äh, ich meine, Klienten. Ammit hatte sehr viel Erfolg bei den Männern."

„Moment mal! Wer hatte sehr viel Erfolg bei den Männern?"

„Ammit. Renate nannte sich Lady Ammit. Es war ihr Pseudonym. Oder glauben Sie etwa, wir geben unseren richtigen Namen preis?"

Ich überlegte. Ammit? Das war doch der Name dieser ägyptischen Totengöttin mit dem Hintern eines Nilpferds, dachte ich überrascht. War das nun wieder so ein berühmter Zufall oder ...?

„Ich kenne die Gepflogenheiten Ihrer Branche zu wenig, muß ich zugeben", hörte ich mich sagen. Dann fragte ich: „Wie kam sie denn zu diesem Pseudonym?"

„Renate war acht Jahre mit einem Ägypter verheiratet und hat in Kairo gelebt. Vermutlich deshalb."

„Sie fanden Ihre Mitarbeiterin also heute morgen tot im Bad. Hatte sie so früh schon einen Klienten?"

„Nein, das kann ich mir nicht vorstellen. Wir arbeiten erst ab Mittag. Sie hatte aber am Abend zuvor noch eine längere Sitzung mit einem Ausländer, ich vermute, einem Araber. Wir wurden dabei aber keinesfalls mißtrauisch, denn sie kannte eine Menge dieser Typen. Wir dachten, es wäre sicherlich einer ihrer Bekannten aus der Zeit, als sie in Kairo lebte. Da kamen immer mal ab und zu ein paar vorbei. Also gingen wir und sie blieb noch. Sie hatte einen Schlüssel für das Studio."

„Wissen Sie den Namen des Mannes?"

„Nur den Vornamen – sie nannte ihn Shamal, glaube ich."

„Wie sah der Mann aus? Können Sie ihn beschreiben?"

„Ja, sicher doch. Etwa 1,80 groß, so um die 35 Jahre alt, breites Gesicht mit schwarzem Schnurrbart, pechschwarze Haare, er sprach sehr gut Deutsch, allerdings mit ausländischem Akzent. Er sah ungefähr so aus wie Saddam Hussein, nur größer."

„Also Saddam Hussein dürfte es nicht gewesen sein, glaube ich, den haben sie doch kürzlich erst aufgeknüpft", murmelte ich grinsend und fragte weiter: „Ist Ihnen sonst noch etwas an ihm aufgefallen?“

„Nein, eigentlich nicht.“

„Denken Sie bitte genau nach, Frau Braunmüller. Jedes Detail ist wichtig.“

Sie überlegte eine Weile, dann meinte sie: „Er hatte eine kleine Narbe über der Augenbraue. Sie fiel mir deshalb auf, weil sie ziemlich wulstig war.“

„Na also“, brummte ich, „für den Anfang ist das ja gar nicht schlecht. Sonst noch was?“

„Nein.“

„Wie heißen die anderen Klienten Renate Auers? Ich brauche die Namen und die Adressen.“

„Nein, Herr Kommissar, tut mir leid.“

„Wie?“

„Ich kann Ihnen die Namen nicht geben, wir haben hier strengste Geheimhaltungspflicht, Sie verstehen?“

„Nein – das verstehe ich nicht“, entgegnete ich und meinte: „Ich verstehe das allein schon deshalb nicht, da es sich hier um Mord handelt. Außerdem: Gehe ich recht in der Annahme, auch Sie sind daran interessiert, dass der Mörder schnellstmöglich gestellt wird?“

„Ja schon, aber ...“

„Na also.“

Sie zögerte. Schließlich meinte sie: „Es tut mir leid – ich kann das nicht tun.“

„Ist es Ihnen lieber, Frau Braunmüller, ich nehme Sie in Untersuchungshaft? Wir Kriminalisten nennen so etwas Verdunkelungsgefahr und das wäre fürwahr ein Grund, Sie in Haft zu nehmen.“

Sie wurde bleich unter ihrer Schminke. „Das können Sie nicht machen!“

„Das kann ich sehr wohl. Ich komme Ihnen aber gerne entgegen, denn ich bin kein Unmensch.“

„Und wie sieht das aus?“

„Das sieht ganz einfach so aus: Sie sind morgen Vormittag bis spätestens elf Uhr bei mir im Präsidium – und zwar mit einer Namensliste aller Klienten oder Sklaven oder wie immer Sie das nennen. Sollte das nicht der Fall sein, dann können Sie sich hundertprozentig darauf verlassen, dass Sie von zwei Streifenbeamten per Haftbefehl abgeholt werden und ein paar Tage im Untersuchungsgefängnis in der Karmelitergasse verbringen werden. Ich bin ziemlich sicher, in der Stille einer Gefängniszelle werden Ihnen die Namen dann einfallen.“

Sie sah mich schockiert an. „Gut“, meinte sie leise, „ich werde Ihnen die Namensliste morgen bringen.“

„Das ist sehr vernünftig von Ihnen. Ich wusste doch, dass ich mich auf Sie verlassen kann“, meinte ich jovial. „Übrigens“, fuhr ich fort, „haben Sie ein Foto von Ihrer toten Kollegin da?“

„Ja, sicher, einen Moment, ich hole eines“, antwortete sie tonlos und verließ den Raum.

Ich überlegte. Was mich verwunderte, war, dass ich ausgerechnet hier auf den Namen Ammit stieß, den ich vorher noch nie im Leben gehört hatte – jetzt dagegen schien er mich zu verfolgen...

Ines Braunmüller kam mit einem Foto zurück und legte es vor mir auf den Tisch. Ich nahm es, warf einen Blick darauf und erstarrte.

Was ich sah, war die junge Frau auf Altenrieds Urlaubsfoto, das in meiner Schreibtischschublade lag...

28

Als ich am anderen Morgen gegen neun Uhr ins Büro kam, dauerte es kaum fünf Minuten, bis Albert angetrabt kam. Nach einer kurzen Begrüßung meinte er:

„Steiner hat bereits nach dir gefragt.“

„Das kann ich mir gut vorstellen – er hat mir gestern Abend noch einen Spezialauftrag gegeben.“

„Oh – James Bond in geheimer Mission ...“, frotzelte Mayer.

„So etwas Ähnliches, ja.“ Ich versuchte, das undurchdringliche Lächeln einer Mona Lisa zu imitieren, was mir anscheinend nicht so richtig gelingen wollte, denn Albert meinte nur: „Jetzt spuck's schon aus!“

„Ich war in einem etwas halbseidenen Etablissement, mein Freund.“

„Dienstlich oder privat?“ Mein Assistent sah mich mit gespielter Strenge an.

„Wo denkst du hin? Dienstlich natürlich. Der oberste, allumfassende Chef Steiner hat mich persönlich hingeschickt – eine Domina wurde ermordet. Jemand hat ihr ihre eigene Lederpeitsche um den Hals gelegt und dann zugezogen. Der mutmaßliche Mörder heißt mit Vornamen Shamal und scheint Araber zu sein.“

„Die haben aber überhaupt keine Achtung vor Frauen“, bemerkte Albert lässig.

„Das könnte man dir als rassistische Äußerung auslegen, mein Freund.“

„Okay, ich sage so etwas Böses nie wieder“, entgegnete Mayer und grinste mich breit an.

„Aber ich erzähle dir jetzt ein paar Dinge. Vermutlich wirst du aus den Latschen kippen, Albert.“

„Schieß los – ich möchte nicht dumm sterben.“

„Zunächst mal: Es handelt sich bei dem Mordopfer um eine gewisse Renate Auer. Und weißt du, wie sie aussieht?“

„Ne.“

„Du hast die Dame ganz sicher schon mal gesehen.“ Ich öffnete meine Schreibtischschublade, entnahm ihr Altenrieds Urlaubsfotos, suchte das Bild von Renate Auer heraus und reichte es meinem Kollegen.

Er pfiff leise durch die Zähne. „Jetzt bin ich aber platt wie eine Flunder, Chef. Die war Domina??“

„Yes.“

„Das sieht man ihr überhaupt nicht an“, murmelte er.

„Natürlich nicht. Man sieht Dagobert Duck ja auch nicht an, dass er steinreich ist. Auf den ersten Blick könnte man ihn für eine alte Ente mit Nickelbrille halten, nicht wahr?“

Mayer verdrehte die Augen. „Sehr witzig.“

„Die Frage ist, wie Altenried ausgerechnet an diese Dame kommt...“ Ich rieb mir das Kinn.

„Vermutlich hat er sie im Urlaub kennengelernt. Das dürfte das Naheliegendste sein, oder?“

„Richtig, das dürfte das Wahrscheinlichste sein – die Welt ist manchmal verdammt klein. Und wenn ich dazu noch scharf kombiniere, dann keimt in mir der starke Verdacht auf, dass sie ebenfalls in Ägypten gewesen sein muss – und zwar zeitgleich mit Wolfram Altenried“, bestätigte ich und grinste.

Albert sah mich komisch an. „Was ist denn mit dir heute los? Du kommst mir leicht überdreht vor.“

Das Telefon läutete. „Das ist bestimmt Steiner“, sagte ich und hob den Hörer ab. Ich hatte richtig vermutet. „Morgen Hekli. Kommen Sie bitte mal einen Sprung rüber zu mir?“

„Bin sofort da, Herr Steiner“, antwortete ich knapp und legte wieder auf. Zu Albert gewandt, meinte ich: „Ich muß schnell rüber zum Alten, der will seinen Rapport. Übrigens, bevor ich es vergesse: Wir bekommen demnächst Besuch. Eine Ines Braunmüller wird uns in Kürze beehren. Sie ist die Besitzerin dieses gottlosen Etablissements. Sollte Sie auftauchen, bevor ich zurück bin, dann unterhalte die Dame mal, spendiere ihr einen Kaffee und so – du weißt schon. Und mach sie nicht an, bleib sauber bitte.“ Grinsend verließ ich den Raum und steuerte Steiners Büro an.

„Und?“ Erwartungsvoll sah er mich an und schließlich setzte ich mich langsam auf den Stuhl vor seinem Schreibtisch.

„Shamal“, antwortete ich und grinste.

„Wer bitte in drei Teufels Namen ist Shamal?“

„Ein Araber.“

„Also jetzt reden Sie schon Klartext mit mir, Hekli. Was haben Sie herausgefunden?“

„Ich habe auf Ihre Anweisung hin gestern Abend noch Ines Braunmüller, die Inhaberin dieses Studios vernommen. Dabei erzählte sie mir, dass der letzte Kunde am Vorabend des Mordes ein gewisser Shamal gewesen sei. Vom Typ her ein Araber oder zumindest arabischer Abstammung. Am Morgen danach hätte sie ihre Mitarbeiterin tot im Bad aufgefunden. Somit steht dieser Mann unter dringendem Mordverdacht. Leider kannte sie aber nur seinen Vornamen. Sie konnte ihn aber relativ gut beschreiben. Ich habe sie für heute Vormittag vorgeladen. Wenn Sie da ist, dann lasse ich gemäß ihren Angaben von unseren Experten per Computer ein Phantombild des mutmaßlichen Täters mit dem Facette Face Design-System erstellen und gebe dann sofort eine Fahndung raus. Zudem überprüfen wir auch die diversen anderen Kunden der Dame."

Die verschiedenen Details, speziell was die Fotos von Altenried und die Ägyptenreisen der einzelnen Leute betraf, verschwieg ich wohlweislich. Ich wollte keine schlafenden Hunde wecken, momentan erschien es mir absolut nicht zweckmäßig – außerdem hätte diese Fragerei dann vermutlich kein Ende genommen. Ich brauchte Zeit und vor allem die Ruhe, alle Fakten auseinander zu sortieren. Ein Herbert Steiner hätte die Ermittlungen nur erschwert.

„Gut Hekli, machen Sie das und falls es diesbezüglich Neuigkeiten gibt, dann informieren Sie mich bitte umgehend. Frohes Schaffen."

Mit diesen Worten war ich gnädig entlassen.

29

Albert saß an meinem Schreibtisch und betrachtete aufmerksam Altenrieds Urlaubsbilder. Als ich das Zimmer betrat, sah er überrascht auf und meinte: „Das ging aber flott!“

„Ja“, entgegnete ich, „aber nur deshalb, weil ich ihm vieles nicht erzählt habe. Übrigens runter von meinem Chefsessel, an meinem Stuhl wird nicht gesägt!“ In gespieltem Ernst hob ich die Fäuste wie ein Boxer.

„Bitte lieber Chef, tu mir nichts, ich räume sofort den Platz.“ Er grinste mich breit an und meinte dann: „Dein Besuch lässt sich aber Zeit...“

Ich sah auf meine Armbanduhr. Es war kurz nach zehn. Die Dame hatte noch fast genau eine Stunde. Danach würde ich knallhart den zuständigen Ermittlungsrichter anrufen und einen Haftbefehl beantragen. Mayer hatte uns zwischenzeitlich zwei Tassen Kaffee besorgt und stellte mir eine davon auf den Schreibtisch. „Gerührt und nicht geschüttelt, Mister Hekli-Bond.“ Er grinste wie ein Breitmaulfrosch.

„Danke, Mr. Moneypenny“, sagte ich und grinste zurück.

Das Telefon klingelte. Kollege Ensenmeier war am Apparat. „Hallo Herr Hekli“, begrüßte er mich, „ich habe hier Besuch für Sie – die Dame hat sich bei mir verirrt. Ich geleite Sie in Ihre Gemächer, passt das?“

„Immer rein in die gute Stube und her mit dem Mädchen“, entgegnete ich.

Zwei Minuten später erschien Ensenmeier mit Ines Braunmüller. Sie hatte den linken Unterarm bis zum Ellenbogen eingebunden.

„Was ist denn mit Ihnen passiert?“, fragte ich.

„Herr Kommissar, ich bitte Sie um sofortigen Polizeischutz!“, meinte sie und rang aufgeregt nach Luft.

„Jetzt setzen Sie sich erst mal und beruhigen Sie sich. Und dann erzählen Sie mir in Ruhe, was vorgefallen ist.“

Ensenmeier winkte nur kurz und verließ den Raum.

„Danke!“, rief ich ihm nach, um mich gleich darauf Ines Braunmüller zuzuwenden, die brav vor mir auf dem Stuhl Platz genommen hatte. „So, dann schießen Sie mal los.“

„Stellen Sie sich vor, Herr Kommissar, heute Morgen um etwa neun Uhr bekam ich einen Anruf.“

„Und?“

„Eine ausländisch klingende Stimme drohte mir damit, mich umzubringen, für den Fall, dass ich plaudern würde. Dem Klang der Stimme nach zu urteilen, war es dieser Shamal, da bin ich mir fast sicher.“

„Aha. Seltsam. Sagen Sie mal: Wusste jemand von unserem Gespräch gestern Abend?“

„Das kann ich mir kaum vorstellen.“ Sie überlegte kurz. „Nein – ich glaube nicht, dass Ihr Besuch bemerkt wurde. Es waren zwar noch zwei Kolleginnen anwesend, aber die befanden sich in anderen Räumen.“ Sie rieb ihren eingebundenen Arm und verzog dabei schmerzhaft das Gesicht.

„Und weshalb ist Ihr Arm verbunden?“

„Ein halbe Stunde später ging ich los, um hierher zu fahren. Gerade, als ich ins Auto steigen wollte, hat jemand auf mich geschossen. Ich wäre ansonsten früher gekommen."

„Auf Sie geschossen?", fragte ich verwundert.

„Ja. Gott sei Dank war es nur ein Streifschuss. Ich hörte einen Knall und spürte einen Schlag am Arm."

„Und wer hat Ihnen den Arm verbunden? Ein Arzt?"

„Ja. Ich bin dann sofort wieder nach oben ins Studio, eine Kollegin hat meinen Hausarzt angerufen. Der kam auch unverzüglich, hat meinen Arm untersucht und ihn dann versorgt."

„Wie heißt Ihr Arzt?"

„Dr. Distler. Er hat seine Praxis gleich schräg gegenüber."

„Wie ist seine Telefonnummer?", wollte ich wissen.

Sie nannte mir die Nummer, ich griff zum Telefon und rief den Arzt an. Er bestätige mir, dass er bei Ines Braunmüller einwandfrei einen Streifschuss festgestellt hätte. Er hatte ihr anschließend geraten, sofort zur Polizei zu gehen und Anzeige zu erstatten. Ich bedankte mich für die Auskunft und beendete das Gespräch.

„Glauben Sie mir etwa nicht?", fragte Ines Braunmüller ärgerlich.

„Doch, aber Vertrauen ist gut, Kontrolle ist besser", antwortete ich.

„Sie glauben doch nicht ernstlich, Herr Kommissar, dass ich damit Späße mache, oder?"

„Nein. Aber ich muss mich dennoch vergewissern."

„Sie müssen mich schützen, Herr Kommissar! Das ist Ihre Pflicht!"

„Vielleicht sollten Sie ein paar Tage raus aus der Stadt", entgegnete ich. „Haben Sie Bekannte, Verwandte oder Freunde außerhalb Augsburgs, bei denen Sie ein paar Tage bleiben könnten?“

„Ja, die habe ich. In Stuttgart. Eine Freundin. Sie hat ebenfalls ein Studio wie ich. Aber ich müsste sie zuerst verständigen und noch ein paar Sachen von zu Hause holen. Meine Freundin würde vermutlich sofort herkommen und mich abholen.“

„Gut, dann machen wir folgendes: Sie rufen jetzt umgehend Ihre Freundin an und bitten Sie, herzukommen. Ein Streifenwagen wird Sie anschließend nach Hause fahren. Sie können dann die Sachen holen, die Sie benötigen. Die Beamten bleiben solange bei Ihnen, bis Ihre Freundin da ist.“

„Danke, Herr Kommissar, das ist nett von Ihnen.“

„Wir sind normalerweise immer nett, wir müssen damit leben“, meinte ich lakonisch.

Sie zog ein Handy aus ihrer Handtasche und telefonierte eine Weile. Dann meinte sie: „Das geht in Ordnung. Sie fährt sofort los.“

„Gut – haben Sie die Namensliste dabei?“

Wortlos, mit einem leidenden Gesichtsausdruck legte sie mir ein Blatt Papier auf den Schreibtisch. Ich überflog die Liste und zählte etwa dreißig Namen. Dazu hatte sie fein säuberlich die dazugehörigen Telefonnummern aufgelistet. Zufrieden faltete ich das Blatt und steckte es in meine Brusttasche.

„Gut. Danke“, sagte ich und fuhr fort: „Mein Kollege wird Sie jetzt zu unserem Experten bringen, der nach ihren Angaben ein Fahndungsfoto von diesem Shamal erstellen wird. Danach werden Sie von uns nach Hause gebracht. Sind Sie mit dem Auto da?“

„Nein. Nach all dieser Aufregung wäre ich nicht mehr fahrtüchtig gewesen. Ich habe mir ein Taxi genommen."

„Das war eine gute Idee. Mit dem verletzten Arm sollten Sie besser nicht fahren."

Sie nickte. Mayer, der sich die ganze Zeit schweigend im Hintergrund gehalten hatte, legte seine Hand auf ihre Schulter. „Kommen Sie." Ines Braunmüller stand auf und beide verließen das Büro.

Nach kurzer Zeit kam mein Kollege wieder zurück und meinte: „Okay, Hubert Toddenbach arbeitet. Schauen wir mal, welch nettes Bildchen dabei herauskommt."

„Das Mädchen hat wirklich Glück gehabt, dass sie nur einen Streifschuss abbekommen hat", meinte ich. „Sie hätte auch tot sein können."

„Das passiert auch in Amerika", meinte Mayer.

„Wie kommst Du ausgerechnet jetzt auf Amerika?", wollte ich wissen.

Mayer grinste mich breit an und meinte: „Ist mir nur gerade so eingefallen. Wie sagte einst der amerikanische Präsident George W. Bush? Er soll angeblich gesagt haben: Auf jeden tödlichen Schuss kommen ungefähr drei nicht tödliche. Und, Leute, dies ist in Amerika unakzeptabel. Es ist einfach unakzeptabel. Und wir werden uns darum kümmern."

„So ein Schwachsinn, ein totaler Vollidiot ist das", knurrte ich grinsend und schüttelte den Kopf.

„Macht nichts", entgegnete Albert, „die doofen Amis haben ihn trotzdem wieder gewählt."

„Wir sind auch nicht viel schlauer, Albert", entgegnete ich. „Wir haben zweimal hintereinander Rot-Grün gewählt."

30

Mayer war wieder in sein Büro gegangen, da er noch einige Telefonate erledigen wollte. Ich zog die Liste, die ich von Ines Braunmüller erhalten hatte, aus meiner Brusttasche, entfaltete sie, legte sie vor mich auf den Tisch und studierte sie ausgiebig. Kein einziger Name sagte mir annähernd etwas. Doch plötzlich stutzte ich. Da stand: Der Professor, Tel. 43953401. Ein Name stand nicht dabei. Doch Moment! War das nicht der Telefonanschluss von Möbius? Diese Nummer hatte ich doch kürzlich erst gewählt! Kurzerhand schnappte ich mir das Telefonbuch und suchte nach dem Eintrag des Professors. Und tatsächlich: Volltreffer! Aber was hatte Möbius mit diesem Studio zu tun? Was suchte er dort? Hatte er gewisse Neigungen, die man ihm auf den ersten Blick nicht zutraute? Mir war er von Anfang an nicht geheuer gewesen, seine Freundlichkeit war nur gespielt, das hatte ich intuitiv erfasst. Er verbarg etwas – und anscheinend war er Kunde, Klient, Patient oder Sklave – wie immer man das nennen sollte – bei Renate Auer alias Ammit gewesen, es gab kaum einen Zweifel. Ich war mir fast sicher, dass der liebe Herr Professor nicht nur sehr gut über Ägypten Bescheid wusste, sondern auch noch über ein paar andere Dinge. So beschloss ich, dem Herrn auf den Zahn zu fühlen und wählte seine Nummer.

Nach dreimaligem Klingeln meldete sich seine Haushälterin. „Hier bei Professor Möbius – was kann ich für Sie tun?“, fragte sie.

„Ich hätte gern Herrn Professor Möbius gesprochen – Hekli ist mein Name“, sagte ich.

„Er ist momentan nicht im Haus. Kann ich ihm etwas bestellen?“

„Nein, ich glaube nicht. Ich brauche ihn persönlich. Wann wird er voraussichtlich wieder zurück sein?“

„Das kann ich Ihnen nicht sagen. Er wollte zuerst zum Friseur und anschließend in die Stadt, einkaufen.“

„Wie lange ist er schon weg?“

„Etwa eine Stunde – aber ich denke, er wird bis Mittag da sein; wir essen um ein Uhr“, gab sie mir bereitwillig Auskunft.

„Gut. Sagen Sie ihm bitte, dass ich angerufen habe. Ich versuche es später noch mal, kurz vor ein Uhr, ja?“

„Gut, mache ich. Wie war Ihr werter Name gleich noch mal?“

„Hekli, Hauptkommissar, Kriminalpolizei, Morddezernat.“

Eine kurze Pause entstand. Offensichtlich war sie ziemlich beeindruckt, denn dienstbeflissen antwortete sie: „Jawohl, Herr Kommissar, ich werde es ihm ausrichten, selbstverständlich – sofort, wenn er da ist.“ Es hätte mich nicht gewundert, wenn sie am Telefon – für mich leider unsichtbar – die Haken zusammengeschlagen hätte und stramm gestanden wäre.

„Danke – und lassen Sie das Essen nicht anbrennen.“

„Nein, da passe ich schon auf – Aufwiederhören.“ Es klickte kurz in der Leitung, sie hatte aufgelegt.

Was mir keine Ruhe ließ: Ich fragte mich, was denjenigen, der Ines Braunmüller angerufen hatte und ihr nach dem Leben trachtete, wohl zu seiner Handlungsweise getrieben haben mochte. Wusste er von der gestrigen Vernehmung? War dieser ominöse Anruf heute Morgen und der anschließende Mordanschlag nur Zufall? Falls nicht, wie hatte er davon erfahren? Was wusste er? Schließlich war ich mit der Frau allein im Raum gewesen. Wenn es nun doch kein Zufall war? Dann allerdings gab es dafür nur eine einzige logische Erklärung: Unser Gespräch war abgehört worden ...

Ich wählte die Nummer von Uwe Meitner.

„Meitner", meldete er sich kurz.

„Hallo Meitner, Hekli hier. Ich brauche Ihre Hilfe."

„Aber immer doch, Kommissar – wenn es machbar ist ..."

„Ist Ihnen das Studio Excentric in der Bahnhofstrasse ein Begriff?", fragte ich.

„Wenn ich ehrlich sein soll – nein. Was kann man dort studieren?"

„Sadomasochistische Körperanwendungen."

„Das haben Sie jetzt aber nett gesagt, Kommissar."

„Eine Frage: Gibt es irgendeinen Spezialisten für Abhörgeräte bei Ihnen?"

„Klar doch. Weshalb die Frage?"

Ich erklärte ihm den Fall, erzählte ihm verschiedene Einzelheiten, den Mordanschlag inbegriffen und äußerte auch die Vermutung, dass wir eventuell abgehört worden waren. Meitner schlug daraufhin eine Überprüfung des Raumes vor.

„Ich teile Ihnen einen Spezialisten zu, Erwin Fuchs – ein hervorragender Mann und ein echter Tüftler. Der findet jede noch so kleine Wanze. Aber Sie werden einen Durchsuchungsbefehl brauchen. Haben Sie den?"

„Nein“, antwortete ich und fuhr fort: „Ich denke aber nicht, dass ich einen brauchen werde. Die Inhaberin des Ladens ist zwar momentan nicht anwesend, aber ich denke, das bekommen wir auch so hin – sie wäre sicherlich damit einverstanden.“

„Gut, Kommissar – ich schicke Ihnen Fuchs hoch, er ist in fünf Minuten bei Ihnen. Das weitere Vorgehen besprechen Sie dann mit ihm.“

„Sie sind unschlagbar, Meitner.“ Ich grinste.

„Danke Kommissar, das ist längst überall bekannt“, erwiderte er und lachte dabei.

„Na ja – über mangelndes Selbstbewusstsein können Sie auch nicht gerade klagen“, sagte ich und musste ebenfalls lachen.

„Glauben Sie? Na denn ...“ Damit beendete er das Gespräch.

Ich griff noch mal zum Telefon, rief Albert Mayer an und bat ihn, in mein Büro zu kommen. Drei Minuten später betraten beide Herren fast gleichzeitig mein Büro.

„Was liegt denn an, Chef?“, wollte Mayer wissen.

„Das Gespräch, das ich mit Ines Braunmüller in ihrem Studio geführt hatte, wurde allem Anschein nach abgehört – ich weiß aber nicht wie. Deshalb wusste der Attentäter, dass ich sie für den folgenden Tag vorgeladen hatte, nehme ich an. Er wollte vermutlich verhindern, dass sie herkommt. Als er am Morgen des anderen Tages anrief, sah er, daß seine Drohung bei ihr keinen Erfolg gehabt hatte und sie eine halbe Stunde später ins Auto stieg. Er hat angenommen, dass sie ins Präsidium wollte und schoss auf sie“, erklärte ich ohne Umschweife und fuhr fort: „Deshalb fahren wir jetzt noch mal zum

Excentric in die Bahnhofstrasse und nehmen zunächst mal diesen Besprechungsraum etwas genauer unter die Lupe. Zu Erwin Fuchs gewandt, meinte ich: „Haben Sie schon eine Idee, wie wir abgehört worden sind?“

„Nein – da kommen viele Möglichkeiten in Betracht, Kommissar.“

„Gut – gehen wir“, befahl ich.

31

Im Besprechungsraum des Studios kam Erwin Fuchs schnell auf des Rätsels Lösung: Hinter dem Regal, das gegenüber der Couch stand, fanden wir einen Mikrosender versteckt. „Ei der Daus", meinte Fuchs, „der strahlt ja ganz schön weit! Dürfte ungefähr fünfzehn Milliwatt Leistung haben, das Ding."

„Und wie weit reicht dieser Sender genau?", wollte Mayer wissen.

„Ich schätze, fast achthundert bis tausend Meter – könnte aber auch etwas mehr sein. Genau kann ich das so nicht sagen", klärte uns Fuchs auf.

„Das heißt also, der Empfänger könnte im Radius von einem Kilometer sein", stellte ich fest.

„So ist es, Kommissar. Und den zu finden, dürfte ziemlich schwierig werden."

„Mist! Aber wie sagte schon unser Kaiser Franz Beckenbauer so geistreich: Schaun mir mal, dann sehn mir's schon." Ich grinste.

„Und wenn wir ihn schon gefunden hätten, würde er dumm fragen: Ja ham mir denn scho Weihnachten?" flachste Mayer weiter.

Wir beschlossen zurück ins Präsidium zu fahren.

Dort angekommen, nahm ich mir sofort einen Stadtplan zur Hand und zeichnete im korrekten Maßstab einen Kreis mit dem Radius von 1000 Metern um das Excentric ein. Wie mir schnell klar wurde, war es ein schwieriges Unterfangen: Parallel in südlicher Richtung befand sich die Halderstrasse, eine belebte Geschäftsstrasse mit vielen modernen Bauten und Läden, auf deren anderer Seite ältere Häuser, die teilweise noch aus der Zeit vor dem Zweiten Weltkrieg stammten. Nördlich lief die Sieglindenstrasse – auch hier jede Menge Häuser und somit Möglichkeiten ohne Ende. Der Empfänger könnte sogar in der Innenstadt sein, überlegte ich – von der Bahnhofstrasse zum Zentrum waren es Luftlinie gerade mal gut fünfhundert Meter. Ging man in die andere Richtung, dann hätte auch der Hauptbahnhof in Frage kommen können. Schließlich stellte ich ärgerlich fest: Die Chance, den Empfänger auf diese Weise zu finden, war fast gleich Null.

Ich sah auf die Uhr. Es war dreiviertel eins. Ich rief Mayer an und meinte: „Ich möchte mal schnell bei Möbius vorbei, kommst du mit? Es wäre gut, wenn wir gemeinsam hinfahren würden."

„Okay, ich bin gleich da", meinte Mayer und legte auf.

Kurze Zeit später saßen wir im Wagen und fuhren zu Möbius' Wohnung. „Was willst du denn von Möbius?", fragte Albert.

Er ist anscheinend Stammkunde in diesem mysteriösen Studio."

„Wie bitte?" Mayer war sprachlos.

„Ja, so ist es. Er stand auf der Liste, die mir Ines Braunmüller gegeben hat. Und dazu werden wir ihm mal etwas auf den Zahn fühlen. Ich glaube, hinter diesem Professor steckt mehr, als so mancher Student ahnen würde..."

„Meine Güte, Boss, sieh das nicht so eng. Jeder hat so seine Hobbys: Der eine hat sein Schaukelpferd, der andere seine Domina. Was soll's?" Er grinste mich breit an.

„Da hätte ich normalerweise sicherlich nichts dagegen, Albert, hier aber ist der Fall etwas anders gelagert: Sein Schaukelpferdchen ist ermordet worden."

32

Wir läuteten. Amalie, die alte Haushälterin, öffnete und bat uns ins Haus. Eine Minute später erschien Möbius, begrüßte uns überschwenglich und führte uns in sein Arbeitszimmer.

„Bitte, meine Herren, nehmen Sie Platz. Was kann ich für Sie tun?“

„Herr Professor Möbius“, begann ich ohne lange Vorrede, „sagt Ihnen der Name Ammit etwas?“

„Aber sicher doch. Es handelt sich dabei um eine altägyptische Dämonin, die sogenannte Totenfresserin, mit dem Kopf eines ...“

„Die meine ich nicht, Professor“, unterbrach ich ihn.

„Wie bitte?“

„Ich meinte eine Dame – genauer gesagt eine Domina, die Sie eigentlich kennen müssten.“

„Ich soll eine Domina kennen? Wie kommen Sie denn auf so einen Schwachsinn?“

„Herr Professor“, entgegnete ich etwas schärfer, „die Fragen stelle ich hier – Sie antworten, nicht umgekehrt. Also noch mal: Kennen Sie eine Domina, die sich Lady Ammit nennt?“

„Wenn Sie mich so direkt fragen, Kommissar, nein.“

„Sie sind sich wirklich sicher?“ Ich sah ihn eindringlich an.

„Absolut sicher.“

„Ich wäre mir an Ihrer Stelle gar nicht so absolut sicher, Professor.“

„Ich weiß nicht, wovon Sie sprechen, Kommissar Hekli. Wirklich nicht."

„Ich muss Sie leider bitten, mit uns ins Präsidium zu kommen."

„Und weshalb?"

„Sie stehen unter dem dringenden Verdacht, Renate Auer alias Lady Ammit ermordet zu haben, Herr Möbius."

„Das ist nicht Ihr Ernst, Kommissar!"

„Doch, absolut."

Ich sah, wie seine Hand langsam unter die Schreibtischplatte glitt. Blitzschnell stand ich auf, zog dabei meine HK P10 aus dem Halfter und richtete sie auf Möbius.

„Legen Sie Ihre Hände auf den Tisch, damit ich sie sehen kann und machen Sie keine Dummheiten!", fauchte ich ihn an. Mein Assistent saß immer noch und sah mich erstaunt mit offenem Mund an.

Langsam nahm Möbius seine Hand wieder hoch und legte sie auf die Schreibtischplatte.

„Jetzt stehen sie vorsichtig auf. Weg vom Schreibtisch bis ans Fenster und Hände an den Kopf!", befahl ich.

„Ich möchte sofort mit meinem Anwalt sprechen", stammelte Möbius, während er meiner Aufforderung Folge leitstete.

„Das hat noch Zeit, Professor." Zu Albert gewandt, meinte ich: „Schau mal in die Schubladen, ob du etwas findest."

Albert, der zwischenzeitlich aufgestanden war und ebenfalls seine Pistole gezogen hatte, ging an den Schreibtisch und öffnete beide Schubladen. In der rechten fand er genau das, was ich vermutet hatte: einen geladenen Revolver. Er nahm ihn heraus und gab ihn mir.

Ich begutachtete die Waffe, dann sah ich Möbius mit ernstem Blick direkt in die Augen und meinte: „Das erleichtert die Sache keinesfalls für Sie, glaube ich."

„Ich war es nicht!"

„Was waren Sie nicht?", fragte ich.

„Ich habe Sie nicht umgebracht!", schrie er.

„Sie geben also zu, Renate Auer gekannt zu haben, Professor?"

Zögernd meinte er nur: „Ja."

„Gut. Den Rest erzählen Sie uns bitte im Präsidium."

33

Schnell hatten wir Möbius in den Dienstwagen verfrachtet. Widerstandslos war er mitgefahren, ein Aufsehen, auch vor seiner Haushälterin, war ihm sichtlich peinlich gewesen. Jetzt saß er zerknirscht vor mir im Büro vor meinem Schreibtisch. Die Hakennase sprang noch auffälliger aus seinem Gesicht als sonst.

„Nun erzählen Sie uns doch mal, woher sie Renate Auer alias Ammit kennen, Herr Möbius. Ich möchte alles wissen, jede Kleinigkeit, klar?"

„Nun gut", begann er leise und zögernd. „Ich habe sie in Ägypten kennengelernt. Genauer gesagt, in Kairo – in einer Bar. Sie lebte damals dort, da sie mit einem Ägypter verheiratet war."

„Und weiter?"

„Wie es so oft geht im Leben: Man unterhält sich zunächst über dies und jenes, wir haben uns auf Anhieb sehr gut verstanden, es war sofort auch eine erotische Spannung zwischen uns ... Im Verlauf des Gesprächs erzählte sie mir von ihrer unglücklichen Ehe und davon, dass sie plane, wieder nach Deutschland zurückzugehen."

„Aha – was sie ja letztlich auch getan hat", warf ich ein.

„Ja. Aber sie wusste damals noch nicht, was sie tun sollte – beruflich meine ich. Sie hat keinen Beruf erlernt."

„Deshalb wurde sie schließlich Domina in diesem Studio, oder?", fragte Mayer.

„Ja – und das kam ihren Neigungen sehr entgegen“, meinte Möbius und erklärte weiter: „Sie war zu selbstbewusst – auch ihrem Mann gegenüber, wodurch es in ihrer Ehe zu ständigen Spannungen kam. Sie konnte und wollte sich ihm nicht in der Art und Weise unterordnen, wie ägyptische Männer das von Frauen gewohnt sind. Schließlich hat sie ihn in einer Nacht-und-Nebel-Aktion verlassen und ist zurück nach Deutschland. Das Ganze glich fast einer Flucht.“

„Und was hatten Sie mit der ganzen Sache zu tun?“, wollte ich wissen.

Er zögerte einen Augenblick lang, dann meinte er: „Eines Tages tauchte sie bei mir auf und fragte mich, ob sie für ein paar Wochen bei mir bleiben könne – zumindest so lange, bis sie eine Wohnung hätte. Ich habe sie dann bei mir aufgenommen.“

„Sie wohnte bei Ihnen im Haus?“, fragte Mayer.

„Nein. Ich habe noch eine andere Wohnung. Sie ist sehr groß und ich halte dort meine Ägypten-Vorträge. Die stellte ich ihr zur Verfügung. Ich wollte nicht, dass sie bei mir wohnt – Sie wissen schon, die Nachbarn ...“

„Gut. Und weiter?“ Ich blickte ihm gerade ins Gesicht.

„Nun ja, irgendwann erfahren Sie es ja doch ... Seit dem Tode meiner Frau vor etwa zehn Jahren habe ich, was Sexualität angeht, so einiges ausprobiert. Schließlich fand ich den Weg zu SM und hatte Spaß daran, um ehrlich zu sein. So wurde ich Kunde im Studio Excentric. Dass ich Renate Auer bereits kannte, machte es anfänglich einfacher für mich, dort hinzugehen.“

„Und aus Renate Auer wurde dann also Lady Ammit“, stellte ich sachlich fest.

„Ja – obwohl ich etwas dagegen hatte. Sie beharrte auf diesem Namen, obwohl ich ihr klargemacht hatte, dass es der Name einer Totengöttin sei, einer grausamen Dämonin. Sie aber war der Meinung, dass er zu ihrem Image und zu ihrer Tätigkeit passen würde – was gar nicht so abwegig war, denn sie konnte Männern gegenüber gnadenlos hart sein. Ich habe immer wieder versucht, ihr den Namen auszureden, aber sie hörte nicht auf mich."

„Der Name dürfte wohl keine allzu große Rolle gespielt haben", meinte ich.

Möbius sah nur zu Boden und schwieg.

„Eine andere Frage, Professor: Sie sagten, Sie hätten eine Wohnung, in der Sie Vorträge halten. Was sind das für Vorträge?"

„Es geht dabei über Ägypten, über die alte ägyptische Kultur, über die bekannten Königsgräber, das ägyptische Totenbuch und all diese Dinge."

„Und wer hört sich diese Vorträge an?"

„Alle möglichen Leute, die an Ägypten interessiert sind. Geschäftsleute, Privatleute oder kulturell Interessierte."

Spontan kam mir eine Idee. „War das Ehepaar Berger auch auf einem Ihrer Vorträge?", bohrte ich weiter.

„Ja", antwortete Möbius knapp. „Aber erst nach seiner Reise. Es gibt zweierlei Vorträge: Einen für Leute, die sich vor ihrer Reise Informationen holen wollen, und einen anderen, der nach der Reise besucht werden kann, um auftauchende Fragen zu klären oder um das Wissen zu vertiefen."

Ich merkte, dass mich mein Assistent eindringlich ansah und dabei mit den Augen rollte.

„Gibt es ein Verzeichnis der Teilnehmer?“

„Ja, die Leute werden in Listen eingetragen.“

„Und wo sind diese Listen?“

„Sie liegen in meinem Büro in der Prinzregentenstrasse“, antwortete Möbius.

Ich gab Mayer ein Zeichen, er wusste sofort Bescheid und nickte nur. Dann meinte ich: „Herr Professor, ich hoffe, Sie haben Verständnis, dass ich Sie leider in Haft nehmen muss. Sie stehen bis auf weiteres unter Mordverdacht. Ich kann sie nicht auf freien Fuß setzen, so lange die Ermittlungen nicht abgeschlossen sind und wir völlige Klarheit haben. Sie können jetzt mit Ihrem Anwalt telefonieren, wenn Sie das möchten.“ Möbius nickte grimmig.

Ich hob den Hörer ab. „Nummer?“, fragte ich.

Er nannte mir die Nummer seines Anwalts, ich wählte sie. Als sich die Anwaltskanzlei meldete, gab ich den Hörer an Möbius weiter. Mayer war in sein Büro gegangen, um beim Ermittlungsrichter einen Haftbefehl zu beantragen. Möbius hatte zwischenzeitlich seinen Anwalt ans Telefon bekommen und erklärte ihm die Sachlage. Als er das Gespräch beendet hatte, nahm ich ihm den Hörer aus der Hand und legte auf.

„Mein Anwalt wird das schnellstens regeln – er wird sogar Haftbeschwerde beim Oberlandesgericht einlegen, wenn es sein muss“, meinte Möbius zornig.

„Das sei ihm überlassen, aber momentan sind Sie für ein paar Tage weg vom Fenster. Dass er mit einer Haftbeschwerde viel Erfolg haben wird, ist zu bezweifeln. Dafür ist der Fall zu schwerwiegend“, entgegnete ich, griff zum Telefon und beorderte zwei Justizbeamte zu mir. Dann meinte ich: „Eine Sache noch, die mich interessieren würde, Professor: Wo befindet sich Ihre Zweitwohnung, in der Sie ihre Vorträge abhalten?“

„In der Prinzregentenstrasse, gegenüber des Hauptbahnhofs.“

„Handelt es sich dabei um dieses neue Gebäude, in dem sich auch die Gemeinschaftspraxis dieser drei Gynäkologen befindet?“, wollte ich wissen.

„Ja. Weshalb ist das wichtig?“

„Bloß so – ich wollte es nur wissen. Dann kenne ich das Haus“, erwiderte ich.

Zehn Minuten später standen zwei uniformierte Kollegen bei mir im Büro, führten Professor Möbius ab und brachten ihn in das Untersuchungsgefängnis in der Karmelitergasse.

34

Mein Assistent sah mich fragend an, als er mein Büro wieder betrat und meinte schließlich: „Hast du ihn jetzt eingebuchtet?"

„Ja. Den Mann kann man nicht gerade als unbeschriebenes Blatt bezeichnen."

„Hätte ich nicht geglaubt – er machte anfänglich einen sehr seriösen Eindruck."

„Man kann sich in einem Menschen manchmal täuschen, Albert."

„Glaubst du, dass er der Mörder dieser Domina ist?"

„Glaube ich nicht, doch ich bin mir auch nicht ganz sicher. Wenn er es tatsächlich sein sollte, dann ist mir das Motiv nicht so richtig klar."

„Vielleicht wusste diese Auer irgendetwas über ihn – könnte doch sein." Mayer sah mich an und strich sich über das Kinn.

„Das könnte durchaus sein – auf jeden Fall weiß ich jetzt auch etwas mehr, Albert. Unser Empfänger, den wir suchen, ist mit größter Wahrscheinlichkeit in der Prinzregentenstrasse vis-à-vis des Hauptbahnhofs."

„Woher weißt du das?"

„Möbius hat es mir gesagt. Seine Zweitwohnung befindet sich dort. Und ich denke, die sollten wir mal eingehend inspizieren."

„Warum in die Verena schweifen, liegt die Ute doch so nah", murmelte Mayer.

„Was hast du gesagt?"

„Warum in die Ferne schweifen, liegt das Gute doch so nah“, meinte Albert und grinste mich an. „Lediglich ein Sprichwort, Boss. Die Prinzregentenstrasse liegt gleich parallel zur Bahnhofstrasse, also in unmittelbarer Nähe.“

„Eben.“ Ich wählte Meitners Nummer.

„Meitner.“

„Hekli hier. Sagen Sie, Herr Meitner, ist Ihr schlauer Fuchs noch da?“

„Sie meinen den Erwin Fuchs? Ja, der ist noch da. Warum fragen Sie?“

„Wir müssten ihn noch mal für eine Stunde ausleihen. Geht das?“

„Normalerweise ist mein Fuchs kein Leihfuchs – aber ich mache heute mal eine Ausnahme – extra für Sie.“ Er lachte schallend über seinen eigenen Witz. Dann meinte er: „Okay, ich schicke ihn gleich zu Ihnen hoch.“

„Schön, Herr Meitner, seien Sie sich meines ewigen Dankes sicher, tschau.“ Ich legte auf.

Zwischenzeitlich hatte mir Kollege Toddenbach die Phantomzeichnung gebracht. Was ich sah, stimmte mit der Beschreibung, die mir Ines Braunmüller gegeben hatte, fast genau überein: einen Mann mit arabischem Einschlag, dichtem schwarzen Haar, Schnauzbart. Besonders auffällig war die kleine wulstige Narbe über der linken Augenbraue. Sofort beauftragte ich Mayer, eine Fahndung nach dem Mann herauszugeben.

Ein paar Minuten später erschien Erwin Fuchs in meinem Büro und wollte wissen, was er für mich tun könne. Ich erklärte ihm die aktuelle Sachlage und bat ihn, mit uns die Wohnung des Professors in der Prinzregentenstrasse zu inspizieren, da ich sicher wäre, wir würden dort den Empfänger finden.

„Wir brauchen dazu aber einen Schlosser, der uns die Türe öffnet“, bemerkte Mayer.

„Richtig“, entgegnete ich, griff zum Telefon und wählte die Nummer der Zentrale. Claudia Herbst, die Telefonistin, meldete sich. „Was kann ich für Sie tun, Kommissar Hekli?“, fragte sie liebenswürdig mit ihrem bekannt erotischen Unterton in der Stimme. Mit dieser Stimme hatte sie schon so manchen Kollegen verunsichert.

„Verständigen Sie bitte einen Spezialisten vom Schlüsseldienst. Wir brauchen den Mann sofort, wenn es machbar ist. Geben Sie mir dann bitte eine Rückmeldung, wenn Sie etwas erreicht haben!?“

„Aber sofort, Kommissar.“

„Danke.“

Ich legte auf. Mein Kollege Mayer sah mich erstaunt an. Schließlich meinte er: „Warum die Eile, Chef? Wegen des Empfängers? Außerdem brauchen wir zuerst einen höchstrichterlichen Durchsuchungsbefehl, wie dir bekannt sein sollte.“

„Ist mir natürlich bekannt. Brauchen wir momentan aber nicht, Albert.“

„So – und weshalb nicht?“

„Weil Gefahr im Verzug ist. Es ist anzunehmen, dass wir in dieser Wohnung noch auf etwas anderes stoßen werden ...“

„Entspringt das jetzt deinem kriminalistischen Spürsinn oder deinem Gefühl, Chef?“

„Das kann ich momentan noch nicht genau differenzieren, Albert.“

Das Telefon läutete. „Der Schlosser ist schon unterwegs. Er kommt so schnell wie möglich hierher, ist das okay?“, flötete Claudia Herbst.

Indem ich versuchte, ihre sanfte, erotische Stimme zu imitieren, erwiderte ich sanft: „Danke, Frau Herbst, das haben Sie ausgezeichnet gemacht. Im nächsten Leben heirate ich Sie.“

„Nicht nötig“, entgegnete sie lachend.

„Weshalb nicht?“ Ich tat erstaunt.

„Man kann auch im Stillen Gutes tun, lieber Herr Kommissar. Schönen Tag noch.“ Ein kurzes Klicken in der Leitung und sie hatte aufgelegt.

Ich grinste. Sollte das jetzt eine Feststellung gewesen sein oder ein Wink? Ich entschied mich für die Feststellung, obwohl der Wink eher meiner männlichen Eitelkeit geschmeichelt hätte. Claudia Herbst hatte nicht nur eine erotische Stimme, sondern auch die passende körperliche Ausstrahlung dazu. Dienst ist Dienst, dachte ich und rief mich sofort selbst wieder zur Ordnung. „Der Schlüsselfritze kommt in ein paar Minuten, wir warten“, brummte ich.

Die anwesenden Kollegen nickten stumm und setzten sich, ich zündete mir eine Zigarette an und versuchte, meine Gedanken etwas zu ordnen. Eine Menge hatte sich in den letzten Tagen ereignet. Gerade, als ich noch am Grübeln war, ob dieser Mord an Renate Auer möglicherweise mit dieser mysteriösen Selbstmordserie in Verbindung gebracht werden konnte, riss mich ein energisches Klopfen aus meinen Gedanken.

„Herein!“, rief ich. Mayer und Fuchs blickten zur Bürotüre.

Sie öffnete sich und ein großer, blonder, etwas schwerfälliger Mann im blauen Drillichanzug stand im Büro. „Firma Schweigler, Schlüsseldienst. Bin ich hier richtig?“

„Sind Sie.“

„Und wo ist die Türe, die ich öffnen soll?“, fragte er und sah sich im Raum um.

„Gehen wir“, sagte ich und stand auf.

35

Der Schlosser hatte darauf bestanden, mit seinem eigenen Wagen zu fahren, da er meinte, nur so sicher zu sein, das passende Werkzeug dabei zu haben. So fuhr er brav hinter uns her. Wir parkten direkt auf dem Gehsteig vor dem Gebäude und stiegen aus.

Neben der weit offenen Haustüre fanden wir ein kleines, unauffälliges Schild mit der Aufschrift: Dr. Carl Möbius, Professor der Ägyptologie, IV. Etage.

Wir quetschten uns in den Lift, wobei der etwas aus den Fugen geratene Schlosser den meisten Platz einnahm. Erwin Fuchs stand mit skeptischem Gesicht neben mir – ich hatte den Verdacht, er hielt den Aufzug für überlastet und hatte anscheinend Angst, wir könnten jeden Augenblick abstürzen und in den Keller rasen. Erleichtert atmete er auf, als wir die vierte Etage erreicht hatten und er den Lift wieder verlassen konnte.

Ich gab meinen Begleitern ein Zeichen, sich ruhig zu verhalten. Dann legte ich meinen Kopf an die Tür und lauschte. Aus der Wohnung drangen leise Geräusche an mein Ohr.

Ich drückte auf den Klingelknopf, doch niemand öffnete.

Nach einer kurzen Weile startete ich einen erneuten Versuch, doch das Ergebnis war das gleiche.

Schließlich winkte ich den Schlosser heran und gab ihm mit der Hand ein Zeichen. Sofort nahm er das Schloss in Augenschein und fischte anschließend einige

Schlüssel aus seiner Tasche. Nach zwei Minuten war die Wohnung geöffnet.

Ich zog meine HK P10 aus dem Halfter, stellte mich seitlich an den Türrahmen und stieß mit dem Fuß die Türe auf. Nichts rührte sich. Mit gezücktem Revolver betrat ich vorsichtig die Wohnung. Mayer, der ebenfalls seine Knarre gezogen hatte, folgte mir und gab mir Rückendeckung – doch die Wohnung war leer.

Vor uns lag ein länglicher Flur, der in einen großen, hellen, weiß getünchten und fast steril wirkenden Raum mündete, in dem etwa dreißig Stühle aufgereiht nebeneinander standen. An jeder Stuhllehne hingen seitlich ein Paar Stereo-Kopfhörer. Dicht unter der Raumdecke befand sich ein Beamer, dessen Objektiv auf eine weiße Leinwand gerichtet war. Anscheinend hielt Möbius hier seine Vorträge ab und benutzte dazu einen Computer.

Die Wohnung war leer. Doch woher waren dann vorhin die Geräusche gekommen? Ich schob es auf den Umstand, dass in so einem großen Haus wohl immer irgendwelche Geräusche zu hören waren.

Ich steckte meine P10 ins Halfter zurück und sah mich erst mal um. Mayer hatte inzwischen Erwin Fuchs in die Wohnung geholt, der vorsichtig um sich schauend an der Eingangstüre gewartet hatte und nun langsam und vorsichtigen Schrittes in die Wohnung kam. Der Schlosser hatte sich zwischenzeitlich verabschiedet.

Wir sahen uns um. Neben der Leinwand stand ein CD-Player, darauf lagen ein paar CDs ohne Cover – vermutlich handelte es sich um selbstgebrannte Kopien. Was mir besonders auffiel: Bei zwei CDs war ein Etikett aufgeklebt. Darauf stand in roter Schrift: SUB!!

Ich deutete auf die beiden CDs und fragte meinen Kollegen: „Was meinst du, was SUB!! Bedeutet?“

Albert schüttelte nur den Kopf und meinte dann grinsend: „Sehr unangenehmer Besuch oder so was?“

„Kaum“, entgegnete ich.

„Ich glaube, die nehmen wir mal mit und überprüfen, was drauf ist“, sagte Fuchs.

Ich nickte. „Okay, machen Sie das.“

Fuchs zog eine Plastiktasche aus der Jackentasche, nahm die beiden CDs und steckte sie hinein.

Wir durchsuchten den CD-Player, er war leer, anschließend den Schreibtisch, die vorhandenen Schränke, fanden jedoch nichts, was uns verdächtig erschienen wäre. Gerade als wir dazu übergehen wollten, die beiden anderen vorhanden Räume zu inspizieren, hörten wir, wie die Wohnungstüre lautstark zugeknallt wurde. Instinktiv zog ich sofort wieder meinen Revolver aus dem Schulterhalfter und rannte zur Türe. Doch sie ließ sich nicht öffnen.

Wir waren eingeschlossen.

36

Ohne Hast lief er die Treppe hinab. Ich hätte sie leicht töten können, dachte er. Doch dann hatte er sich im letzten Moment anders entschieden und es nur als letzten Ausweg erachtet, falls man ihn gefunden und versucht hätte, ihn festzunehmen. Als er dann aber bemerkt hatte, dass ihm aus Unachtsamkeit ein Fluchtweg offen gelassen war, hatte er die Flucht vorgezogen. Schließlich war er, der Todesengel des Pharao, kein Mörder, der Unschuldige tötete.

Er grinste gehässig. Ihm, Shamal Ibn Rihab Al-Saud, war es sogar gelungen, die Polizei einzusperren, was er fast als paradox empfand und ihn köstlich amüsierte. Doch ihm war klar: Obwohl er unter dem Schutz des Pharao stand, galt es dennoch, in Zukunft vorsichtiger zu sein. Die Frage, die ihn beschäftigte: Woher wusste die Polizei von dieser Wohnung?

Hatte ihn jemand aus der Bruderschaft bei der Polizei verpfiffen? Er verwarf diesen Gedanken wieder – ein Verräter in den eigenen Reihen? Der Verdacht lag zwar nahe, doch dann erschien im dies als ziemlich suspekt. Die Brüder und Schwestern waren darauf trainiert worden, nicht mal unter der härtesten Folter die Geheimnisse der Bruderschaft preiszugeben. Zudem hätte dies auch für den Obersten nicht nur den Ausschluss aus der Bruderschaft bedeutet – es wäre sogar sein Todesurteil gewesen. Wenn es um Verrat ging, verstand die Bruderschaft absolut keinen Spaß – das war jedem Mitglied durchaus bewusst. Verräter wurden gnadenlos hingerichtet, ohne Wenn und Aber, ohne Erbarmen. Wer sich einmal in den Dienst des Pharao gestellt hatte, für den gab es kein Zurück.

Er verließ das Haus und ging in Richtung Bahnhof, um sich ein Taxi zu nehmen.

37

Ich fluchte. Wir hatten uns wie Anfänger benommen. Warum waren wir nicht auf den Gedanken gekommen, zuerst die anderen Räume zu inspizieren? Dieser Jemand, der uns hier eingeschlossen hatte, hätte uns ziemlich leicht ins Jenseits befördern können – vermutlich schneller, als uns lieb gewesen wäre und wir etwas dagegen hätten unternehmen können.

Draußen hörte ich Schritte, die sich schnell entfernten.

Ich zog mein Handy aus der Tasche und wählte die Nummer des Präsidiums.

„Polizeipräsidium, mein Name ist Claudia Herbst, Was kann ich für Sie tun?“, fragte die bekannt erotische Stimme.

„Frau Herbst – rufen Sie bitte diesen Schlüsselfritzen noch einmal an.“

„Ist der nicht bei Ihnen?“, wollte sie wissen.

„Nein, er ist wieder gefahren, nachdem er die Türe geöffnet hat.“

„Weshalb brauchen Sie ihn dann noch mal?“

„Frau Herbst, tun Sie mir bitte einen Gefallen und fragen Sie nicht soviel. Rufen Sie den Mann an. Er muss sofort noch mal herkommen. Wir sind eingesperrt.“

„Eingesperrt? Wo?“

„In dieser Wohnung, die er uns vor fünfzehn Minuten geöffnet hat.“

„Verstehe ich nicht“, meinte Claudia Herbst.

„Sie müssen auch nicht alles verstehen“, maulte ich und fuhr ungeduldig fort: „Verflixt, jetzt machen Sie schon! Sagen Sie dem Schlüsselfritzen, er soll sich beeilen! Und geben Sie mir dann anschließend über das Handy Bescheid. Danke.“

„Gut, Herr Kommissar, ich tue, was ich kann.“

Ich beendete das Gespräch und ging zurück zu meinen Kollegen, die zwischenzeitlich mitbekommen hatten, was geschehen war.

„Wir sind vielleicht doof“, brummte Mayer.

„Das kannst du laut sagen“, erwiderte ich. „Wir sollten uns das Lehrgeld wieder auszahlen lassen.“

Wir durchsuchten die anderen Räume, fanden jedoch außer ein paar Büchern über Ägypten nichts, was unsere Aufmerksamkeit besonders erregt hätte.

In der Küche stand eine Tasse Kaffee auf dem Tisch, sie war noch halbvoll, daneben ein Aschenbecher, der vor filterlosen Zigarettenstummeln fast überquoll. Es roch nach orientalischem Nahkla-Tabak, dessen Geruch sogar mir als Raucher zuwider war. Auf dem Stuhl lag eine zerfledderte Al Ahram, eine ägyptische Zeitung in arabischer Schrift. Sofort kam mir dieser Shamal in den Sinn. Doch wenn er es gewesen war, wie kam er dann in diese Wohnung des Professors? Er hatte die Schlüssel, also war er anscheinend mit dem Einverständnis von Möbius hier gewesen. Ergo war mir klar: Es musste eine Verbindung zwischen den beiden geben ...

Ich holte zwei Plastikbeutel aus der Jackentasche und schüttete den Inhalt des Aschenbechers hinein. Anschließend fischte ich ein Taschentuch aus meinem Sakko, nahm damit die Tasse vorsichtig auf und entleerte ihren Inhalt in das nebenstehende Spülbecken. Die Tasse steckte ich in den zweiten Beutel. Möglicherweise führten mich diese Indizien auf eine Spur, die mich weiter brachte.

Als ich aus der Küche ging, stand der Schlüsselfritze vor mir und grinste breit. „Wie ist das denn passiert?“, wollte er wissen.

„Wie ist was passiert?“

„Dass man Sie eingesperrt hat, meine ich.“

Mir war die Sache peinlich und außerdem ging es den Kerl überhaupt nichts an. Deshalb sagte ich: „Ich denke, jemand hat von außen die Türe versperrt. Vielleicht war’s der Hausmeister.“

„Aha – na ja, das könnte gut sein“, meinte der Dicke und frage dann: „Brauchen Sie mich noch?“

„Nein. Und vielen Dank für Ihr schnelles Kommen. Wir sind hier sowieso fertig.“

„Gut, dann ziehe ich wieder ab. Ich habe noch eine Menge Arbeit.“ An der Wohnungstüre blieb er kurz stehen und meinte: „Ach so – beinahe hätte ich es vergessen: Nehmen Sie den hier. Der passt. Dann kann Ihnen so etwas nicht mehr passieren. Er drückte mir einen Schlüssel in die Hand, hob kurz die Hand zum Gruß und verließ eilig die Wohnung.

Mein Handy klingelte. Ich meldete mich. Claudia Herbst war am Apparat. „Hallo Herr Kommissar, ich habe die Schlüsselfirma angerufen. Der gute Mann müsste in ein paar Minuten bei Ihnen sein.“

„Ja, ich weiß.“

„Sie wissen das? Können Sie hellsehen?“

„Manchmal, Frau Herbst – meistens am Donnerstag.“

„Aber wir haben heute doch erst Mittwoch!“

„Manchmal verlege ich das einen Tag vor, wissen Sie“, flötete ich ins Telefon.

„Sie nehmen mich auf den Arm!“

„Niemals, Frau Herbst, das würde ich nie tun.“ Ich grinste und fuhr fort. „Nein, Spaß beiseite – der nette Schlüsselmensch war gerade hier und hat uns wieder befreit.“

„Sie sind ein Schelm, Herr Kommissar, wissen Sie das?“

„Das sagt mein Chef auch immer, Frau Herbst – einen schönen Tag noch.“ Ich beendete das Geplänkel.

Meine beiden Kollegen, die zwischenzeitlich die Wohnung sehr gründlich durchsucht hatten, fanden außer den CDs nichts, was besonders auffällig oder für uns von Interesse gewesen wäre. Auch ein Empfangsgerät oder die Teilnehmerliste, von der Möbius gesprochen hatte, waren nirgends aufzufinden. So verließen wir die Wohnung und fuhren zurück ins Präsidium. Anschließend ging ich sofort zu Uwe Meitner, um ihm die beiden Plastikbeutel mit der Tasse und den Zigarettenstummeln zu übergeben.

„Sie haben heute aber eine Menge geraucht, Kommissar.“ Meitner grinste mich schräg an und fragte: „Was ist das?“

„Eventuelle Beweisstücke, Meitner. Stellen Sie bitte mal fest, ob sich auf der Tasse Fingerabdrücke befinden und lassen Sie eine DNA-Analyse machen. Das gleiche bitte mit den Zigarettenstummeln. Und hier haben Sie einen Schlüssel. Er passt in die Zweitwohnung eines gewissen Herrn Möbius. Und die befindet sich in der Prinzregentenstrasse, genau gegenüber dem Hauptbahnhof.“

„Hausnummer?“

„Fünfundzwanzig – es ist das Haus, in dem sich die Gemeinschaftspraxis dieser drei oder vier Gynäkologen befindet. Ich glaube, es sind aber nur mehr drei, der vierte ging erst vor kurzem in den Ruhestand."

„Aha – das war vermutlich der Ihre?" Meitner grinste breit.

„Nein, der von meiner Frau. Deshalb weiß ich das. Außerdem stand es auch in der Zeitung."

„Oh. Na ja, werden wir schon finden, denke ich."

„Klar. Laufen Sie einfach den schwangeren Frauen nach, die in Scharen auf das Haus zulaufen, dann können Sie es gar nicht verfehlen", flachste ich, um sofort darauf wieder ernst zu werden. „Die Wohnung befindet sich in der vierten Etage. Schicken Sie ein paar Leute hin, die sollen nach Spuren suchen. Fingerabdrücke und so weiter – Sie wissen schon. Übrigens hat Fuchs ein paar CDs sichergestellt, um sie zu untersuchen. Ich möchte wissen, was da drauf ist. Veranlassen Sie bitte, dass er mir sofort Bescheid gibt, wenn er mehr weiß, ja?"

„Alles klar, Herr Kommissar."

„Sie hätten Dichter werden sollen, lieber Meitner", grinste ich.

Ein paar Minuten später saß ich in meinem Auto, war auf dem Heimweg und freute mich auf den Feierabend, nicht ahnend, dass sich die Ereignisse bald überstürzen sollten ...

38

Am anderen Tag kam ich erst gegen Mittag ins Präsidium. Ich hatte Mayer diesbezüglich verständigt, da ich am Vormittag einige dringende private Dinge regeln musste. Kaum hatte ich jedoch mein Büro betreten, klingelte das Telefon bereits Sturm. Ich hob den Hörer ab, Erwin Fuchs war am Apparat.

„Hallo, Kommissar Hekli, da sind Sie ja endlich!“, begrüßte er mich kurz und seine Stimme klang fast beschwörend, als er hinzufügte: „Ich habe da ein paar Informationen für Sie, die Sie interessieren dürften. Haben Sie jetzt Zeit? Dann kämen wir gleich mal in ihr Büro.“

„Wer ist wir?“, fragte ich.

„Dr. Ferdinand Meichler und ich. Dr. Meichler ist ein Polizeipsychologe aus München.“

„Ein Polizeipsychologe?“, wiederholte ich gedehnt.

„Es geht um diese beiden CDs, die ich mitgenommen habe. Eine hochinteressante Sache.“

„Gut, ich warte auf Sie.“

„Okay – bis gleich“, antwortete er und legte auf.

Ich war gespannt, was mir Fuchs berichten würde und weshalb er sogar einen Polizeipsychologen aus München eingeschaltet hatte.

Kurze Zeit später klopfte es an meiner Türe und beide Herren standen im Raum. Nachdem Dr. Meichler und ich uns kurz bekannt gemacht hatten, bot ich beiden einen Platz auf der Couch an.

„Nun, meine Herren, was gibt's? Was ist mit diesen CDs?"

Dr. Meichler übernahm das Wort: „Wissen Sie, was subliminal bedeutet, Kommissar?"

„Nicht so richtig, wenn ich ehrlich bin", antwortete ich.

„Also gut. Lassen Sie mich erklären: Kollege Fuchs rief mich heute Morgen an, weil ihm die CDs verdächtig erschienen waren. Ich bat ihn, zu mir nach München zu kommen und diese beiden CDs mitzubringen. Wir analysierten sie anschließend im Labor.

„Weshalb?"

Fuchs antwortete: „Als ich gestern Abend diese CDs laufen ließ, hörte ich zunächst arabische Instrumentalmusik; für europäische Ohren klingt das manchmal wie eine Katze, der man auf den Schwanz getreten ist und für die meinen ganz besonders."

Ich nickte. „Das kann ich Ihnen nachfühlen – geht mir nicht anders."

Er fuhr fort: „Die Qualität der Aufnahmen entspricht der normalen CD-Qualität, wie sie bei Musik-CD's üblich ist. Als ich jedoch genauer hinhörte, fiel mir auf, dass zwischen der Musik undefinierbare Zischlaute zu hören waren, was mich zunächst verwunderte, denn so etwas ist für eine CD nicht normal. Zuerst dachte ich, die CDs hätten vielleicht einen Defekt. Hatten sie aber nicht – zumindest keinen optisch sichtbaren – also weder Staubpartikel noch Kratzer oder Ähnliches. Schließlich keimte in mir der Verdacht auf, dass diese CDs mehr enthalten könnten als nur arabische Musik und ich kam auf die Idee, Dr. Meichler um Hilfe zu bitten."

Ich wandte mich an den Polizeipsychologen: „Was bedeutet nun subliminal? Lassen Sie mich nicht dumm sterben, Doktor."

„Nein, das habe ich nicht vor, Kommissar. Aber gestatten Sie mir, dass ich zur besseren Verständlichmachung etwas aushole."

„Nur zu, Doktor, ich bin ganz Ohr", brummte ich.

„Subliminal bedeutet unterschwellig", begann er seinen Vortrag und fuhr fort: „Auf dieser CD befinden sich neben der arabischen Musik unterschwellige Informationen, die das Bewusstsein nicht wahrnehmen kann, sehr wohl aber das Unterbewusstsein."

„Und das funktioniert?", fragte ich verwundert.

„Das funktioniert sogar hervorragend, Kommissar. Bereits in den 50er Jahren hat man diesbezüglich mit Forschungen begonnen und setzte diese Technik erstmals in der Werbung ein, was zwischenzeitlich verboten ist."

„Mir ist aber immer noch nicht richtig klar, wie das funktionieren soll", beharrte ich auf meiner Frage.

„Es funktioniert zum Beispiel im Kino. Mir ist ein Fall bekannt, wo der Inhaber eines Kinos aus New Jersey berichtete, er hätte damals stroboskopartige, also blitzschnell ablaufende Informationen auf die Leinwand projiziert, die das Auge aufgrund seiner Trägheit nicht bewusst aufnehmen konnte – die Zuschauer hatten sie jedoch unbewusst aufgenommen."

„Welcher Art waren die Informationen?", wollte ich wissen.

„Es war eine ganz simple Information, sie lautete lediglich: Trink Coca-Cola."

„Und für was sollte das gut sein?"

„Es hatte den Effekt, dass die Leute in der Pause oder auch nach dem Film Coca-Cola tranken wie Geistesgestörte“, antwortete Dr. Meichler, obwohl sie Coca-Cola nicht bewusst gelesen hatten. Sie hatten plötzlich Durst und waren ganz verrückt nach diesem Getränk. Es war eine unbewusste Reaktion.“

Langsam dämmerte es mir, dass sich mittels dieser Methode mit hoher Wahrscheinlichkeit noch ganz andere Dinge bewerkstelligen ließen und brummte: „Damit könnte man so allerhand anstellen ...“

„Richtig“, erwiderte Dr. Meichler und fuhr fort: „Dafür gibt es zwischenzeitlich eine Menge wissenschaftlich belegter Ergebnisse. Der erste Einsatz von unterschwelligen Informationen geht meines Wissens auf einen Professor Lozanov in Bulgarien zurück, der versuchte, mit dieser Methode mathematische oder linguistische Fähigkeiten zu steigern – was ihm übrigens tatsächlich einwandfrei gelungen ist. Angeblich ist es auf diese Weise kein Problem, am Tag bis zu tausend Vokabeln zu lernen – ohne Mühe und ganz entspannt, versteht sich.“

„Ist ja irr – damit könnte man sich in kürzester Zeit eine Fremdsprache reinpauken ...“

„... und zwar ganz ohne Anstrengung, einfach nur dadurch, dass man das bewusste Denken umgeht“, ergänzte Dr. Meichler und fuhr fort: „denn man muss sich nur einmal klar machen, wie ein normaler Lernprozess abläuft: In der Regel nämlich über das bewusste, kritische Denken, das sozusagen als Wächter vor dem Tor fungiert. Erst dann, wenn der Mensch die Information sozusagen im Hinterstübchen hat, beherrscht er das Gelernte. Ganz typische Dinge sind zum Beispiel das Autofahren oder auch meinetwegen Kampfsport. Es geht absolut automatisch. Selbst dann, wenn man sich mit dem Beifahrer unterhält oder auf den umgebenden Verkehr achtet, muss man nicht erst lange überlegen, mit welchem Gang man fährt oder wo das Bremspedal ist. Bei Kampfsportarten wie Karate trifft dies genauso zu – in beiden Fällen wäre es im Ernstfall fatal, müsste man erst lange überlegen, was zu tun ist.

„Stimmt.“

„Es gibt aber auch noch andere Beispiele“, erklärte der Psychologe weiter. „Diese Methode wurde früher in amerikanischen Kaufhäusern eingesetzt. Die Informationen wurden ebenso – wie bei den CDs, die Kollege Fuchs sichergestellt hat – mit Musik vermischt und lauteten beispielsweise: Ich bin ehrlich oder ich will nicht stehlen. Der Erfolg soll angeblich großartig gewesen sein, denn die Zahl der Ladendiebstähle ging um 58 Prozent zurück.“

„So etwas hätte ich früher für meinen Sohn gebraucht, und zwar mit der Information: Du sollst nicht Papa und Mama ärgern.“ Ich grinste.

„Würde vermutlich auch funktionieren“, entgegnete Dr. Meichler und grinste ebenfalls.

„Jetzt spannen Sie mich nicht länger auf die Folter, Doktor. Sie erzählen mir das alles doch sicherlich nicht, um mich zu unterhalten. Ich möchte wissen: Welche Informationen genau befanden sich auf diesen CDs, die Fuchs mitgenommen hat?“

„Es sind eindeutig Anweisungen zum Selbstmord, Kommissar.“

39

Ich saß da und starrte Dr. Meichler wie ein Gespenst an. Was er mir eben erzählt hatte, war fast unglaublich – und dennoch hatte ich Recht gehabt: All diese mysteriösen Selbstmorde, die in letzter Zeit geschehen waren – waren keine! Ich hatte es immer geahnt... Die Leute waren manipuliert worden, doch die Frage, die sich mir stellte, war: weshalb? Und warum mussten diese Menschen sterben und vor allem: Was war dabei das Motiv?

„Sagen Sie, Doktor, ist es wirklich möglich, einem Menschen auf diese Weise seinen eigenen Tod – ich drücke es mal so aus: zu befehlen?“, wollte ich von Meichler wissen.

„Ich denke, es ist möglich, Kommissar“, antwortete er und fuhr fort: „Es gibt ein Gerücht – und bitte, ich weiß nicht, ob es stimmt – aber in den 70er Jahren wurden angeblich sogar subliminale satanische oder drogenverherrlichende Nachrichten in die Musik von Rockbands gemischt. Die angewandte Technik nennt man Back Masking. Das hörte erst auf, als die Fans verrückt spielten und sich mit der Zeit sehr abartig verhielten. Erinnern Sie sich an die Band KISS? Auch diese Jungs standen zeitweise unter Verdacht, dass... Man konnte es jedoch nie beweisen, denn es gibt verschiedene Back Masking-Techniken, die das Feststellen von unterschwelligen Inhalten sehr schwierig, wenn nicht sogar unmöglich machen. Und dazu kommt...“

Gespannt und aufmerksam hatte ich zugehört. Doch jetzt unterbrach ich die Ausführungen Dr. Meichlers: „Nun gut Doktor, es besteht aber letztlich ein riesiger Unterschied zwischen unterschwelligen drogenverherrlichenden oder meinetwegen auch satanischen Informationen und der Aufforderung, sich selbst umzubringen. Der Mensch hängt doch bekanntlich sehr am Leben und zwar ziemlich intensiv, glaube ich."

„Da haben Sie durchaus recht, Kommissar, doch zweifelsfrei können Informationen wie: Bring dich um – tu es – tu es jetzt – oder ähnliches bei Menschen mit einer instabilen Persönlichkeitsstruktur eine Aktion in dieser Richtung auslösen. Oft genügt dann sogar ein unverfängliches Reizwort und der Betreffende schreitet zur Tat. Betrachten Sie es einfach als – ich nenne es mal so: Gehirnwäsche. Und auch dafür gibt es diverse Beispiele, wie man Menschen beeinflussen oder manipulieren kann. Denken Sie nur mal an gewisse Sekten, die gemeinschaftlichen Selbstmord begehen. War alles schon einmal da, nicht wahr? Oder denken Sie an Selbstmordattentäter – diese Leute sprengen sich ohne zu zögern selbst in die Luft. All diese Vorkommnisse sind letztlich nichts anderes als sichtbare Ergebnisse einer Gehirnwäsche."

„Nun mal eine andere Frage, Doktor: Ich kann mir nicht vorstellen, dass ein einmaliges Abspielen der CD ausreichend ist, um einen Menschen soweit zu bringen, dass ..."

„Natürlich nicht", unterbrach mich Meichler, „Man muss den subliminalen Inhalt schon ein paar Mal konsumieren, damit er wirkt. Hier spielt die ständige Wiederholung eine große Rolle. Je öfter man ihn hört, desto effizienter manifestiert er sich."

„Sie sagten, auf der CD befänden sich Anweisungen zum Selbstmord, Doktor. Wie lauten sie genau?"

Dr. Meichler zog ein kleines Blatt Papier aus seiner Jackentasche und las laut vor: „Du hast dich gegen den göttlichen Pharao Tutanchamun versündigt. Dafür wirst du freiwillig sterben, um ihm fortan für immer und ewig zu dienen. Wenn du den Namen des großen Pharao hörst, dann ist dies dein Tag."

Ich wunderte mich über mich selbst, dass ich nicht sonderlich überrascht war.

„Kann ich den Zettel haben?", fragte ich.

„Selbstverständlich." Dr. Meichler reichte mir die Notiz.

Vor allem der letzte Teil des letzten Satzes gab mir zu denken. Wie hatten sich fast alle Angehörigen der Selbstmörder geäußert? Heute war sein Tag, hatten sie gesagt... Doch wer war der Urheber dieser CDs? Möbius? Anscheinend hatte er etwas mit diesem mysteriösen Fluch des Pharao zu tun. Und wo war der Kopf, der dies alles inszeniert hatte, derjenige, dessen Gehirn sich diesen teuflischen Plan ausgedacht hatte?

Ich stand auf, die beiden Kollegen taten es mir gleich und wir verabschiedeten uns. Als die beiden bereits an der Türe standen, meinte ich: „Vielen Dank, meine Herren, Sie haben mir sehr geholfen und ich denke, mit diesen Informationen kommen wir einen wesentlichen Schritt weiter. Übrigens, Herr Fuchs: Gute Arbeit!"

40

Nachdem sich beide Kollegen verabschiedet hatten, holte ich eine Tasse Kaffee aus dem Automaten und zündete mir eine Zigarette an. Ich musste erst einige Dinge verdauen. Außerdem schossen mir eine Menge Gedanken durch den Kopf, die ich gründlich ordnen wollte.

Zunächst einmal stand für mich fest: Diese Selbstmorde waren keine, zumindest die meisten davon mit Sicherheit nicht. Mein Gefühl hatte mich mal wieder nicht betrogen. Die Leute waren zuvor in Ägypten gewesen, im Tal der Könige, hatten die Königsgräber besucht – als harmlose Touristen. Wer also sollte Interesse daran haben, sie anschließend ins Jenseits zu befördern? Eine Grabbesichtigung war schließlich kein Verbrechen, das man mit dem Tode bestrafen konnte – oder doch? Es hatte den Anschein, als hätten ein paar Leute etwas dagegen, dass diese Gräber oder speziell ‚das Grab des Tutanchamun' besucht wurde ... Aber weshalb? Standen hier wirtschaftliche Interessen dahinter oder gab es jemanden, der tatsächlich nur aus religiösen Gründen darauf bedacht war, dass die Grabesruhe des Tutanchamun nicht gestört wurde? War hier so etwas wie religiöser Fanatismus im Spiel? Spontan fielen mir die Kreuzzüge des Mittelalters ein, die genau betrachtet nichts anderes gewesen waren als großangelegte Raubzüge im Namen Gottes. Die Inquisition, die Hexenverbrennungen, der Dreißigjährige Krieg – was alles hatte die Religion hier angerichtet! Auch die sogenannten heiligen Kriege des

Islams waren von Fanatismus geprägt – warum musste der Mensch immer alles übertreiben und das ursprünglich Gute mit Gewalt schlecht machen? Und selbst heute noch führten ein paar Mohammed-Karikaturen bei Massenunruhen zu mehreren Dutzend Toten, wobei mir der Ärger der Gläubigen durchaus verständlich erschien – doch im Grunde war auch dies nichts anderes als Fanatismus. Traf dies auch hier in unserem aktuellen Fall zu? Dass Möbius tief in der Sache steckte, daran gab es für mich nicht den geringsten Zweifel. Aber was war mit dieser Domina, Renate Auer alias Ammit? Wo lag der wirkliche Grund für den Mord an ihr? Und welche Rolle spielte dieser Araber, von dem ich bislang nur wusste, dass er Shamal hieß?

Ich beschloss, Möbius noch einmal zu vernehmen und ihm dabei gewaltig auf die Zehen zu treten.

Das Klopfen an der Türe riss mich aus meinen Gedanken. Kurz danach stand Mayer im Raum.

„Hallo Boss, was gibt es Neues?“, wollte er wissen.

Ich erzählte ihm ausführlich die Details, die ich erfahren hatte und fragte ihn am Ende meiner Ausführungen schließlich: „Und? Was hältst du von dem Ganzen?“

„Ich habe vor längerer Zeit einmal gelesen, dass es in Ägypten angeblich verschiedene Geheimbünde geben soll. Vielleicht steckt einer davon hinter der ganzen Sache“, antwortete mein Assistent.

„Gut, Albert. Nehmen wir einmal an, es wäre so, wie du vermutest. Welche Rolle spielt dann Professor Möbius dabei? Er ist zwar Ägyptologe, aber was hat er mit ägyptischen Geheimbünden zu tun? Wir haben zwar diese CDs in seiner Wohnung gefunden, aber ..."

„Das Einzige, was ich dir darauf antworten kann, Chef: Frag ihn einfach."

„Okay, das hatte ich bereits vor. Dann verständige doch bitte gleich mal die Gefängnisleitung – die sollen ihn herbringen. Ich gehe inzwischen zu Steiner und werde ihm klarmachen, dass ich doch nicht so blöd bin, wie er glaubt ..."

An der Tür zu Steiners Büro blieb ich einen Moment stehen, dann klopfte ich kurz und betrat ohne abzuwarten, den Raum. Mein Chef stand mit verschränkten Armen am Fenster, starrte hinaus und hatte mein Klopfen anscheinend nicht gehört, denn überrascht sah er mich an und fragte: „Wo kommen Sie denn so plötzlich her?"

„Durch die Tür – ich habe jedoch vorher angeklopft, wie es sich für einen braven Untergebenen gehört." Ich grinste.

„Habe ich nicht gehört. Entschuldigen Sie, ich war gerade in Gedanken. Worum geht's, Hekli?"

Ich wollte Ihnen lediglich einen kurzen Zwischenbericht geben. Wir haben ein paar interessante Ergebnisse – nur falls es Sie interessiert, meine ich."

Langsam drehte er sich um und zog ein Taschentuch heraus. Erst jetzt sah ich, dass Schweißperlen auf seiner Stirn standen.

„Geht es Ihnen nicht gut?", fragte ich.

„Doch, alles in Ordnung, bis auf..." Er brach den Satz ab.

„Es geht mich ja nichts an, Herr Steiner, aber wenn ich Ihnen irgendwie behilflich sein kann ..."

Er ließ sich schwerfällig in seinen Bürostuhl plumpsen, dann meinte er: „Sie wissen, ich spreche im Dienst nie über private Dinge, Hekli – aber langsam weiß ich mir nicht mehr zu helfen ..." Ohne Umschweife begann er zu erzählen: „Meine Frau benimmt sich momentan so eigenartig – ich glaube, sie hat einen Liebhaber."

Ich schüttelte den Kopf, dann fragte ich: „Was verstehen Sie unter eigenartig?"

„Sie beachtet mich kaum mehr."

„Sie sollten nicht gleich das Schlimmste annehmen – vielleicht hat sie Probleme."

„Ich habe sie schon danach gefragt, aber sie spricht nicht darüber."

„Seit wann ist das so?"

„Das geht schon geraume Zeit, fast drei Monate."

„Also ziemlich lang schon. Ich würde einfach versuchen, mit ihr zu reden, Herr Steiner."

„Aussichtslos. Wenn ich sie darauf anspreche, dann bekomme ich nur alltägliches, banales Geplapper zu hören. Nein, ich glaube wirklich, da ist ein anderer Mann im Spiel."

Etwas verlegen kratze ich mich am Hinterkopf. Mir war die Situation peinlich. Obwohl ich nie ein großer Freund von Steiner war – jetzt tat er mir fast Leid. Vor allem war ich ziemlich überrascht, dass er mir private Dinge anvertraute. Ich nahm es als das, was es vermutlich auch war: als Vertrauensbeweis.

So fragte ich: „Wie kommen Sie darauf, dass sie einen Liebhaber haben könnte?"

„Sie ist in der Woche mindestens dreimal am Abend unterwegs und kommt dann meist erst weit nach Mitternacht nach Hause. Angeblich geht sie immer zu einem Vortrag.“ Ohne ein Argument von mir abzuwarten, fragte er unvermittelt: „Sie sind doch auch schon lange Jahre verheiratet, Hekli, nicht wahr?“

„Ja – jetzt werden es dann siebenundzwanzig Jahre. Warum fragen Sie?“

„Was würden Sie tun, wenn Sie wüssten, dass Ihre Frau einen Liebhaber hat oder fremd geht?“

Ich zögerte einen Moment, dann meinte ich: „Gott sei Dank hat sich diese Frage bei mir noch nie gestellt. Doch wenn ich dieses Problem hätte, dann würde ich mich fragen, weshalb das so ist, vielleicht einen großen Teil der Schuld bei mir selbst suchen und mit ihr reden.“

„Und wenn man nicht mit ihr reden könnte?“

„Dann würde ich an Ihrer Stelle eine Zeitlang abwarten und mich dann von ihr trennen – ohne Wenn und Aber, selbst wenn es für mich sehr schmerzhaft wäre. Denn wenn eine Frau Gefühle für einen anderen Mann hegt, dann hat ein Ehemann keine Chance – das Neue ist immer interessanter als das Alte und ich könnte wahrscheinlich nackt vor ihr auf die Knie fallen und dazu einen Handstand machen – es würde nichts bringen. Aber jetzt malen Sie den Teufel nicht gleich an die Wand.“

„Ich kenne den Mann vermutlich, mit dem sie ein Verhältnis hat.“ Steiners Blick bohrte sich in die gegenüberliegende Wand. Dann fuhr er leise fort: „Der Mann ist Wissenschaftler und soll dazu sehr vermögend sein. Da hat man als kleiner Polizeibeamter kaum etwas dagegen zu setzen.“

„Ob das eine primäre Rolle spielt, kann und will ich nicht beurteilen. Sicher, manche Menschen verkaufen für Geld schon mal ihre Seele, ob sie danach aber glücklicher als vorher sind, steht auf einem anderen Blatt. Wie auch immer – selbst wenn es so wäre, wie Sie annehmen, dann müssen sie die Dinge laufen lassen – es ist dann nicht mehr Ihr Spiel, verstehen Sie? Dann ist es wirklich unerheblich, wer oder was der Typ ist – sie liebt ihn anscheinend, zumindest glaubt sie das und dagegen haben Sie absolut keine Chance. Man sollte da als Mann auch nicht um diese Ehe kämpfen, denn es könnte vermutlich ein Kampf gegen Windmühlen sein. Es tut mir Leid, aber das ist der einzige Rat, den ich Ihnen geben kann. Dazu kommt: Was wollen Sie denn dagegen unternehmen? Ihn mit Ihrer Dienstwaffe zu erschießen, wäre auch nicht gerade die tollste Idee. Das kostet Sie Ihren Kopf."

„Ich hätte große Lust dazu", knurrte Steiner.

„Ich würde ganz cool bleiben, denn das dürfte sich ziemlich schlecht in Ihrem Lebenslauf machen, noch dazu in Ihrer Position als Polizeichef." Ich grinste.

„Das würde ich ernsthaft gar nie in Erwägung ziehen, Hekli. Ich habe das ja nur so dahingesagt. Aber ich danke Ihnen für Ihren Rat – es hat gut getan, mit jemandem darüber sprechen zu können. Sie wären ein guter Eheberater."

„Eheberater?" Ich musste lachen. „Nein, Herr Steiner, wirklich nicht. Ich habe lediglich eine enorme Menschenkenntnis, als Kriminalist gelernt, logisch zu denken und soviel Lebenserfahrung gesammelt, um mir sicher zu sein, dass zwei plus zwei meistens vier ergibt. Das ist alles – nicht mehr und nicht weniger."

„Ich bitte Sie inständig, dieses Gespräch für sich zu behalten, Hekli."

„Das ist doch Ehrensache, Herr Steiner." Beiläufig fragte ich: „Kennen Sie den Namen des Mannes?"

„Es handelt sich um einen gewissen Professor Carl Möbius."

Ich zuckte wie vom Blitz getroffen innerlich zusammen und war völlig überrascht. Alles hatte ich erwartet, nur das nicht.

„Der Mann ist Ägyptologe", ergänzte Steiner.

„Ich weiß", stammelte ich, immer noch überrascht.

„Sie wissen das? Kennen Sie ihn?"

„Ich habe ihn erst gestern verhaften und einsperren lassen. Er sitzt in Untersuchungshaft, Herr Steiner."

Jetzt war es an Steiner, überrascht zu sein. Mit offenem Mund starrte er mich ungläubig an. „Sie haben ihn verhaftet? Weshalb?"

„Er steht unter dringendem Mordverdacht."

„Mordverdacht??"

„Ja. Sie haben mich mit dem Domina-Mord in der Bahnhofstrasse betraut, wissen Sie noch?"

„In diesem Studio Excentric, klar. Glauben Sie, ich habe Alzheimer, oder wie?" Seine menschlichen Regungen von vorhin waren bereits wieder vergessen. Schlagartig war er wieder der Alte – was mir ehrlich gesagt lieber war, denn damit konnte ich wesentlich besser umgehen.

„Sie denken, er hat sie umgebracht?", fragte er.

„Ich bin mir da nicht sicher – Tatsache aber ist, dass er in dem Fall mit drin hängt. Er war übrigens Kunde in diesem Etablissement, das haben wir einwandfrei ermittelt – zudem hat er es selbst zugegeben."

„So ein Schweinekerl!“, entfuhr es ihm.

Im Telegrammstil erzählte ich ihm die Fakten, soweit sie mir bekannt waren. Aufmerksam hatte er zugehört, ohne mich in meinen Ausführungen zu unterbrechen.

Plötzlich sprang er wie von der Tarantel gestochen von seinem Bürosessel auf, zog sein Taschentuch aus der Hosentasche und tupfte sich damit die Schweißperlen, die sich erneut auf seiner Stirn gebildet hatten, ab. „Wenn meine Frau bei diesen Ägypten-Vorträgen war, dann könnte es doch sein, dass auch sie ...“

„Richtig, Herr Steiner. Sie sollten Sie unbedingt vom Telefon fernhalten – bereits der nächste Anruf könnte für sie vielleicht der Anlass sein, sich umzubringen ...“

41

Hastig schnappte sich Herbert Steiner seinen Mantel. Er war völlig durch den Wind und krächzte mit rauher Stimme: „Ich bin für heute nicht mehr erreichbar. Ich fahre sofort nach Hause, Hekli. Sie bleiben bitte am Ball. Tun Sie, was sie können!“ Mit diesen Worten schlug er die Tür hinter sich zu und ich saß allein in seinem Büro.

Ich stand auf und verließ den Raum. Die Welt ist wirklich klein, dachte ich und schüttelte den Kopf. Ausgerechnet die Frau meines Chefs besucht die Vorträge dieses dubiosen Professors, er ist fest davon überzeugt, dass sie einen Liebhaber hat und erzählt mir das auch noch brühwarm. Wobei er möglicherweise sogar Recht hatte, denn so, wie ich Möbius zwischenzeitlich einschätzte, war er vermutlich für jedes sexuelle Abenteuer zu haben.

Als ich mein Büro betrat, saß Mayer hinter meinem Schreibtisch, ihm gegenüber, wie ein Häufchen Elend, der Professor. Albert stand sofort auf, als er mich sah und flüsterte mir ins Ohr: „Er ist nicht gerade sehr redselig.“

Ich nickte. „Nun, Möbius, ich denke, Sie haben uns eine Menge zu erzählen, habe ich Recht?“

Schweigend starrte er ein großes Loch in den Boden und sah dabei ziemlich blass aus. Der Aufenthalt in der Zelle hatte ihn anscheinend etwas mitgenommen.

„Es wäre besser, Sie würden reden, Professor.“

„Von mir erfahren Sie nichts, Kommissar. Außerdem können Sie mir nichts beweisen.“

„Gut, wenn Sie das glauben... Ich sehe das allerdings anders und ich erzähle Ihnen jetzt mal etwas, mein Lieber: Wir haben Ihre Wohnung in der Prinzregentenstrasse durchsucht. Wir fanden zwar keine Teilnehmerliste ihrer Vorträge, dafür aber zwei CDs. Als wir die Tonträger genauer untersuchten, fanden wir darauf unterschwellige Informationen, sogenannte Subliminals, die Anweisungen enthalten, Selbstmord zu begehen. Was sagen Sie dazu?“

„Ich weiß nichts von diesen CDs. Ich habe keine Ahnung, wovon Sie reden.“

„Kommen Sie, Möbius – spielen Sie hier nicht den Unwissenden, diese Rolle passt nicht zu Ihnen.“

Er warf mir einen gehässigen Blick zu. „Sie können mich mal, Kommissar Hekli.“

„Danke für das Angebot, aber ich möchte mich nicht mit Schmutz bekleckern.“ Angewidert schüttelte ich den Kopf und fragte: „Also, weshalb musste Renate Auer sterben?“

„Woher soll ich das wissen?“, antwortete er patzig.

„Sie müssen doch ein Motiv gehabt haben, Professor.“

„Ich war es nicht. Das habe ich Ihnen schon einmal gesagt. Was wollen Sie eigentlich von mir? Sie haben keinen Grund, mich zu verhaften!“

„Da sind Sie gewaltig im Irrtum, Möbius. Ich habe sogar mehrere Gründe. Einer davon ist: Sie hatten offensichtlich die ernste Absicht, mich und meinen Assistenten mit einer Waffe zu bedrohen. Mein Kollege kann das bezeugen. Wir haben die Waffe als Beweismittel sichergestellt, wie Sie wissen. Nach § 113 des Strafgesetzbuches haben Sie sich bereits wegen Widerstandes gegen die Staatsgewalt strafbar gemacht. Und darauf stehen bis zu fünf Jahre Haft. In Ihrem Fall, so schätze ich, dürfte es unter zwei Jahren nicht abgehen."

Möbius sah mich erschrocken an. „Das ist doch blanker Unsinn!", rief er.

„Kein Unsinn, Möbius – sondern Gesetz. Ich mache ihnen aber einen Vorschlag: Wenn Sie endlich reden, dann wäre ich eventuell bereit, das zu vergessen."

„Ich sage gar nichts!"

Ich beschloss, zu bluffen. Ganz ruhig meinte ich: „Gut, die Konsequenzen haben Sie selbst zu tragen. Übrigens haben wir bei der Durchsuchung Ihrer Wohnung jemand angetroffen. Wir haben ihn sofort verhaftet. Sagt Ihnen der Name Shamal etwas?"

Möbius wurde bleich und erstarrte. Fassungslos sah er mich an. Dann stotterte er: „Sie haben Shamal verhaftet? Unmöglich!"

„Doch tatsächlich."

„Dieser dumme Hund", murmelte Möbius.

„Damit geben Sie also zu, ihn zu kennen? War auch klar, wie käme er sonst in Ihre Wohnung, nicht wahr? Er hatte doch den Schlüssel dazu – und den kann er nur von Ihnen haben."

Möbius schwieg und sah zu Boden.

Langsam wurde ich ungeduldig. „Jetzt machen Sie schon den Mund auf, Mann!", herrschte ich ihn an. „Wir wissen längst alles! Wie wäre es mit einem Geständnis, Professor?"

„Ich habe niemanden umgebracht!"

„Das glaube ich Ihnen nicht, Möbius. Sie haben Renate Auer getötet, und zwar aus niedrigen Beweggründen! Auf Mord steht lebenslänglich, ist Ihnen das klar?"

Möbius blickte auf, sah mir einen Moment lang direkt in die Augen und meinte dann: „Ich habe sie wirklich nicht umgebracht, das müssen Sie mir glauben." Fast flüsternd fügte er hinzu: „Wenn ich Ihnen sage, was ich weiß, bin ich früher oder später ein toter Mann, Kommissar."

42

Herbert Steiner parkte seinen Wagen vor der Garage, schloss die Haustüre auf, ging in die Küche und nahm sich eine Tüte Milch aus dem Kühlschrank. Dann holte er ein Glas aus dem Küchenschrank, goss es voll und trank in hastigen Zügen.

„Beate!"

Er bekam keine Antwort.

„Beate, bist du da?"

Im Haus blieb alles still. Ein seltsames Gefühl begann, in seiner Magengrube zu bohren. Er lief zum Schlafzimmer, öffnete die Türe, doch das Zimmer war leer, die Betten unberührt.

Er ging zurück in den Flur. Sein Blick fiel auf das Telefon. Der Hörer war abgenommen worden und lag neben dem Telefon. Er nahm den Hörer kurz ans Ohr. „Hallo! Ist da jemand?" Doch die Verbindung schien längst unterbrochen zu sein. Schließlich legte er den Hörer auf. Aus dem seltsamen Gefühl war zwischenzeitlich Panik geworden. Im ganzen Haus herrschte Totenstille. Es war ungewöhnlich, dass seine Frau um diese Zeit nicht zu Hause war.

„Beate, wo bist du??"

Aber auch dieses Mal erhielt er keine Antwort. Er rannte zum Badezimmer, riss die Türe auf und seine Augen weiteten sich vor Schreck: Seine Frau lag leblos und bleich, über und über mit Blut besudelt, in der Badewanne, die Augen geschlossen, den Mund weit geöffnet. Sie war ohne Bewusstsein.

Steiner rannte in panischer Hast aus dem Badezimmer zurück in den Flur, nahm den Telefonhörer ab und wählte die Notrufnummer.

„Steiner hier. Schicken Sie sofort einen Notarzt her, meiner Frau ist etwas passiert! Beeilen Sie sich, sie ist über und über voll Blut!“ Die Worte kamen wie ein Staccato über seine Lippen. Nachdem er seine Adresse durchgegeben hatte, beendete er das Gespräch und wählte die Nummer des Polizeipräsidiums. Claudia Herbst meldete sich.

Ohne sich lange mit Höflichkeitsfloskeln aufzuhalten, herrschte er sie an: „Geben Sie mir sofort den Hekli!“

„Wen darf ich melden?“

„Steiner hier.“

„Um was geht es denn?“

„Das geht Sie überhaupt nichts an. Und jetzt geben Sie mir den Hekli, aber dalli!“

„Nun seien Sie doch nicht so unhöflich!“, erwiderte Claudia Herbst.

„Wenn Sie mich jetzt nicht sofort mit Kommissar Hekli verbinden, dann sorge ich dafür, dass Sie bis spätestens morgen früh gefeuert sind!“ schrie er mit hochrotem Kopf ins Telefon.

Claudia Herbst, die überhaupt nicht wusste, wie ihr geschah, antwortete verdattert: „Einen Moment, ich verbinde.“

Dann knackte es in der Leitung.

43

„Gut Professor, wenn Sie jetzt nicht reden wollen, dann ein andermal. Wir haben alle Zeit der Welt, glauben Sie mir das!“ Ich versuchte, möglichst cool zu bleiben, obwohl ich fühlte, dass eiskalter Zorn in mir hochkochte. Ich gab meinem Kollegen ein Zeichen. „Lass ihn abführen, Albert.“

Ich stand auf, fischte eine Zigarette aus der Packung, zündete sie an und begann, in hastigen Zügen zu rauchen.

Mein Kollege, der auf mein Zeichen hin aus dem Zimmer gegangen war, kam mit zwei uniformierten Kollegen wieder zurück.

Das Telefon klingelte, ich hob ab. „Herr Steiner ist am Apparat, Kommissar. Er möchte Sie sprechen. Aber bitte seien Sie vorsichtig, er hat einen hysterischen Anfall.“ Die Stimme von Claudia Herbst klang längst nicht so erotisch, wie man es von ihr gewöhnt war. „Ich verbinde Sie jetzt.“

Bevor ich etwas erwidern konnte, hatte ich Steiner in der Leitung.

„Hekli“, meldete ich mich.

„Fangen Sie das Schwein, Hekli!“ brüllte Steiner in mein linkes Ohr.

„Welches Schwein?“ Ich war völlig überrascht. So hatte ich Steiner in all den Jahren noch nie erlebt.

„Diesen Telefonmörder, diesen Scheißkerl, diesen Shamal oder wie er sich immer nennen mag. Fassen Sie ihn!“

„Was ist denn passiert?“, wollte ich wissen.

„Meine Frau ...“

„Was ist mit Ihrer Frau?“

„Sie liegt in der Badewanne und hat sich umgebracht!“

Ich merkte, wie mir flau im Magen wurde. Obwohl mir Steiner nie sonderlich sympathisch war, jetzt tat er mir aufrichtig leid.

„Notarzt verständigt?“, fragte ich knapp.

„Natürlich, die sind bereits unterwegs.“

„Wie kann ich Ihnen helfen?“ Ohne seine Antwort abzuwarten, fuhr ich fort: „Ich komme sofort zu Ihnen.“

„Gut. Aber beeilen Sie sich, bitte.“ Ein kurzer Klick in der Leitung, er hatte aufgelegt.

„Wir haben wieder einmal einen Selbstmord – diesmal hat es Steiners Frau erwischt“, sagte ich tonlos. Zu Möbius gewandt, meinte ich: „Sie sollten reden Möbius. Dass Sie etwas damit zu tun haben, ist offensichtlich.“

„Und offensichtlich haben Sie Shamal nicht verhaftet, denn sonst wäre dieser Selbstmord nicht geschehen.“ Möbius sah mich spöttisch an und lachte höhnisch.

„Bringen Sie diesen Mistkerl zurück in seine Zelle“, meine Herren.“ Kalte Wut stieg in mir hoch.

Die beiden Kollegen packten Möbius am Arm und bugsierten ihn energisch durch die Türe.

„Komm Albert, wir fahren zu Steiner.“ Mein Kollege nickte nur stumm und wir verließen eilig das Büro.

44

Im Eiltempo und unter fast jeder Umgehung der gültigen Verkehrsregeln waren wir vom Präsidium zu Steiners Haus gefahren. Vor dem Haus stand bereits der Notarztwagen. Wir läuteten. Steiner öffnete sie mit einer Geschwindigkeit, die ich ihm niemals zugetraut hätte.

„Kommen Sie rein“, herrschte er uns an, um gleich darauf loszuschimpfen: „Dieser Irre, macht selbst vor der Frau eines Polizisten keinen Halt. Und wer weiß, wenn ich zufällig zu Hause gewesen wäre und ans Telefon gegangen, dann läge ich jetzt vielleicht blutüberströmt in der Badewanne!“ Er war total durch den Wind gedreht, so hatte ich ihn noch nie erlebt. Einerseits konnte ich mich in seine Lage versetzen, andererseits tat ich mich schwer, für seine Hysterie Verständnis aufzubringen.

„Jetzt beruhigen Sie sich mal und fahren Sie einen Gang zurück, Herr Steiner. Sie hätte es nicht erwischen können, selbst wenn Sie den Anruf entgegen genommen hätten. Sie waren zu keiner Zeit in Gefahr.“ Ich wechselte das Thema und fragte: „Was sagt der Arzt? Hat er Ihre Frau schon untersucht?“

„Er ist gerade dabei“, antwortete Steiner. Er atmete schwer und ließ sich nicht vom Thema abbringen, denn er bohrte weiter: „Weshalb war ich zu keiner Zeit in Gefahr, Hekli? Erklären Sie mir diese Theorie doch bitte mal genauer!“

„Ganz einfach, Herr Steiner: Sie waren nie einer Suggestion ausgesetzt. Aber Ihre Frau. Und ich kann Sie beruhigen: Möbius ist nicht der Liebhaber Ihrer Frau, sondern Sie war tatsächlich nur bei seinen Vorträgen."

„Was sind das genau für Vorträge?"

„Möbius hält Vorträge über Ägypten. Wie Sie selbst schon gesagt haben, der Mann ist Ägyptologe. Und dort hat sie sich höchstwahrscheinlich die ganzen Abende aufgehalten. Wäre sie nicht dort gewesen, läge sie jetzt nicht blutüberströmt in der Badewanne."

„Ganz klar ist mir das nicht, Hekli."

„Weshalb hat sich Ihre Frau eigentlich für diese Vorträge interessiert?"

Er zog mich etwas beiseite, damit uns Mayer nicht hören konnte und meinte dann fast flüsternd: „Wir hatten schon seit längerem heftige Meinungsverschiedenheiten, müssen Sie wissen. Es ging darum, dass sie alleine, also ohne mich, Urlaub machen wollte – in Ägypten. Sie plante, die Pyramiden und die Königsgräber zu besichtigen."

„Und anscheinend hat sie Möbius das auch erzählt, nehme ich schwer an."

„Wie kommen Sie darauf?"

Ehe ich ihm antworten konnte, rannte der Notarzt an uns vorbei, öffnete die Haustüre und lief zu seinem Wagen. Kurze Zeit später kam er mit einem Kollegen und einer Tragbahre zurück.

„Was ist mit ihr?", wollte Steiner von dem Arzt wissen.

„Bitte, halten Sie mich nicht auf, es eilt. Ihre Frau atmet nur noch schwach. Wir müssen sie schnellstens in die Klinik bringen. Sie hatte Glück im Unglück. Wäre sie eine halbe Stunde später gefunden worden, dann gäbe es keine Chance mehr für sie."

„Aber was ..."

„Ohne ihn ausreden zu lassen, antwortete der Arzt: „Sie hat sich die Pulsadern aufgeschnitten. Gott sei Dank sehr dilletantisch, so dass der Blutverlust nicht so rasch eingetreten ist. Rufen Sie mich in einer Stunde in der Klinik an, dann kann ich Ihnen mehr sagen." Damit ließ er uns stehen.

„Die Pulsadern aufgeschnitten..." Steiner schüttelte den Kopf. „Wie kommt sie denn auf so was?"

Kaum zwei Minuten später trugen die beiden Mediziner die leichenblasse Frau auf der Tragbahre an uns vorbei und zum Krankenwagen. Mit Martinshorn und Blaulicht fuhren sie im Eiltempo los.

„Jetzt erklären Sie mir das doch mal alles genauer, Hekli", nahm Steiner das Gespräch wieder auf.

„Ich habe es Ihnen bereits erklärt, aber Sie wollten mir nicht glauben. Es gab vor langer Zeit mal einen Film von Alfred Hitchcock, Herr Steiner. Der Streifen hieß ‚Bei Anruf Mord'. Es ging dabei um die Frage der Machbarkeit eines perfekten Mordes. Die weibliche Hauptdarstellerin war meines Wissens Grace Kelly, die spätere Fürstin von Monaco. In unserem Fall könnte man sagen: Bei Anruf Selbstmord. der Fall ist ähnlich gelagert, nur in einem ganz anderen Ausmaß.

„Ich verstehe das nicht", erwiderte Steiner und kratzte sich am Kopf. „Man kann doch nicht einfach jemandem am Telefon befehlen, sich umzubringen und dann tut der Angerufene das auch noch! Jeder Mensch hat doch so etwas wie einen Selbsterhaltungstrieb."

„Man kann, wenn man die Leute vorher entsprechend – ich drücke es mal so aus – präpariert hat. Hier geschah es mit unterschwelligen Suggestionen“, versuchte ich zu erklären.

„Also Hypnose oder so etwas?“

„Nicht ganz, aber so was ähnliches, ja.“

„Wie auch immer, fangen Sie diesen Irren, der diese teuflische Idee gehabt hat, Hekli.“

„Mein Gefühl sagt mir, dass da nicht nur einer dahinter steckt, sondern mehrere.“

„Sie immer mit Ihren Gefühlen, Hekli ...“ Er seufzte.

„Sie müssen aber zugeben, Herr Steiner, dass ich oft damit recht hatte ...“

„Ja ja ...“ Müde winkte er ab und fuhr fort: „Die Spurensicherung soll versuchen, herauszufinden, woher der Anruf kam.“

„Mit höchster Wahrscheinlichkeit wieder einmal aus einer Telefonzelle, wie alle anderen auch“, meinte ich lakonisch.

Ich gab meinem Kollegen ein Zeichen, dass ich gehen wollte.

„Ich fahre zurück ins Präsidium, Herr Steiner. Wir sehen uns dann morgen.“

„Wir sehen uns heute noch. Ich komme in einer Stunde nach.“

„Das tun Sie bitte nicht. Sie sind nervlich sehr angegriffen. Kümmern Sie sich lieber um Ihre Frau“, sagte ich mit einem energischen Unterton in der Stimme.

„Vielleicht haben sie Recht, Hekli.“

„Ich habe öfter recht, als Sie glauben, Herr Steiner.“

„Ich weiß, Hekli – und an Selbstbewusstsein hat es Ihnen auch noch nie gemangelt.“ Er grinste mich an. Es war das erste Mal in seinem Leben.

45

Auf dem Rückweg ins Präsidium meinte Mayer: „Du kannst mir glauben: Am liebsten würde ich diesen Möbius foltern, wenn ich dürfte.“

„Dieses Bedürfnis hatte ich auch schon, Albert. Aber wir werden ihn weich kochen, das garantiere ich dir. Auch ohne Folter. Es ist nur eine Frage der Zeit. Dass der viel mehr weiß, als er sagt, ist klar. Das hat er ja fast schon zugegeben. Er hat Angst zu reden.“

„Aber zwischenzeitlich könnten noch weitere Selbstmorde geschehen. Dieser Shamal läuft immer noch frei herum. Telefonzellen gibt es viele und wir wissen nicht, wer alles noch – äh, wie hast du dich vorhin ausgedrückt? Ach ja: präpariert wurde ...“ Mein Assistent grinste.

„Wenn ich ehrlich bin, dann habe ich keine Idee, wie wir ihn kriegen könnten. Der Typ ist gerissen – und gefährlich.“

„Wir sollten den netten Professor Möbius noch mal ordentlich in die Zange nehmen. Aber diesmal nicht mit einem plumpen Bluff, Chef. Dafür ist der zu intelligent.“

„Ja, ich weiß“, entgegnete ich, „das war ein Griff ins Klo. Und ich gebe zu, es war nicht mal sonderlich professionell. Dennoch: Es hätte ja klappen können. Ich habe zudem das Gefühl, dass Möbius reden würde, hätte er nicht die Befürchtung, dass es ihm dann an den Kragen gehen würde. Andererseits frage ich mich, wie mächtig eine – nun, nennen wir es einmal Organisation – sein muss, um dermaßen Angst zu verbreiten.“

„Dass diese Organisation, wie du es nennst, ziemlich viel bewirkt, merkt man schon allein daran, dass sie sogar in der Lage ist, Menschen lediglich per Telefon in den Tod zu schicken. Man kann sich gut vorstellen, was diese Leute anrichten könnten, wenn man ihnen persönlich gegenüber steht." Mein Kollege sah mich vielsagend an und fuhr fort: „Jedenfalls sollten wir so schnell als möglich zu brauchbaren Ergebnissen kommen, Chef."

„Gut." Ich griff zum Autotelefon und wählte die Nummer der Staatsanwaltschaft. Mayer sah mich überrascht an. Nach einem kurzen Telefonat meinte ich: „Wir fahren ins Untersuchungsgefängnis und werden Herrn Professor schnell einen Besuch abstatten."

„Wenn du dir etwas davon versprichst, warum nicht? Ist dir das gerade eingefallen?" Ohne eine Antwort abzuwarten, meinte er nur: „Schau'n wir mal ..."

Ich nickte. „Ich werde das Gefühl nicht los, dass Möbius der Schlüssel zu allem ist. Ich weiß nur noch nicht, wo sich das Schloss befindet. Aber alles deutet daraufhin, daß es mit dem Tod dieser Domina, Renate Auer, einen Zusammenhang gibt. Das war kein Lustmord, Albert, da steckt mehr dahinter. Die musste zum Schweigen gebracht werden. Sie hat entweder zuviel gewusst, geplaudert oder sie stand sonst irgendwie im Weg. Da bin ich mir fast hundertprozentig sicher."

Kurze Zeit später parkten wir vor dem hohen Gefängnistor und läuteten an der Pforte. Ich nannte meinen Namen. Der Justizvollzugsbeamte war bereits von der Staatsanwaltschaft informiert worden und ließ uns sofort ein.

„Sie möchten zu Professor Möbius?", fragte er ohne Umschweife.

„Korrekt."

„Einen Moment, bitte". Er griff zum Telefon, wählte eine hausinterne Nummer. Kaum hatte er aufgelegt, als ein Justizangestellter in Uniform mit einem dicken Schlüsselbund am Gürtel ins Zimmer kam. „Führen Sie die beiden Herren bitte zu Möbius, Herr Fischer."

Der Wachmann nickte. „Kommen Sie mit".

Wir liefen hinter dem Gefängniswärter her. Vor uns befand sich ein langer Gang, Gittertüren schlossen sich auf, um hinter uns gleich wieder scheppernd ins Schloss zu fallen. Zwei Minuten später standen wir in der geöffneten Zellentür des Professors.

„Wenn Sie fertig sind, dann klopfen Sie an die Tür, ich warte auf dem Gang." Damit schloss er die Zellentüre hinter uns ab.

Möbius saß uns den Rücken zugewandt, an einem Holztisch und war anscheinend in ein Buch vertieft. Jetzt drehte er sich um und war sichtlich überrascht, als er uns sah.

„Aha, hoher Besuch!", rief er. "Wollten Sie auch mal Gefängnisluft schnuppern, meine Herren?"

„Klar, Möbius. Nur mit dem Unterschied, dass wir jederzeit wieder gehen können, wenn sie uns zuviel wird – im Gegensatz zu Ihnen."

„So schlecht ist das hier gar nicht. Man kann wenigstens in Ruhe lesen."

„Wovor haben Sie eigentlich Angst?", fragte ich.

„Ich habe vor vielen Dingen Angst – und Sie sollten sie auch haben, Kommissar."

„Ich fürchte mich nicht vor Verbrechern, Möbius. Ich würde sonst kaum diesen Beruf ausüben. Oft sind es bedauernswerte Irre. Und nun noch mal zurück zu Renate Auer und Ihrem Verhältnis, das Sie zu ihr hatten."

„Darüber habe ich Ihnen bereits alles gesagt. Und jetzt lassen Sie mich in Ruhe. Ich habe sie nicht umgebracht!", fuhr er mich an.

„Gut, Möbius. Das glauben wir Ihnen zwischenzeitlich sogar. Allerdings wäre da noch eine Kleinigkeit. Die anderen Selbstmorde, die keine waren, zum Beispiel. Was ist mit diesen Subliminal-CDs, die wir bei Ihnen im Vortragsraum fanden und von denen Sie angeblich keine Ahnung haben? Wie kamen diese CDs in Ihren Vortragsraum?"

„Ich weiß nichts von diesen CDs."

„Wer könnte denn dann Ihrer Meinung nach Interesse daran haben, diese CDs bei Ihnen einzuschmuggeln, um die Leute zum Selbstmord zu animieren?"

„Das weiß ich nicht."

„Nachdem wir diese CDs bei Ihnen fanden, stehen Sie unter dem dringenden Verdacht, der Besitzer zu sein – und damit der Mörder all dieser Leute. Denn dass es keine Selbstmorde waren, dürfte zwischenzeitlich wohl auf der Hand liegen, nicht wahr?"

Plötzlich sprang Möbius auf und kam wutentbrannt auf mich zu. Kurz vor mir blieb er stehen und schrie: „Wie oft soll ich es Ihnen noch sagen, Sie Idiot von einem Polizisten: Ich habe damit nichts zu tun! Sie können mir nichts beweisen! Oder glauben Sie, Sie können mir wegen ein paar CDs mit ägyptischer Musik etwas anhängen? Da müssen Sie etwas früher aufstehen!"

Ich verschränkte die Arme und lächelte ihn seelenruhig an.

„Sagen Sie mal, Professor, eines würde mich schon interessieren", schaltete sich jetzt mein Kollege ins Gespräch ein, „Sie sagten doch vorhin eben, Sie wüssten nichts von diesen CDs."

„Ja. Und das stimmt auch."

„Dann erklären Sie uns jetzt doch mal ausführlich, woher Sie wissen, dass auf diesen CDs ägyptische Musik ist? Es ist nämlich tatsächlich ägyptische Musik auf diesen CDs. Sind Sie Hellseher oder haben Sie es erraten, oder wie?"

Möbius starrte ihn an. Doch er hatte sich schnell wieder gefasst und meinte: „Das handelt sich lediglich um eine Vermutung meinerseits."

„Eine Vermutung, aha". Ich nickte bedächtig.

„Treffen Sie mit Ihren Vermutungen immer so exakt ins Schwarze?", fragte Mayer.

Möbius stand da und wusste nicht, was er sagen sollte. „Und Sie wollen uns nun weis machen, Sie wüssten nichts von diesen CDs, Möbius? Ich sage Ihnen nur eines: Heute hat die Frau meines Chefs versucht, sich umzubringen, indem sie sich die Pulsadern aufgeschnitten hat. Gott sei Dank ist der Selbstmordversuch misslungen. Eigenartigerweise war sie wiederholt in Ihren Vorträgen. Auch das Ehepaar Berger hat Ihre Vorträge gehört, das Ehepaar Miller ebenso. Das Resultat kennen Sie ja: Paul Berger hat sich ebenfalls umgebracht, auch Sylvia Miller. Zufälle, Möbius? Kaum. Und nun wollen Sie uns glauben machen, Sie hätten von all dem keine Ahnung! Dazu kommt: Sie haben bereits zugegeben, diesen Shamal zu kennen. Wer ist das und welches Motiv hat er?“ Ich hatte mich in Rage geredet und fuhr nun eine Nuance heftiger fort: „Können Sie es verantworten, dass noch mehr Leute getötet werden? Denn was zuerst so aussah wie Selbstmorde, waren keine, Möbius – und das wissen Sie auch! Es waren gezielte Morde, die Leute sind ausgesucht worden! Aber weshalb? Was haben ausgerechnet diese Leute getan, dass sie sterben mussten? Dann als Nächstes: Warum wurde Renate Auer, diese Domina, umgebracht? Stand sie Ihnen im Weg und wurde unbequem?“

Langsam ging Möbius zurück zu seinem Stuhl und setzte sich. Sein Gesicht war aschfahl und ausdruckslos geworden. Er senkte den Kopf und schwieg.

„Na, wollen Sie nicht endlich reden? fragte Mayer.

Langsam hob Möbius den Kopf und sah uns lange an. Dann meinte er mit leiser, fast tonloser Stimme: „Ich habe es Ihnen schon mal gesagt, meine Herren: Wenn ich Ihnen sagen würde, was ich weiß, dann wäre ich ein toter Mann.“

„Sie können hier frei reden, Möbius. Hier ist niemand außer uns. Niemand kann uns hören. Sie sind hier nicht gefährdet, das ist ein Gefängnis. Niemand kommt unbeobachtet herein oder hinaus. Also, was ist?“, bohrte ich weiter.

„Sie sind ein naiver Mensch, Kommissar und glauben nur das, was Sie sehen. Aber es gibt viel mehr. Schon Shakespeare sagte, dass es mehr Dinge zwischen Himmel ...“

„... und Erde gibt, als unsere Schulweisheit uns träumen lässt“, vollendete ich den Satz und fuhr fort: „Ich kenne dieses Zitat auch, Möbius und ich darf Ihnen versichern, dass ich aus der eigenen Erfahrung heraus den Wahrheitsgehalt dieses Ausspruchs nur bestätigen kann. Und Sie müssen mir auch nicht erst klar machen, dass es parapsychologische Erscheinungen wie Hellsehen oder Telekinese gibt. Aber hier geht es um eine Selbstmordserie, die keine ist und nicht um irgendwelche philosophischen Fragen."

Möbius warf mir aus zusammengekniffenen Augen einen Blick zu, den ich nicht deuten konnte und sagte dann: „Lassen Sie mich allein, meine Herren. Das Gespräch ist für mich beendet."

„Gut, Möbius, wenn Sie meinen ..." Ich klopfte an die Zellentür und hörte draußen das Klirren der Schlüssel. Minuten später saßen wir im Wagen und fuhren in Richtung Präsidium.

46

Sie saß in ihrem Schaukelstuhl vor dem Ofen und las C. W. Ceram‘s „Götter, Gräber und Gelehrte“. Das Buch war zwar schon alt, sie hatte oft darin gelesen, schon als Kind, und immer noch fand sie diese Lektüre faszinierend.

Das Feuer war fast heruntergebrannt, sie fröstelte. So legte sie das Buch zur Seite, stand auf, ging zum Ofen, öffnete die verglaste Türe und legte zwei große Buchenholzscheite nach, die nach kurzer Zeit knisternd zu brennen begannen.

Ihre Gedanken schweiften in die Ferne. Nach Ägypten, zu den Pyramiden, ins Tal der Könige. Jahrelang war es ihr Wunsch gewesen, dieses geheimnisumwitterte Land mit seiner uralten Kultur endlich kennenzulernen. Und dann hatte es schließlich geklappt. Sie war für fast vier Wochen nach Ägypten geflogen, zuerst nach Kairo, hatte zwei Tage in der Stadt verbracht, deren Sehenswürdigkeiten betrachtet, wobei das Ägyptische Museum mit seinen zahlreichen Schätzen aus pharaonischer Zeit einen tiefen Eindruck bei ihr hinterlassen hatte. Sie war anschließend in nördlicher Richtung aufgebrochen, um eine Woche am Mittelmeer zu verbringen. Von da ging es dann zurück über Gizeh, wo sie die Cheops-, Chefren- und Mykerinos-Pyramiden besichtigt hatte. Schließlich entschloss sie sich, eine Woche nach Hurghada zu reisen, um am Roten Meer ihre ersten Tauchversuche zu unternehmen. Schnell hatte sie jedoch festgestellt, dass der Tauchsport zu anstrengend für sie war und sich kurzerhand entschlossen, von Gizeh aus eine Nilfahrt nach Luxor zu unternehmen. Mit dem Bus war sie anschließend nach Theben West weiter gefahren, hatte den Tempel der Hatschepsut, Deir el Bahri und die Memnon-Kolosse besucht und schließlich noch das Tal der Könige.

Vor drei Wochen war sie dann zurückgekommen ins spätherbstliche Deutschland. Ungern zwar, sie wäre gerne noch eine oder zwei Wochen in Ägypten geblieben. Bei dieser Ägyptenreise waren viele kulturelle Fragen aufgetaucht. Zufällig hatte sie Professor Möbius kennengelernt und eine Reihe seiner Vorträge besucht, die hochinteressant und sehr informativ gewesen waren.

Die Wärme des Ofens tat ihr gut. Seufzend setzte sie sich wieder in ihren Schaukelstuhl, nahm das Buch zur Hand um weiterzulesen, als das Telefon im Flur klingelte. Es war bereits nach 22 Uhr. Wer konnte jetzt noch etwas von ihr wollen? Unmut machte sich in ihr breit. Sie empfand den Anruf als Belästigung. Sollte das Telefon doch läuten, so lange es wollte – sie würde den Hörer nicht abheben.

Endlich hörte das Läuten auf.

Sie las noch eine Weile, dann verspürte sie ein kleines Hungergefühl und ging in die Küche, um sich einen kleinen Imbiss zuzubereiten. Noch während sie sich ein Brot strich, begann das Telefon wieder zu klingeln. Wutentbrannt warf sie das Messer aus der Hand, ging in den Flur und nahm den Hörer ab.

„Was erlauben Sie sich, um diese Zeit..."

Eine harte, arabisch klingende Stimme unterbrach sie und sagte nur: „Der große Pharao Tutanchamun fordert seinen Tribut von dir! Dein Element sei das Feuer! Heute ist dein Tag."

Der Hörer glitt ihr langsam aus der Hand. Ihr Blick war starr geworden. Dann ging sie in die Küche, öffnete einen Schrank, holte eine Flasche Spiritus heraus schraubte langsam, wie in Trance, den Verschluss ab. Anschließend übergoss sie sich mit dem Inhalt, bis ihr Haar und ihre Kleidung von der Flüssigkeit durchtränkt waren. Sie zog eine Schublade auf, suchte ein Feuerzeug, konnte jedoch keines finden. Ohne zu zögern, ging sie ins Wohnzimmer. Ihr starrer Blick fiel auf den heißen Ofen, aus dem ihr die helle Glut entgegen leuchtete. Langsam öffnete sie die Tür des Ofens und steckte den Kopf in die heiße Öffnung. In Sekundenbruchteilen stand sie in Flammen. Ohne einen Laut von sich zu geben, tanzte sie vor dem Ofen taumelnd einen Tanz des Todes, völlig in Flammen gehüllt. Eine gnädige Ohnmacht nahm ihr die Besinnung und ließ sie als brennendes Bündel zusammenbrechen.

Karin Hofbauer hatte aufgehört zu existieren.

47

Das Telefon auf meinem Schreibtisch läutete. Ich nahm den Hörer ab, Steiner war am Apparat.

„Hallo, Hekli. Haben Sie einen Moment Zeit für mich?“

„Natürlich, um was geht es denn?“ Ich war völlig überrascht. So aufgeräumt hatte ich ihn selten erlebt.

„Kommen Sie doch schnell rüber zu mir, bitte.“

„Bin sofort da“, antwortete ich und war wiederum überrascht, denn das Wort „bitte“ war ihm bislang nur selten über die Lippen gekommen. Ich legte auf, machte mich auf den Weg und betrat eine Minute später das Büro meines Chefs.

„Nehmen Sie Platz, Hekli.“

„Wie geht es Ihrer Frau?“, wollte ich wissen.

„Den Umständen entsprechend gut. Sie war gestern bereits wieder ansprechbar und befindet sich auf dem Weg der Besserung. Ich glaube, sie ist mit einem blauen Auge davongekommen.“

„Das sind ja sehr positive Nachrichten.“

„Ja. Ich habe mich mit dem Arzt etwas ausführlicher unterhalten. Sie hatte das Glück, dass sie sich die Adern quer über das Handgelenk aufgeschnitten hat – so haben die Sehnen in den Handgelenken das Schlimmste verhindert. Hätte sie sich die Handgelenke längs aufgeschnitten, würde sie heute nicht mehr leben.“

„In seltenen Fällen hat Dilettantismus auch einen Vorteil“, meinte ich und schüttelte den Kopf.

„Nun – jedenfalls ist sie über den Berg. Sie konnte sich an den Vorfall überhaupt nicht mehr erinnern. Sie wusste nur noch, dass sie angerufen wurde – danach fehlt ihr jegliches Erinnerungsvermögen. Dann wechselte er spontan das Thema und meinte: „Deswegen habe ich Sie aber nicht gerufen, Hekli. Wir haben einen neuen mysteriösen Selbstmordfall, der vermutlich auch keiner ist. In Augsburg-Hochzoll hat sich eine Frau selbst angezündet. Eben wurde ich verständigt. Die Feuerwehr, die Kollegen von der Streife und die Spurensicherung sind bereits vor Ort. Ich möchte, dass Sie sich das ansehen, denn man hat den Telefonhörer – genau wie bei meiner Frau – neben dem Apparat gefunden.

„Sie hat sich selbst angezündet?"

„Sieht so aus. Über den genauen Hergang weiß man momentan noch nichts. Fahren Sie mit Mayer hin und kriegen Sie's raus. Sie sind diesbezüglich der Spezialist."

„Gut." Ich stand auf. „Wir fahren sofort los."

Steiner setzte sich und ich verließ eilig sein Büro.

Albert saß an seinem Schreibtisch und telefonierte mit seiner Frau. Als er mich sah, beendete er das Gespräch. „Hallo Boss, liegt etwas an?"

„Das kann man wohl sagen. Wir haben wieder mal einen durchs Telefon diktierten Selbstmord. Komm mit, ich brauche dich."

Wenig später waren wir am Ort des Geschehens. Das Wohnzimmer sah gespenstisch aus: Die Möbel waren völlig verrußt, das ganze Zimmer war mit einer schwarzen, klebrigen Schicht überzogen, es stank furchtbar. Neben dem Ofen lag ein undefinierbares Etwas, von einem weißen Plastiktuch bedeckt.

Nachdem wir ein paar Begrüßungsfloskeln mit den Kollegen ausgetauscht hatten, ging ich auf den Notarzt zu, der eben im Begriff war, seine Instrumententasche zu schließen.

„Todesursache?", fragte ich knapp.

„Bei der Leiche handelt es sich um eine weibliche Person. Sie ist bei lebendigem Leib verbrannt. Bis zur Unkenntlichkeit."

Ich nickte nur stumm und wandte mich an einen Kollegen von der Spurensicherung. „Weiß man schon, wie das passiert ist?"

Der Kollege nickte. „Wie wir zwischenzeitlich festgestellt haben, hat sie sich mit einer brennbaren Flüssigkeit übergossen, höchstwahrscheinlich mit Alkohol oder Spiritus. Danach muss sie anscheinend zum brennenden Ofen gegangen sein, hat die Ofentüre geöffnet und sich auf diese Weise selbst angezündet. Gott sei Dank hat ein Nachbar den Brand durch das Fenster bemerkt und sofort die Feuerwehr alarmiert. Die konnten noch einiges retten, sonst wäre das Haus vermutlich völlig abgebrannt."

„Mir wurde gesagt, der Telefonhörer sei nicht aufgelegt gewesen. Stimmt das?"

„Das stimmt, ja. Wir haben die Fingerabdrücke auf dem Hörer mit denen auf einem benutzten Trinkglas verglichen, sie sind identisch und stammen zweifelsfrei von der Toten. Wir konnten dies anhand des Zeige- und Mittelfingers der rechten Hand noch feststellen. Sowie es aussieht, war zum Zeitpunkt des Todes niemand anderer im Haus, eine Fremdeinwirkung kommt damit nicht in Frage, somit ist es einwandfrei ein Selbstmord."

„Da bin ich nicht ganz Ihrer Meinung, Herr Kollege", erwiderte ich.

Mein Gegenüber sah mich überrascht an und fragte schließlich: „Und wie kommen Sie darauf?"

Ohne zu antworten, fragte ich: „Haben Sie den Anruf rückverfolgen lassen?"

„Haben wir. Laut eindeutiger Auskunft der Telefongesellschaft kam er aus einer Telefonzelle."

Mayer, der hinter mir gestanden hatte, pfiff leise durch die Zähne. „Das hatten wir doch alles schon einmal, nicht wahr?"

Ich nickte. „Lass uns fahren, Albert, wir wissen Bescheid. Hier können wir nichts mehr machen."

48

Als ich wieder in meinem Büro war, rief ich Uwe Meitner an. „Hallo Meitner. Haben Sie eben ein paar Minuten Zeit für mich? Dann komme ich schnell nach unten. Ich hätte ein paar Fragen an Sie."

„Aber immer, Kommissar. Sie bekommen auch eine Tasse Kaffee bei mir."

„Ok, dann werfen Sie mal Ihre Kaffeemaschine an." Ich legte auf und machte mich auf den Weg.

Meitner erwartete mich bereits am Lift und führte mich in sein Büro, wo er mir sofort eine Tasse Kaffee eingoss.

„Nun, Kommissar, wo brennt's denn?", wollte er wissen.

„Es hat schon gebrannt, Meitner – und wie."

„Dann schießen Sie mal los. Was möchten Sie wissen?"

„Wir haben eben wieder mal einen Selbstmordfall untersucht, der meiner Meinung nach keiner war."

„Aha – wieder so eine Telefongeschichte, was?"

„Richtig. Und dieses Mal hat sich das Opfer selbst angezündet."

„Ach du meine Güte!" Meitner sah mich über den Rand seiner Brille an. „Und weiter?"

„Sie haben ja auch einige psychologische Erfahrung. Jetzt frage ich Sie, was in einem Menschen vorgehen muss, dass er sich selbst so etwas antut. Gleichzeitig taucht die Frage auf, ob man ihm tatsächlich so eine Gehirnwäsche verpassen kann, dass er willenlos ist."

„Und darauf möchten Sie jetzt von mir Antworten, Kommissar? Ob ich Ihnen die geben kann, weiß ich nicht, aber aufgrund meiner Erfahrung ...“

Es klopfte kurz, dann steckte Doc Kowalsky seinen Kopf durch den Türspalt.

„Verzeihung die Herren, störe ich?“

„Nein“, meinte ich grinsend, „Sie kommen gerade richtig.“

„Das passiert mir ganz selten, dass ich richtig komme.“ Er lachte, als hätte er den Witz des Jahrhunderts gemacht.

„Setzen Sie sich, Doc. Kaffee? In der Kanne ist noch etwas drin.“

„Klar. Danke.“

Meitner stand auf, holte eine Tasse aus dem Schrank, goss sie voll und stellte sie vor Doc Kowalsky auf den Tisch.

„Es ist ganz gut, dass Sie zufällig da sind, Doc. Ich wollte Meitner gerade etwas fragen.“

„Dann fragen Sie ihn doch, ich werde Sie nicht daran hindern“, erwiderte er lachend.

„Jetzt frage ich aber lieber Sie, denn Sie sind Mediziner.“

„Pathologe“, verbesserte er mich.

„Besser ein Pathologe als gar kein Arzt“, flachste Meitner.

Ich erzählte Doc Kowa, wie wir ihn normalerweise nannten, die ganze Geschichte und wiederholte dann anschließend meine beiden Fragen.

Doc Kowa schüttelte bedächtig den Kopf. Dann meinte er: „Wenn sich jemand auf diese Weise umbringt, dann will er in der Regel Aufmerksamkeit erregen oder gegen irgendetwas protestieren. Normalerweise wählt der Selbstmörder dazu einen öffentlichen Platz. Dass er das alleine und in seinem eigenen Haus tut, ist außergewöhnlich. Dazu kommt, dass dieser Tod sehr schmerzhaft ist, da der Betroffene sehr lange bei Bewusstsein bleibt. Die meisten Menschen fürchten diese Schmerzen. Das sieht man schon allein daran, dass Leute – aus einem brennenden Hochhaus beispielsweise – lieber aus dem Fenster springen, obwohl sie genau wissen, dass sie den Sturz niemals überleben werden. In Ihrem Fall, Kommissar, muss etwas anderes dahinter stecken."

„Tut es auch, Doc."

Ich erzählte ihm die Sache von den CDs mit den unterschwelligen Informationen und deren Inhalt und fragte schließlich konkret: „Kann es tatsächlich sein, dass man Menschen mit dieser Methode derart beeinflussen kann, dass sie auf ein Signal oder meinetwegen auch Reizwort Selbstmord begehen?"

„Nun, Kommissar, Sie wissen, ich bin Pathologe und kein Psychologe oder Hypnosetherapeut, also ganz sicher kein Experte. Aber ich habe natürlich schon einiges darüber gelesen. Tatsache ist, dass eine tiefe Hypnose beispielsweise einen somnambulen Zustand hervorrufen kann – also eine tiefe Trance, die auch die Erinnerung auslöschen kann. Inwieweit dabei die Kontrolle über sich selbst verloren geht, kann ich nicht beurteilen. Tatsache aber ist, dass die so Beeinflussten ihre eigene Realität oft nicht mehr bewusst empfinden – und sich dann zu Handlungen hinreißen lassen, die sie so gar nicht gewollt haben. Sicherlich kann man mit suggestiver Beeinflussung viel machen und das zeigt sich auch in diversen Hypnose-

Shows: Man kann Brandblasen künstlich erzeugen, indem man dem Probanden suggeriert, er habe sich verbrannt. Oder es ist durchaus auch möglich, den Herzschlag zu verlangsamen. In der Medizin wird dieses Phänomen ebenso angewandt – gerade in der Schmerztherapie. Die allgemeine Ansicht über Hypnose ist jedenfalls die, welche besagt, dass man einen Menschen nicht gegen seinen Willen damit zwingen kann, etwas zu tun, was er nicht auch im normalen Zustand tun würde."

„Und dennoch ist es passiert", wandte ich ein und fuhr fort: „denn jeder Mensch hat doch einen Selbsterhaltungstrieb, der in der Regel sehr stark ist."

„Schon richtig, aber wie ich schon sagte: Die Hypnotisierten empfinden dabei ihre eigene Realität nicht mehr bewusst – und das ist der springende Punkt. So ist es durchaus möglich, dass Sie eine Handlung gegen sich selbst begehen – vielleicht sogar eine selbstmörderische Handlung, in der Annahme, sie selbst seien gar nicht davon betroffen – obwohl sie es natürlich doch sind", erklärte Doc Kowa.

Ich schüttelte den Kopf.

„Man darf nun mal eines nicht vergessen, Kommissar", führte Doc Kowa seine Erklärungen weiter, „dass wir alle, ohne Ausnahme – so wie wir da sind – immer irgendwelchen Suggestionen ausgesetzt sind, bereits von Kindheit an. Das geht los mit der Erziehung als Kind, später dann in der Schule, auch als Erwachsene machen wir unsere Erfahrungen – und werden so im Laufe der Jahre konditioniert – und dann sind wir so, wie wir sind, das heißt, Persönlichkeit und Charakter sind ausgebildet. Es ist eine Art Programmierung. Böse ausgedrückt, könnte man es auch als lebenslange Gehirnwäsche bezeichnen. Wollte man diese Beeinflussung vermeiden, müsste man auf eine einsame Insel ziehen." Er setzte sich bequem auf seinen Stuhl und meinte dann: „Wie sagte schon der alte römische Philosoph Seneca? Er meinte: Wer die Gesundheit erwerben oder erhalten will, der sollte sich von der Menge der Menschen trennen, denn die Masse geht immer den Weg gegen die reine Vernunft und versucht immer, ihre Leiden und Schwächen zu verbergen. So lasst uns nie fragen: Was ist das Übliche, sondern was ist das Beste?"

„Irgendwie war der Kerl ziemlich schlau", bemerkte Meitner.

„Na ja, aber was hat das alles mit den suggerierten Selbstmorden zu tun?", wandte ich ein.

„Ich wollte damit sagen, dass diese Leute, die sich umgebracht haben, nicht nur hypnotisiert waren, sondern wahrscheinlich konditioniert wurden – über einen längeren Zeitraum hinweg. Nicht mehr und nicht weniger."

Ich war nachdenklich geworden. Das, was Doc Kowa gesagt hatte, passte ins Bild. Wenn man die Vorträge von Möbius über längere Zeit besucht hatte, dann konnte es durchaus möglich sein, dass man sich damit einer unbewussten Gehirnwäsche unterzog. Wenn man sich dazu noch vorstellte, dass der Dozent mit seinem Vortrag den Vorgang auch noch unterstützte, dann ...

Somit war mir klar: Möbius war keinesfalls das Unschuldslamm, das er gerne sein wollte. Er hatte genau Bescheid gewusst und die Sache unterstützt. Die Frage war lediglich noch, weshalb. Welchen Grund hatte er dafür, wo lag das Motiv? Eine weitere Frage beschäftigte mich:

Wenn er, als Vortragender, selbst diesen unterschwelligen Suggestionen ausgesetzt war, dann müsste ja auch er theoretisch gefährdet sein und könnte ebenfalls durch ein Reizwort oder einen einzigen Satz zum Selbstmord gezwungen werden und war folglich genauso gefährdet wie alle Opfer vor ihm...

„Sie sagen ja gar nichts mehr, Kommissar." Mit dieser Bemerkung holte mich Meitner aus meinen Überlegungen.

„Entschuldigen Sie, ich habe eben nachgedacht."

„Kommt auch bei einem Kriminalisten ab und zu vor", flachste Doch Kowa.

Ich sah auf die Uhr und beschloss, mich zu verabschieden und für heute Feierabend zu machen.

49

Die Nacht war kalt und klar, es war dunkel um mich herum, nur die Sterne funkelten vereinzelt am Himmel. Ich lief in die Richtung, aus der ich murmelnde Stimmen zu hören glaubte. Ich ging auf weichem Sand, rechts neben mir befand sich eine etwa zwanzig Meter hohe Düne. Ich folgte dem Stimmengemurmel weiter und lief dabei auf diese Düne zu. Plötzlich sah ich einen Feuerschein, der die Umgebung gespenstisch flackernd erhellte.

Als ich auf diesen Feuerschein zulief, erkannte ich ein paar Gestalten, die um ein großes Lagerfeuer saßen und eine eintönige Melodie sangen. Dazu schlugen sie in gleichmäßig langsamen Rhythmus eine Trommel.

Ich war neugierig geworden, hatte aber auch Angst und so drückte ich mich in den Sand und robbte langsam auf die Stelle zu. Unbemerkt kroch ich immer näher.

Auf einem flachen Felsen, dessen Oberfläche an eine Tischplatte erinnerte, lag ein junger Mann, an Händen und Füßen gefesselt. Ein Opferlamm auf einem Altar, schoss es mir durch den Kopf.

Einige Zeit später war der Gesang beendet. Die Gestalten standen auf und gingen gemeinsam, in feierlich getragenen Schritten in einer Zweierreihe auf den gefesselten jungen Mann zu. Im roten Licht des Feuers konnte ich sie genau erkennen: Sie alle steckten in goldenen Gewändern, die bis zum Knie gingen, auf ihren Köpfen trugen sie seltsame lange Hüte, die ich vorher in dieser Form so noch nie gesehen hatte. Fast alle hatten sie lange, geflochtene Kinnbärte. Schließlich waren sie am Altar angelangt und bildeten einen Halbkreis.

Ich ahnte, was nun geschehen würde...

Eine der Gestalten trat aus der Reihe hervor, zog eine Papierrolle aus seiner Kleidung und rollte sie auf. Auf seinem Hut, der etwas größer war als die der anderen, prangte auf der Vorderseite ein blauer Halbedelstein. Ich hatte den Eindruck, dass es sich um eine Art Priester handelte. Dann las er laut und mit feierlicher Stimme:

„Wer jemals meine Ruhe stört, dessen Haare sollen grau werden wie die Asche, die Zähne schwarz wie Ruß, und die Schwingen des Todes sollen ihn erschlagen...“

So lautet das Gesetz des Pharao. Du, Amenophis, hast gegen das Gesetz des Pharao verstoßen. So fordert er nun seinen Tribut von dir. Bist du bereit, ihn zu geben?“

Der junge Mann schwieg, lediglich sein Kopf deutete ein schwaches Nicken an.

Einer aus dem Halbkreis reichte dem Priester einen goldenen Stab, dessen oberes Ende kreisförmig gebogen war. Diesen Stab legte er dem jungen Mann auf den Körper, der daraufhin in konvulsive Zuckungen ausbrach.

Dann ging alles ganz schnell.

Die pechschwarzen Haare des Jungen verfärbten sich grau, seine Haut wurde aschfahl, sie begann, faltig zu werden. Nach kurzer Zeit war sie schwarz geworden. Die blendend weißen Zähne des jungen Mannes verfärbten sich ebenfalls schwarz, die Augen fielen ein und sein Kopf glich nun einem Totenschädel.

Ein paar Zuckungen noch und der junge Mann war tot. Er lag da wie eine Mumie.

Der Priester nahm den goldenen Stab vom Körper des Toten, hob ihn hoch, zeigte damit in den dunklen Himmel und rief mit feierlicher Stimme: „Der Frevel ist gesühnt, der Pharao ist zufrieden, Amenophis wird nun auf ewig der Diener Pharaos sein. Gepriesen sei der göttliche Pharao!"

Fasziniert hatte ich die Szene beobachtet, als sich der Priester plötzlich umdrehte und mir kerzengerade in die Augen blickte. Er verharrte einen kurzen Moment, dann schrie er: „Ein Fremdling! Ergreift ihn!"

Ich sprang auf, setzte zum Spurt an, lief um mein Leben, ruderte mit den Armen und hörte bereits den Atem meiner Verfolger hinter mir. Plötzlich spürte ich eine Hand an meiner Schulter, die mich fest packte und festhalten wollte ...

„Josef, was ist denn los? Hast du schlecht geträumt?", hörte ich jemanden sagen. Ich schlug die Augen auf, meine Frau stand neben mir am Bett und sah mich sorgenvoll an.

„Sieht ganz so aus", antwortete ich schlaftrunken. „Jemand hat mich verfolgt."

„Ich war es nicht", meinte meine Frau und lächelte mich an.

„Schade", antwortete ich und lächelte zurück. „Früher war das mal ganz anders ..."

„Steh jetzt auf, geh ins Bad. Ich mache dir ein super Frühstück", erwiderte sie lachend.

50

An diesem Morgen war ich zeitig im Büro, alles war ruhig und die Welt noch in Ordnung. Ich holte mir am Automaten zuerst eine Tasse Kaffee und ging dann ins Büro zurück, um mir genüsslich eine Zigarette anzuzünden.

Ich überlegte angestrengt. Mir war nicht klar, wie ich den Fall nun weiter anpacken sollte. Zwar wusste ich, dass Möbius eine Schlüsselfigur war, ich ahnte auch, dass diese Domina, die Renate Auer hieß und sich Ammit nannte, ebenfalls in die Sache verstrickt gewesen sein musste, doch ich hatte bislang immer noch zu wenig Fakten. Doch wer war dieser Shamal, welche Funktion hatte er in diesem Netzwerk? War er derjenige, der die Leute gezielt angerufen hatte? Wenn man den letzten Selbstmordfall betrachtete, kam Möbius ja nun nicht mehr in Frage, denn der saß in Untersuchungshaft. Aber was wusste er? Und vor wem oder was genau hatte er solche Angst?

Noch während ich meinen Gedanken nachhing, klopfte es an meine Türe und Mayer stand im Raum.

„Morgen Chef, so früh schon bei der Arbeit?"

„Ja. Ein früher Vogel fängt den Wurm, wie du weißt", antwortete ich grinsend und fuhr fort: „Ich habe noch mal über alles nachgedacht."

„Über was alles?"

„Über diesen Fall im Gesamten, Albert. Was hältst du von dem Ganzen?"

„Darf ich mir zuerst einen Kaffee holen, bevor ich antworte?"

„Aber klar doch."

Albert verschwand für kurze Zeit und kam wenig später mit einer vollen Tasse zurück. Bedächtig setzte er sich auf die schwarze, abgeschabte Ledercouch in der Ecke des Zimmers und stellte seinen Kaffee vor sich auf den Tisch. Dann begann er, in Gedanken versunken, darin zu rühren.

Ich beobachtete ihn einige Zeit, dann meinte ich: „Es hat sich schon mal jemand tot gerührt. Na, nun sprich schon. Wie ist deine Meinung dazu?"

„Ich kenne keinen."

„Du kennst keinen? Wie darf ich das verstehen?"

„Der sich tot gerührt hätte", meinte er und grinste.

„Komm zur Sache, Mann, du weißt schon, was ich meine."

„Na ja, gut. Der Fall scheint mir wesentlich anders gelagert als die sonst üblichen", begann er.

„Ist ja ganz was Neues". Ich verdrehte die Augen.

„Ich meine, früher hatten wir es immer mit direkten Tötungsdelikten zu tun. Das hier sind jedoch, wie uns zwischenzeitlich bekannt ist, indirekte, die recht raffiniert eingefädelt worden sind und sich im ersten Moment wie Selbstmorde präsentieren. Nun könnte man sich fragen, weshalb. Und aus dem Bauch heraus würde ich sagen: Da hat jemand etwas dagegen, dass diese Königsgräber besucht werden. Der Grund, weshalb das so ist, ist mir unklar. Aber ich vermute jetzt einfach mal, da steckt entweder eine Sekte dahinter oder ein Geheimbund oder meinetwegen der Pharaonische Verein zum Schutz der Königsgräber e.V. oder so etwas. Vielleicht dreht es sich um eine Vereinigung der Königstreuen, wie man sie heute noch in Bayern findet. Die lassen über ihren König Ludwig II. überhaupt nichts kommen und würden ihn am liebsten noch posthum mit Kaiserin Sissi von Österreich verheiraten.“ Er grinste, wurde aber sofort wieder ernst und fuhr fort: „Du weißt selbst, was Fanatismus alles bewirken kann. Und Fanatiker gibt es in jeder Hinsicht, egal, ob im Islam, bei den Katholiken oder bei den Kommunisten. Das geht ja schon im familiären Bereich los: Meine Tochter ist ein fanatischer Computerfreak zum Beispiel. Eines haben sie jedoch alle gemeinsam: Sie haben einen Vogel, keinen kleinen, sondern mindestens einen in der Größe eines Papageis – und das macht sich eben mehr oder weniger schlimm bemerkbar.“

„Das ist aber eine sehr simple Theorie“, brummte ich.

„Vielleicht sind die Zusammenhänge auch wesentlich simpler, als wir annehmen. Vielleicht denken wir nur in eingefahrenen Bahnen und haben Scheuklappen auf den Augen? Könnte doch durchaus sein, oder?“

„Egal Albert, wie auch immer. Wir müssen dem ein Ende setzen, bevor noch mehr in dieser Richtung passiert.“

„Stimmt Chef, das sollten wir.“ Er nickte zustimmend.

Plötzlich kam mir mein Traum der vergangenen Nacht wieder in den Sinn. „Ich hatte übrigens heute Nacht wieder so einen eigenartigen Traum“, meinte ich.

„So einen hellseherischen wie normal?“ Mayer grinste mich schelmisch an.

„Ich weiß es nicht.“

„Dann erzähl doch mal, Chef“, forderte er mich auf.

„Na ja – ich war wieder einmal in der Wüste.“

„Deine Wüstenbesuche wiederholen sich in letzter Zeit auffällig oft“, flachste Mayer.

„Genau – und das kann doch kein Zufall sein.“

„Vielleicht warst du in einem früheren Leben mal ein Kamel?“

„Das bin ich auch im momentanen Leben ab und zu.“ Ich musste lachen.

„Und weiter?“, fragte mein Kollege.

„Ich sah im Traum eine eigenartige Gesellschaft, die ganz in Gold gekleidet war und an einem jungen Mann einen Ritualmord beging. Das Opfer verfärbte sich total schwarz und war zuletzt nur noch eine Mumie.“

Mayer sah mich erstaunt an. „Dann hast du doch, was du suchst!“

„Was suche ich denn?“

„Na die Hintergründe! Könnte doch durchaus sein, dass dein Traum der Realität sehr nahe kommt. Wenn es so wäre, dann könnte doch tatsächlich eine Sekte oder ein Geheimbund dahinter stecken.“

„Meinst du?“

„Klar meine ich das. Und so abwegig ist es doch eigentlich nicht. Denn was haben die Opfer denn getan? Sie haben Ägypten bereist, die Königsgräber im Tal der Könige besucht oder hatten zumindest einen Besuch geplant.“

Klang irgendwie einleuchtend, was mein Kollege da erzählte, obwohl es sich nicht gerade realistisch anhörte. Ich fragte: „Wie sollten wir deiner Meinung nach nun weiter vorgehen?“

„Ich würde diesen Möbius noch mal ausquetschen, irgendwann wird er reden.“

„Na gut, probieren wir’s.“ Ich ging zum Telefon, rief in der Justizvollzugsanstalt an und bat darum, Möbius zu mir zu bringen.

51

Zwanzig Minuten später brachten mir zwei Justizvollzugsbeamte den Professor und setzten ihn auf den Stuhl vor meinem Schreibtisch. Mayer zog sich einen Stuhl heran und setzte sich neben ihn.

„Trinken Sie draußen so lange einen Kaffee auf meine Kosten“, befahl ich den beiden Männern, die meiner Aufforderung sofort nachkamen und das Zimmer verließen.

„Na Professor, wie geht’s Ihnen denn?“, eröffnete mein Kollege jovial das Gespräch.

„Das interessiert Sie doch nicht wirklich, denke ich.“

„Doch. Ich möchte, dass es Ihnen gut geht und Sie in Ruhe nachdenken können“, brummte ich.

„Sehr aufmerksam von Ihnen, Kommissar.“

„Keine Ursache, Professor. Übrigens eine Frage: Wissen Sie, wie ein Mensch aussieht, der bis zur Unkenntlichkeit verbrannt ist?“

„Vermutlich unkenntlich“, kam die schlagfertige Antwort und danach gleich die Gegenfrage: „Weshalb wollen Sie das von mir wissen?“

Weil wir gestern so einen Fall hatten. Eine Frau hat sich selbst verbrannt – ganz spontan, nachdem sie einen Anruf bekommen hatte.“

Ich zog ein Passbild von Karin Hofbauer, das ich mir vom Erkennungsdienst hatte besorgen lassen, aus der Schublade und reichte es Möbius. „So sah die Dame aus, als sie noch nicht verbrannt war. Ziemlich attraktiv, nicht wahr?“

Möbius besah sich das Bild. Ich beobachtete ihn sehr genau dabei und merkte, wie sich zuerst seine Pupillen weiteten und dann seine linke Augebraue leicht zu zucken begann. Ich hatte den Eindruck, dass er etwas blass geworden war.

„Sie hieß übrigens Karin Hofbauer. Kommt Ihnen die Frau bekannt vor?“

Möbius gab mir das Foto zurück. „Nein, nie gesehen.“

Dieser Möbius war wirklich ein harter Brocken, das musste man ihm lassen. Ich wusste nicht so richtig, wie ich an ihn rankommen sollte.

„Sie hat übrigens Tagebuch geführt“, schaltete sich mein Kollege nun ins Gespräch ein. Ich sah Mayer etwas leicht irritiert von der Seite an, weil mir nicht klar war, auf was er hinaus wollte.

„Weshalb erzählen Sie mir das?“, fragte Möbius ungehalten und fuhr fort: „Viele Menschen führen ein Tagebuch. Was ist daran so Besonderes?“

„Dieses Tagebuch ist für uns etwas Besonderes, Professor. Möchten Sie wissen, weshalb?“

„Nein, es interessiert mich nicht“, antwortete Möbius.

„Vielleicht interessiert es sie doch. Wir fanden in diesem Tagebuch nämlich genaue Aufzeichnungen über den Inhalt Ihrer Vorträge, die sie offensichtlich über fast drei Wochen besucht hatte. Und Sie wollen uns nun erzählen, sie kennen die Dame nicht? Sie hat sie aber anscheinend dafür um so besser gekannt. Zumindest hat sie das schriftlich so vermerkt. Jetzt überlegen Sie sich bitte ganz genau, ob Sie diesbezüglich bei Ihrer letzten Aussage bleiben möchten.“

Möbius grinste Mayer spöttisch an und senkte dann den Kopf. Ich merkte, dass er in einem heftigen innerlichen Zwiespalt war und mit sich kämpfte.

„Nun Professor?“, brummte ich.

Möbius sah auf und ich stellte fest, dass seine Augen leicht feucht waren. Dann sagte er leise: „Er hätte das nicht tun dürfen.“

„Wer hätte was nicht tun dürfen?“, wollte Mayer wissen.

Möbius schüttelte nur den Kopf.

„Sie haben die Dame also sehr wohl gekannt, Professor. Ist es nicht so?“

„Gut, ich gebe zu, ich habe sie gekannt.“

„Anscheinend etwas besser, habe ich so das Gefühl“, warf mein Kollege ein und meinte weiter: „Wäre es nicht endlich mal an der Zeit, zu reden, Möbius? Es ist schon genug geschehen, es gab zwischenzeitlich eine Menge Tote, wollen Sie, dass diese vermeintlichen Selbstmorde so weiter gehen? Können Sie das mit Ihrem Gewissen vereinbaren?“

Möbius starrte für einen langen Moment in eine Ecke des Zimmers, dann ging sein Blick zurück zu mir. „Ich sagte Ihnen bereits, Kommissar, wenn ich Ihnen sage, was ich weiß, bin ich ein toter Mann.“

„Hier ist niemand, Möbius, der Ihnen zuhören könnte, außer mir und meinem Kollegen. Und von uns müssen Sie nichts befürchten. Also reden Sie!“

„Sie haben ja keine Ahnung, Kommissar ...“

„Wovon habe ich keine Ahnung, Professor?“, frage ich.

„Es sind Mächte am Werk, die Sie nicht einmal erahnen können. Man kann sich nicht dagegen wehren.“

„So, so. Dann erklären Sie uns doch, welcher Art Mächte das sind, Professor."

Möbius sah zu Boden. Wiederum hatte ich den Eindruck, als würde er mit sich selbst ringen. Schließlich setzte er sich gerade hin und meinte leise: „Gut, es hat sowieso keinen Zweck. Ich sage Ihnen, was ich weiß."

„Das ist sehr vernünftig von Ihnen. Wir hören."

„Es ist eine lange Geschichte, Kommissar", wandte er ein.

„Macht nichts, Professor. Wir haben viel Zeit."

Zögernd begann er zu sprechen. „Zuerst einmal möchte ich betonen, dass ich in diese Geschichte sehr arglos hineingerutscht bin. Ich war damals zwar nicht direkt unwissend, aber ich drücke mich mal so aus: Ich war naiv. Ich möchte, dass Sie das vorab zur Kenntnis nehmen, Kommissar."

„Man macht Dummheiten meist aus zwei Ursachen heraus: Zum einen aus eigener Unwissenheit und zum andern, weil man von anderen dazu verleitet wird, Möbius. Erst danach sind wir schlauer – und schön, dass Sie das sogar als Professor zugeben. Jeder Mensch macht Fehler, nicht wahr?"

Ohne auf meine Bemerkung einzugehen, fuhr Möbius fort: „Alles begann vor ungefähr vier Jahren, kurz nach dem Tod meiner Frau. Ich war auf einer Studienreise, wollte mich ablenken, besuchte Kairo und quartierte mich im Kairo Ramses Hilton, einem Fünf-Sterne-Hotel ein. Eines Abends, im Restaurant, begegnete ich ihr."

„Wem?"

„Renate Auer. Sie saß allein am Nebentisch. Zunächst tauschten wir nur Blicke. Sie gefiel mir auf Anhieb, war sehr attraktiv und hatte das gewisse Etwas, wenn Sie wissen, was ich meine ..."

„Ich weiß, was Sie meinen", bemerkte ich und nickte.

„Schließlich lud ich sie zu mir an meinen Tisch ein, sie folgte meiner Einladung ohne Umschweife, als hätte sie bereits darauf gewartet. Wir unterhielten uns über zwei Stunden lang und beschlossen dann, noch in die Bar zu gehen."

„Was war der Inhalt Ihrer Unterhaltung?"

„Sie erzählte mir, dass sie Deutsche sei, aus der Nähe von Augsburg stamme und mit einem Ägypter verheiratet wäre. Ich war zunächst überrascht und erzählte ihr, dass ich seit über zwanzig Jahren in Augsburg leben würde. Im Laufe des Abends wurde das Gespräch dann sehr vertrauter; ich glaube, ich habe mich an diesem Abend sogar etwas in sie verliebt." Er stockte.

„Alles menschlich, Professor", warf mein Kollege jovial ein. „Und weiter?"

„Sie erzählte mir schließlich von ihrem Mann, von ihrer Ehe und wie schlecht sie sei, er würde sie sogar schlagen. Und dass sie unbedingt zurück nach Deutschland wolle – so schnell wie möglich."

„Und da haben Sie ihr angeboten ...", bemerkte ich.

„Nein. Ich kannte sie ja noch kaum, Außerdem war ich emotional noch sehr mit dem Tod meiner Frau belastet. Wir vereinbarten aber für den nächsten Abend ein weiteres Treffen in der Hotelbar."

„Und? Fand das statt?", wollte mein Kollege wissen.

„Nein. Es kam nicht dazu. Sie rief mich im Hotel an. Ich konnte den Anruf nicht persönlich entgegen nehmen, da ich gerade im Ägyptischen Museum arbeitete und so bekam ich die Nachricht erst gegen Abend, als ich wieder ins Hotel zurückgekehrt war. Natürlich war ich etwas enttäuscht, denn sie hatte mir keine Telefonnummer hinterlassen, sondern lediglich die lapidare Mitteilung, sie würde sich wieder melden."

„Sie hat sich wieder gemeldet...", brummte ich.

„Ja. Aber erst am übernächsten Tag. Sie entschuldigte sich damit, dass ihr Mann sie unter Hausarrest gestellt hätte."

„Das sind ja schöne Sitten", unterbrach ihn Albert.

„Na ja", fuhr Möbius fort, „mir war schon klar, dass die Ägypter ein anderes Frauenbild haben als wir, aber dass es so schlimm stand mit ihrer Ehe, war für mich kaum nachvollziehbar."

„Und weiter?", fragte ich.

„Wir trafen uns am gleichen Abend. Sie war etwas durcheinander – man könnte sagen, geistesabwesend, etwas traurig. Ich versuchte, sie zu trösten und schließlich landeten wir in meinem Hotelzimmer."

„Sie hatten also ein intimes Verhältnis mir ihr?"

„Wenn Sie es so nennen wollen, dann tun Sie's."

„Sie war doch viel jünger als Sie, Professor", warf Mayer ein.

„Etwa fünfzehn Jahre, ja. Aber sie hatte mir am ersten Abend erzählt, ihr Vater, an dem sie anscheinend sehr hing, sei früh gestorben. Vielleicht suchte sie in mir einen Vaterersatz, einen großen Bruder oder was weiß ich. Aber ab einem gewissen Alter spielt der Altersunterschied keine Rolle mehr, denke ich."

„Und Sie suchten vermutlich nur ein sexuelles Abenteuer?"

„Nein, ich mochte sie wirklich, aber ich wollte auch keine Vaterfigur für sie sein. Außerdem wäre ich in der damaligen Situation kaum dazu in der Lage gewesen. Wie schon erwähnt, ging mir das langsame Sterben meiner Frau immer noch sehr nah, zweitens war ich damals nicht in der besten finanziellen Lage, denn ich hatte gerade viel Geld in meine Forschungsarbeiten gesteckt, die sich erst im Lauf der folgenden Jahre wieder amortisiert haben. Ich hatte damals ganz andere Sorgen."

„Gut. Und weiter?"

„Wir verlebten drei wunderschöne Wochen, relativ unbeschwert – bis auf die Attacken ihres Ehemanns, der immer zwischendurch mal randalierte. Zumindest erzählte sie mir das so."

„Was durchaus verständlich ist, wenn die Gattin fremd geht...", wandte Mayer ein.

„Nein, ich nehme nicht an, dass er etwas davon mitbekommen hat, sonst hätte er sie vermutlich kurzerhand umgebracht. Er war ein sehr brutaler Typ, glaube ich."

„Sie sagten eben, er war ein brutaler Typ. Ist er es jetzt nicht mehr?", wollte ich wissen.

„Nein, zwischenzeitlich dürfte er sich weitestgehend beruhigt haben. Er ist seit etwa vier Jahren tot."

„Ist er eines natürlichen Todes gestorben?"

„Nein, er wurde hingerichtet."

„Von wem?"

„Dazu komme ich gleich noch. Ich bin mit meiner Geschichte noch nicht am Ende."

„Sie haben mir aber doch mal erzählt, Renate Auer hätte sich von ihrem Mann getrennt und wäre in einer

Nacht-und-Nebel-Aktion nach Deutschland geflüchtet. Welche Variante ist jetzt die richtige, Möbius?“

„Diese hier, die ich Ihnen heute erzähle. Ich habe Ihnen damals nicht die Wahrheit gesagt. Heute habe ich nichts mehr zu verlieren.“

„Na gut, sprechen Sie weiter“, drängte ich.

„Eines Tages kam Renate zu mir ins Hotel und teilte mir mit, dass sie sich nicht mehr mit mir treffen könne. Sie machte insgesamt einen sehr niedergeschlagenen Eindruck. Als ich sie fragte, weshalb, gab sie mir ausweichende Antworten. Ich bedrängte sie, da ich natürlich den Grund erfahren wollte. Schließlich rückte sie mit der Wahrheit heraus, nahm mir aber vorher das unbedingte Versprechen ab, dass ich Dritten gegenüber absolut zu schweigen hätte, da ich ansonsten Schwierigkeiten bekäme – und sie ebenso.“

„Klingt ja sehr geheimnisvoll“, meinte mein Kollege.

Möbius warf ihm einen geringschätzigen Blick zu und fuhr fort: „Sie erzählte mir dann, dass sie schon seit längerer Zeit Mitglied eines Geheimbundes sei, der sich „Die Erleuchteten Tutanchamuns“ nenne und sich zur Aufgabe gemacht hatte, den Fluch des Pharao an all jenen zu erfüllen, die über ihn spotten, seine Grabesruhe stören oder sich in anderer Form gegen ihn versündigen.“

Mayer sah mich vielsagend an und hob die Augenbrauen. Dann fragte er: „Wie lange existiert dieser Geheimbund bereits?“

„Schon sehr, sehr lange. Etwa 3300 Jahre. Er wurde angeblich von einem Freund des Pharao gegründet, kurz nach dem Tod des Königs. Der Legende zufolge soll dieser junge Mann, also der Freund, direkt mit den Göttern in Verbindung gestanden haben."

„So, so". Langsam kam mir die Geschichte immer verworrener vor, obwohl ich zugeben musste, dass sie sich recht interessant anhörte.

„Vielleicht war es sogar Jesus persönlich – in einem seiner vorherigen Leben", meinte Mayer spöttisch.

Ich sah meinen Kollegen streng an.

„Erzählen Sie weiter, Möbius", forderte ich den Professor auf.

„Ich kann durchaus verstehen, dass das Ganze für Sie beide ziemlich abstrus klingt, aber es gibt sogar einen Beweis dafür.

„Einen Beweis??"

„Ja Kommissar. Haben Sie schon einmal etwas vom Tutanchamun-Pektoral gehört?"

„Wenn ich ehrlich bin, nein."

„Es handelt sich dabei um eine Preziose, die aus Gold, Silber und Glasflüssen besteht. Im Zentrum des Juwels befindet sich ein Skarabäus, der aus einem hellgrün schimmernden Stein besteht. Das Eigenartige daran ist, dass diese Art von Steinen bislang in keinem einzigen anderen Objekt der ägyptischen Hochkultur entdeckt wurde. Als Howard Carter 1922 das Grab öffnete und dieses Schmuckstück fand, glaubte er, der Skarabäus bestünde aus Chalzedon, also einer Quarzvariante. Als aber der italienische Mineraloge Vincenzo de Michele vor ein paar Jahren den Skarabäus mit einen Refraktometer untersuchte ..."

„Was ist das für ein Gerät?", wollte Mayer wissen.

Möbius warf meinem Kollegen abermals einen geringschätzigen Blick zu und erklärte: „Ein Refraktometer ist ein optisches Gerät, das den Brechungsindex ermittelt und somit die mineralische Struktur von Edelsteinen prüft, Herr Hilfskommissar“, wobei er die Vorsilbe „Hilfs“ etwas provokant überbetonte.

Mayer hatte eben eine Retourkutsche für seine anzügliche Jesus-Bemerkung bekommen. Ich konnte mir ein Grinsen kaum verkneifen.

Möbius war nun sichtlich in seinem Element und erklärte weiter: „Das Resultat dieser Prüfung war sensationell, denn es wurde dabei festgestellt, dass der Skarabäus aus Libyan Desert Silica Glass, kurz: LDSG geschliffen worden war. Dabei handelt es sich um so genanntes Wüstenglas aus hochreinem Siliziumoxid, das zu den seltensten Mineralien gehört, die auf der Erde vorkommen. Dieses Mineral kommt noch viel seltener vor als Diamanten. Die einhellige Meinung von Experten lautet, dass dieser Edelstein nur durch ein kosmisches Ereignis in die Wüste gelangt sein kann.“

„Aha. Und daraus schließt man also, dass dieser junge Mann enge Beziehungen zu den Göttern unterhalten hat und sie ihm sozusagen einen Stein in den Garten geworfen haben? Aber ob das ein Beweis dafür ist...“, raunzte Mayer, der die Schlappe von vorhin wieder ausmerzen wollte.

Möbius ließ sich nicht weiter provozieren, sondern sagte nur: „Zumindest behauptet es die Legende. Dieser Stein soll jedenfalls von diesem Freund des Pharao stammen, der darauf bestand, ihn in Form eines Skarabäus dem Herrscher mit ins Grab zu geben.“

„Gut, kommen wir zurück zu Renate Auer, Möbius. Sie hat Ihnen also mitgeteilt, sie sei Mitglied in diesem Verein. Wie ging die Geschichte weiter?“

„Sie sagte mir, dass sie am anderen Tag zur Priesterin geweiht werden würde.“

Ungläubig schüttelte ich den Kopf. „Zur Priesterin geweiht...?“

„Ja. Sie meinte, sie könne dieses Amt nicht ablehnen, denn dann würde man sie töten. Es sei eine Ehre, die nur selten einer Frau zuteil würde – und auch nur deshalb, weil sie kinderlos und mit einem Ägypter verheiratet sei. Am anderen Tag fand dieses Ritual dann statt. Es muss sehr lange gedauert haben und für sie sehr schmerzhaft gewesen sein.“

„Schmerzhaft?“

„Ja. Sie hat damals ein Brandzeichen auf dem rechten Oberarm erhalten. Ein ziemlich großes. Mit dieser Weihe bekam sie aber gleichzeitig auch eine Machtstellung innerhalb des Geheimbundes.“

„Und wie sah die aus?“, fragte ich

„Als Priesterin standen ihr nun sogenannte Diener zu. Sie konnte ihnen Befehle erteilen, die ausgeführt werden mussten. Und der erste Auftrag, den sie ausführen ließ, war die Hinrichtung ihres werten Göttergatten. Die wurde dann auch ausgeführt – zwei Tage nach ihrer Weihe.“

„Aha – verstehe“, murmelte ich und fragte: „Haben Sie Renate Auer dann noch mal gesehen?“

„Ja. Sie rief mich ein paar Tage später im Hotel an und wir vereinbarten für den nächsten Tag einen Termin, an dem sie mich auch tatsächlich im Hotel aufsuchte. Ich wunderte mich sehr darüber, denn ich hatte innerlich mit dieser Sache bereits abgeschlossen, und war der Meinung, dass sie ebenso dachte. Nun ja, wir aßen zunächst zusammen und gingen dann auf mein Hotelzimmer. Im Laufe des Abends befahl sie mir, ich solle sie ab sofort nur noch Ammit nennen, sie hätte den Namen der alten ägyptischen Totengöttin angenommen, eine Renate Auer gäbe es nicht mehr, das heißt, nur noch auf dem Papier, wie sie sich ausdrückte. Zwar wäre sie dabei auf heftigen Widerstand einiger Geheimbündler gestoßen, die das als Blasphemie angesehen hätten, aber sie habe auf dem Namen bestanden."

„So weit, so gut, Möbius. Und wie ging es dann weiter?"

„Im Verlauf dieses Abends sagte sie mir, sie würde mir eine große Ehre zuteil werden lassen und lud mich ein, an einer Geheimbundsitzung teilzunehmen. Ich war zuerst sehr erstaunt darüber und wollte eigentlich nicht so richtig. Doch auf der anderen Seite war ich neugierig geworden, denn wann erhält man schon einmal eine Einladung mit der Möglichkeit, Mitglieder eines derart alten Geheimbundes kennenzulernen? Zudem war meine wissenschaftliche Neugierde geweckt. Also sagte ich zu. Drei Tage später erhielt ich eine schriftliche Nachricht, die mir unter der Zimmertüre durchgeschoben wurde. Sie war von ihr unterschrieben. Die Anweisung lautete, ich solle mich am Abend um 20 Uhr bei der vierten Pyramide einfinden."

„Was meinte sie damit: Bei der vierten Pyramide?"

„Die vierte Pyramide stand einst in der Anlage von Gizeh. Heute sind nur noch drei Pyramiden dort vorhanden: Die Cheops-, Mykerinos- und die Chefren-Pyramide. Dazwischen befindet sich eine Lücke, die darauf schließen lässt, dass es dort einmal eine vierte Pyramide gegeben haben muss."

„Eine Pyramide kann doch nicht einfach so verschwinden", wandte Mayer ein.

„Ist sie auch nicht. Sie wurde von den Erbauern selbst wieder zerstört, denn sie hatten mit dem Bau der vierten Pyramide Kräfte entfesselt, die sie anschließend nicht mehr unter Kontrolle hatten. Die Erleuchteten Tutanchamuns kennen diese Kräfte aber und benutzen sie auch."

„Und wie kamen die an dieses Wissen?"

„Durch alte schriftliche Aufzeichnungen, die zufällig wieder gefunden worden waren."

„Was aber haben Sie nun mit dem Ganzen zu tun, Möbius?"

Ein kurzes Zögern, dann meinte er: „Nachdem ich an dem konspirativen Treffen des Geheimbundes teilgenommen hatte, eröffnete mir Ammit, sie wünsche, dass ich Mitglied würde. Als ich dieses Ansinnen ablehnte, drohte sie mir ganz offen damit, mich umbringen zu lassen. Ich war entsetzt über die Wandlung dieser jungen Frau in so kurzer Zeit und kam schnell dahinter, dass ihr Verhalten vorher eigentlich nur Theater war. In Wirklichkeit war sie eiskalt und berechnend. Noch am gleichen Abend wurde ich in die Geheimnisse des Bundes eingeweiht, zum absoluten Schweigen verpflichtet und anschließend bekam ich mein Brandzeichen."

„Wo haben Sie das? Können wir es sehen?"

Möbius knöpfte bereitwillig sein Hemd auf, zog es etwas über die rechte Schulter und zeigte uns seinen Oberarm.

Das Mal war etwa so groß wie eine Kinderfaust und zeigte die Totenmaske Tutanchamuns.

Noch während er sein Hemd wieder zuknöpfte, sprach er weiter: „Ich bekam den Auftrag, bei meiner Rückkehr nach Deutschland einen Vortragsraum zu mieten und über die ägyptische Kultur und die Pharaonen Vorträge zu halten, wobei mir damals nicht bewusst war, zu was das gut sein sollte. Ich sah keinen Sinn dahinter, dachte mir aber auch nichts dabei. Dazu bekam ich eine großzügige finanzielle Unterstützung, die ich schließlich angenommen habe, denn wie gesagt, ich war damals wirtschaftlich nicht in der besten Situation. Ich war sehr naiv ..."

„Das scheint mir auch so", bemerkte ich. „Wie hoch war denn diese finanzielle Unterstützung?"

„Etwa eine halbe Million US-Dollar."

„Nicht gerade eine Kleinigkeit. Und wie ging die Sache weiter?"

„Ein paar Tage später bin ich abgereist, zurück nach Deutschland, mietete die Wohnung in der Prinzregentenstrasse und stattete den Vortragsraum aus."

„Sie hätten das Geld auch nehmen können und einfach nichts damit tun können. Ägypten war ja weit weg", warf Mayer ein.

„Nein. Das hätte mich den Kopf gekostet. Was glauben Sie wohl, wie mächtig diese Leute sind? Ich wurde ständig durch Telefonanrufe kontrolliert, schließlich kam nach etwa zehn Tagen Shamal ins Spiel, der mir nicht mehr von der Seite wich, als ‚Berater' fungierte und mir zudem genaue Vorschriften erteilte, wie ich meine Vorträge zu halten hätte. Ich war darüber sehr ärgerlich, begriff den Sinn des Ganzen aber erst, als es bereits viel zu spät war und ich schon ziemlich tief in der Sache steckte. Ich konnte da einfach nicht mehr heraus, verstehen Sie?"

„Sie hätten doch zur Polizei gehen und die ganze Angelegenheit melden können“, meinte Mayer.

„Mann, sind Sie naiv!“ Seine Stimme wurde lauter. „Auch das hätte mich umgebracht! Ich glaube, Sie begreifen überhaupt nicht, was hier vor sich geht! Das ist ungefähr so, als würde man sich mit Osama bin Laden und der El Kaida einlassen!“

„Jetzt beruhigen Sie sich, Professor, es passiert Ihnen schon nichts“, versuchte ich, ihn zu beschwichtigen.

„Hier passiert mir vermutlich nichts, Kommissar. Dennoch darf ich Ihnen versichern: Dieses Verhör und die Informationen, die ich Ihnen jetzt gegeben habe, stellen in den Augen des Bundes einen Verrat dar, der mit dem Tode bestraft wird. Ich nehme diese Konsequenz aber bewusst auf mich, denn ich fühle mich schuldig, bin ein alter Mann und das Leben hat mir nicht mehr viel zu bieten. Ich habe im Rahmen meiner Möglichkeiten alles erlebt, was man erleben kann. Und Sie können mir glauben, Kommissar: Sie sind überall, wissen alles, hören alles ...“

„Und riechen alles ...“, warf Mayer ein und grinste.

„Es ist gleichgültig, wie Sie darüber denken, meine Herren, egal, ob Sie mir glauben oder nicht –“ Er sah meinen Kollegen eindringlich an und fuhr fort: „Und es ist wiederum egal, ob Sie es lächerlich finden: Das, was ich hier sage, wird mir ohne jeden Zweifel das Leben kosten ...“

52

Möbius hatte mich gebeten, auf die Toilette gehen zu dürfen. Daraufhin hatte ich die beiden Justizvollzugsbeamten gerufen und sie aufgefordert, ihn zu begleiten und im Auge zu behalten. Mayer und ich waren nun allein.

„Sag mal Albert, wie kamst du denn auf dieses ominöse Tagebuch? Es wurde doch gar keines gefunden, soweit mir bekannt ist."

„Es war lediglich ein fieser Trick, der mir einfach nur so eingefallen ist. Der hochintelligente Herr Professor ist aber letztlich darauf reingefallen und der Zweck heiligt bekanntlich die Mittel. Habe ich Recht, Chef?" Er grinste mich an.

Ich musste ihm beipflichten. Schließlich kämpften die meisten unserer „Klienten" ebenfalls mit harten Bandagen.

Nach ein paar Minuten brachten die beiden Beamten Möbius zurück. Nun saß er wieder vor mir auf seinem Stuhl.

„Wo waren wir stehen geblieben, Professor? Ach ja: Sie wurden also gezwungen, die Vorträge im Sinne des Geheimbundes zu arrangieren. Erzählen Sie uns doch mal mehr darüber, bitte."

Ohne Umschweife fuhr er fort: „Ich begann also, diese Vorträge zu halten. Shamal bestand darauf, dass alle Vorträge stets mit ägyptischer Instrumentalmusik untermalt sein sollten, was ich zunächst ablehnte, da ich befürchtete, meine und die Konzentration der Zuhörer würde darunter leiden. Ich war dann auch sehr erstaunt darüber, dass dem nicht so war, sondern das Gegenteil trat ein: Die Zuschauer waren nach kurzer Zeit wie hypnotisiert und hingen buchstäblich an meinen Lippen. Eines Abends nach einem Vortrag unterhielt ich mich mit Shamal über dieses Phänomen und er erklärte mir, dass diese Leute Todgeweihte seien. Sie alle, ohne Ausnahme, hätten sich in irgendeiner Form gegen den Pharao versündigt und Ammit habe befohlen, sie zu Dienern des Pharao zu machen – was nichts anderes bedeutete, als sie in den Tod zu schicken. Ich war zuerst entsetzt, aber ich musste weiter machen, sonst wäre auch ich ermordet worden."

„Sie wussten spätestens zu diesem Zeitpunkt, was da genau abläuft?", fragte Mayer.

„Ja, leider."

„Damit haben sie sich der Beihilfe zum mehrfachen Mord schuldig gemacht – zumindest haben Sie den Tod Ihrer Zuhörer billigend in Kauf genommen", meinte ich.

„Das ist mir bewusst. Mit dieser Last muss ich leben", meinte Möbius leise.

„Ammit alias Renate Auer erteilte also diese Befehle? Von Ägypten aus, oder wie?"

„Nein. Nicht von Ägypten aus. Sie war zwischenzeitlich nach Deutschland zurückgekehrt, wohnte in Augsburg und nahm lediglich zur Tarnung diesen Job als Domina an. Er kam ihrem Naturell sehr entgegen. Sie hatte sich zwischenzeitlich rapide verändert und fand Gefallen daran, andere zu quälen – physisch oder psychisch – es war ihr egal. Man hatte ihr aufgetragen, Niederlassungen des Geheimbundes in Deutschland zu gründen. Augsburg sollte erst der Anfang sein."

„Warum wurde sie dann ermordet – und von wem?“, wollte ich wissen.

„Es war Shamal. Er war ihr direkt unterstellt, doch er hatte sie und ihre Stellung innerhalb der Organisation nie richtig akzeptiert. Vor allem war es ihm ein Dorn im Auge, das sie den Namen Ammit trug, was seiner Meinung nach ein Unrecht war. Dazu kam auch, dass Ammit sehr eigenmächtig wurde; sie begann, die strengen Regeln des Bundes aufzuweichen und nach ihrem eigenen Gutdünken auszulegen. Ein weiterer Grund war, dass sie eine Frau war, Shamal konnte sich ihr nie unterordnen, denn zu früheren Zeiten des Geheimbundes waren Frauen strikt ausgeklammert, schon wegen der Menstruation, die lange Zeit ja als unrein galt. Das alles waren die Gründe für ihren Tod – das Wann war lediglich eine Frage der Zeit.“

„Wo finden wir diesen Shamal, Möbius? Wie heißt er noch?“

„Er nennt sich Shamal Ibn Rihab Al-Saud. Ob das allerdings sein richtiger Name ist, weiß ich nicht.“

Ich zog ein Fahndungsfoto aus der Schublade und hielt es Möbius unter die Nase. „Ist es der?“

Der Professor betrachtete das Foto, dann sah er mich erstaunt an und murmelte: „Ja – sehr gut getroffen.“

„Es läuft bereits eine Fahndung gegen ihn. Können Sie uns sagen, wo er sich momentan aufhält?“

„Er hat sich im Augusta-Hotel in der Ludwigstrasse einquartiert, soweit ich weiß. Ob er zwischenzeitlich noch dort wohnt, ist mir nicht bekannt. Ich bezweifle es ernsthaft. Er wechselt seinen Aufenthaltsort regelmäßig. Zudem beherrscht er die Kunst, sich unsichtbar machen zu können. Er hat ein enormes Maß an geheimem Wissen."

Ich schüttelte Kopf. „Aha, also ist er nicht nur ein Mörder, sondern auch noch Zauberer obendrein. Jetzt binden sie uns aber einen Bären auf, Möbius – und keinen kleinen ... Obwohl wir den Eindruck auch schon hatten, wenn ich ehrlich bin. "

„Sie können es glauben oder nicht, Kommissar. Das ist Ihnen überlassen. Aber er ist dadurch sehr gefährlich, weil er auf diese Weise überall sein kann."

„Ein Mörder ist immer gefährlich, deshalb sperrt man diese Sorte Menschen auch ein, nicht wahr? Was mich jetzt noch interessieren würde, Professor: Wie war ihr Verhältnis zu Karin Hofbauer, die den Feuertod starb?"

„Ich lernte sie nach Ihrer Ägyptenreise bei einem meiner Vorträge kennen und verliebte mich sofort in sie. Karin war eine blitzgescheite Frau, die auch noch entsprechend aussah und eine reizende Art hatte. Ich wollte sie immer von meinen Vorträgen fernhalten, weil ich wusste, was passieren würde, aber es gelang mir nicht. Das ging schließlich soweit, dass ich dazu überging, ihr Privatvorträge anzubieten, doch sie nahm mein Angebot nicht an und bestand beharrlich darauf, meine offiziellen Vorträge weiterhin zu besuchen. Es war ihr Verhängnis ..."

„Gut Möbius, ich denke, wir wissen für heute genug. Ich lasse Sie jetzt zurück ins Gefängnis bringen."

Möbius nickte und meinte dann zu meinem Kollegen gewandt: „Der Trick mit dem Tagebuch war übrigens nicht schlecht. Aber Karin hat kein Tagebuch geführt. Wenn ich mich nicht bereits vorher dazu entschlossen hätte, diese Aussagen hier zu machen, hätten Sie nie etwas von mir erfahren."

Mayer war verdutzt. „Wieso glauben Sie nicht, dass sie ein Tagebuch geführt hat?"

„Ich glaube es nicht, ich weiß es, Herr Hilfskommissar. Der Glaube war nie meine Stärke. Der ist eher etwas für Leute, denen das Wissen versagt geblieben ist..."

Als Möbius mein Büro verlassen hatte, gab ich meinem Kollegen ein Zeichen, der sofort wusste, was zu tun war.

53

Es war gegen zwei Uhr nachmittags, als er mit energischen Schritten, den Kragen des Mantels hochgeschlagen, in der Rechten einen schwarzen Aktenkoffer, auf das Gefängnistor zuging und an der Pforte läutete. Ein kurzes Summen ertönte, dann öffnete sich die Tür.

„Was kann ich für Sie tun?“, fragte der diensthabende Beamte.

„Ich möchte zu meinem Mandanten. Professor Carl-Möbius.” Mit diesen Worten legte er seinen scheckkartengroßen Anwaltsausweis vor den Beamten auf den Tisch. Der begutachtete das Dokument peinlich genau. „Sie sind Herr Achmed Osman?“

„Richtig. Ich bin sein Anwalt. Ich muss meinen Mandanten persönlich sprechen. Eine dringende Angelegenheit, aber es geht ganz schnell – dauert nur ein paar Minuten.“

Der Justizvollzugsbeamte legte ein Formular auf den Tresen. „Füllen Sie das bitte aus. Name, Adresse und so weiter. Vorschrift, Sie wissen ... Dann ging er ins Nebenzimmer und kam mit einem Kollegen zurück. „Mein Kollege bringt Sie zu Ihrem Mandanten.“

Er lief hinter dem Vollzugsbeamten her. Schließlich waren sie an der Zellentür angelangt.

„Ich warte vor der Tür. Wenn Sie fertig sind, dann klopfen Sie einfach.“ Mit diesen Worten öffnete der Wärter die Türe und verschloss sie hinter ihm sofort wieder.

Möbius saß am Tisch und war völlig überrascht. „Shamal, wie kommen Sie hierher? Was wollen ..."

Er antwortete nicht, sondern legte nur einen Finger auf den Mund, um anzudeuten, dass Möbius schweigen sollte. Rasch ging er auf ihn zu, packte ihn an den Haaren, hielt seinen Kopf fest und zog eine schallgedämpfte Pistole aus der Manteltasche. Dann ein kurzer, kaum hörbarer Flop – die Kugel hatte Möbius genau über der Nasenwurzel zwischen den Augen getroffen. Ohne einen Laut sackte er zusammen.

Shamal steckte die Pistole seelenruhig in die Manteltasche zurück, klopfte an die Zellentür, sie wurde geöffnet, er verließ die Zelle, der Wärter verschloss sie dienstbeflissen hinter ihm.

„Das ging aber schnell", meinte der Beamte.

„Ja, manchmal geht es schnell. Es war nur eine kleine Formalität."

Zwei Minuten später hatte Shamal Ibn Rihab Al-Saud das Gefängnis bereits wieder verlassen und schlenderte gelassen in Richtung Innenstadt.

54

„So, ich lasse nun sämtliche Hotels und Pensionen in Augsburg und Umgebung überprüfen. Irgendwo muss er sich ja aufhalten“, meinte Mayer, als er mein Büro wieder betreten hatte.

„Er wird wahrscheinlich verschiedene Namen benutzen“, mutmaßte ich.

„Wird ihm aber nichts nützen. Die Kollegen haben alle das Fahndungsfoto. Und das ist sehr gut getroffen, wie uns bestätigt wurde.“

„Hast du auch an die Wohnung in der Prinzregentenstrasse gedacht? Er hat einen Schlüssel dafür.“

Er hatte einen Schlüssel dafür, Chef. Mayer denkt immer mit. Ich habe den Schlüsseldienst hingeschickt und die haben den Zylinder im Schloss ausgetauscht. Den passenden Schlüssel bekommen wir in einer Stunde, der Schlosser bringt ihn vorbei. Dieser Shamal kann sich vielleicht unsichtbar machen, ob er aber durch verschlossene Türen gehen kann, bezweifle ich ganz ernsthaft. Ich habe zudem zwei Kollegen in Zivil dorthin beordert. Sie halten dort die Stellung, falls er auftauchen sollte. Sollte er diese Wohnung als Zufluchtsort wählen, haben wir ihn.“

„Prima – wenn ich dich nicht hätte ...“, raunzte ich und grinste ihn an.

Das Telefon läutete. Ich hob ab und meldete mich. Ein Streifenkollege war am Apparat. „Spreche ich mit Kommissar Hekli?“, fragte die Stimme am anderen Ende der Leitung.

„Ja. Worum geht es?“

„Äh, ja – diesen Mann, diesen Ausländer, den Sie suchen – er war noch bis vor drei Tagen im Augusta-Hotel. Er hatte dort vier Übernachtungen gebucht. Vor drei Tagen ist er dann ausgecheckt.“

„Wissen Sie, wohin er wollte? Haben Sie etwas in Erfahrung gebracht?“

„Nein. Niemand weiß etwas. Er soll sehr schweigsam gewesen sein. Aber alle, die mit ihm dort zu tun hatten, haben ausgesagt, dass er ein sehr unangenehmer Typ war.“

„Das wissen wir schon“, entgegnete ich.

„Dass er dort war?“, kam die Gegenfrage.

„Nein, dass er ein unangenehmer Typ ist. Der Mann ist ein mehrfacher Mörder und Mörder sind meistens unangenehme Zeitgenossen.“

„Ach so, natürlich.“

„Jedenfalls danke für die Information, Herr Kollege. Und auf zum nächsten Hotel. Frohes Schaffen“, sagte ich und legte auf.

Kaum, dass ich den Hörer aus der Hand gelegt hatte, klingelte das Telefon abermals. Der Leiter des Untersuchungsgefängnisses war am Apparat.

„Kommissar Hekli?“, fragte er.

„Ja, sogar persönlich. Was kann ich für Sie tun?“

„Sie bearbeiten doch diese Selbstmordserie und haben einen Verdächtigen namens Carl Möbius inhaftiert. Ist das richtig?“

„Ja, warum?“

„Ich muss Ihnen leider eine betrübliche Mitteilung machen, Kommissar. Dieser Möbius ist tot.“

„Wie bitte?? Tot?? Wie ist das passiert?“

„Er wurde erschossen."

Ich schluckte. Dann stammelte ich: „Er wurde erschossen? In der Zelle? Wie ist das denn möglich?"

„Am besten ist es, Sie kommen gleich mal her, Kommissar."

„Bin in ein paar Minuten da. Haben Sie die Spurensicherung schon verständigt?"

„Nein. Wir haben die Leiche erst vor zwei Minuten entdeckt."

„Gut, dann erledige ich das. Lassen Sie bitte alles so, wie es ist."

„Klar doch. Bis gleich." Damit war das Telefonat beendet.

Mein Kollege, der das Gespräch mitgehört hatte, sah mich mit dümmlichem Gesicht an. „Im Gefängnis erschossen – das gibt es doch gar nicht." Auch er war völlig überrascht.

„Wie du siehst, gibt es das doch." Ich informierte die Spurensicherung, dann liefen wir zum Wagen.

In kaum zehn Minuten waren wir zur Justizvollzugsanstalt gefahren und standen nun neben der Leiche des Professors. Etwa drei Minuten später trafen die Leute von der Spurensicherung ebenfalls ein. Der Arzt bestätigte den Tod durch Kopfschuss aus unmittelbarer Nähe. Wir ließen uns von einem Gefängniswärter zum Leiter der Anstalt führen.

Nach einer kurzen Begrüßung meinte ich ungehalten: „Wie konnte so etwas überhaupt passieren?"

„Ich weiß es nicht – einen Moment, ich rufe schnell den Kollegen von der Pforte." Er nahm den Telefonhörer ab.

„Hirschmann, kommen Sie bitte mal sofort in mein Büro. Frau Gabelsberger soll Sie in der Zeit vertreten. Wie? Ja, sofort. Und bringen Sie Ihren Kollegen Fischer auch gleich mit. Kommissar Hekli und sein Kollege sind gerade bei mir und haben ein paar Fragen an Sie.“ Er legte auf und meinte zu mir gewandt: „Die Kollegen sind sofort da. Ich denke, sie können Ihnen mehr über den Vorfall erzählen.“

Drei Minuten später standen die beiden Männer im Zimmer. „Setzen Sie sich, meine Herren“, sagte der Anstaltsleiter. Brav nahmen die beiden Beamten mir gegenüber Platz.

„Wie kam es dazu, meine Herren?“, fragte ich ohne Umschweife.

Hirschmann erzählte: „Heute Nachmittag, es war kurz vor zwei Uhr, läutete es und ich öffnete. Ein Mann kam herein, legte mir seinen Anwaltsausweis auf den Tresen und wollte zu seinem Mandanten. Ich ließ ihn das Besucherformular ausfüllen und mein Kollege Fischer brachte ihn dann zu Möbius.

„Der Mann hatte einen Anwaltsausweis?“

„Ja, und der war in Ordnung – wenigstens, soweit ich das feststellen konnte.“

„Wie hieß er?“

„Achmed Osman. So hat er sich bei mir vorgestellt, der Name stand auch in seinem Ausweis und mit diesem Namen hat er auch das Besucherformular ausgefüllt und unterschrieben. Hier, sehen Sie ...“ Mit diesen Worten reichte er mir das Formular.

Ich warf einen kurzen Blick darauf, dann wandte ich mich an seinen Kollegen: „Und sie haben den Täter dann anschließend zur Zelle von Möbius geführt, Herr Fischer?“

„Ja. Ich führte ihn zur Zelle 129 – schloss die Tür auf und er ging hinein. Ich habe die Tür sofort wieder hinter ihm verschlossen und vor der Zelle gewartet."

„Haben Sie keinen Schuss gehört?"

„Nein. Die Zellen sind zwar gut isoliert, aber einen Schuss würde man sicher hören. Ich habe aber keinen gehört, Herr Kommissar."

„Vermutlich Schalldämpfer", bemerkte Mayer.

Ich nickte und fragte weiter: „Wie lange war der Mann in der Zelle?"

„Kaum zwei oder drei Minuten. Ich habe mich schon gewundert, dass er so schnell wieder heraus wollte und ihn auch darauf angesprochen. Er meinte dann lediglich, es wäre nur eine kleine Formalität gewesen. Na ja, ich konnte ja nicht wissen, dass ..."

„Schon gut, Herr Fischer, Sie trifft da keine Schuld", unterbrach ich ihn und fuhr fort: „Für Leute seines Schlages ist ein Mord anscheinend wirklich nur eine kleine Formalität ..."

„Er kam dann zurück zur Pforte", ergänzte sein Kollege Hirschmann. „Ich ließ ihn passieren und er verschwand so schnell wie er gekommen war."

Ich sah auf meine Armbanduhr. „Jetzt ist es kurz vor vier Uhr. Wann haben Sie die Leiche entdeckt?"

„Vor etwa einer halben Stunde. Um halb vier ist bei uns Hofgang und kurz vor diesem Zeitpunkt hole ich die Häftlinge aus ihren Zellen. Als ich merkte, was passiert war, habe ich sofort die Anstaltsleitung verständigt."

„Und ich habe daraufhin sofort Sie informiert, Kommissar", bemerkte der Anstaltsleiter dienstbeflissen.

„Wie sah der Mann aus?“, fragte ich Hirschmann. Etwa so?“ Ich zog das Fahndungsfoto aus der Tasche und gab es ihm.

„Hirschmanns Augen weiteten sich. „Genau! Das ist der Mann!“

„Dachte ich mir fast. Jedenfalls, meine Herren, danke ich Ihnen für die Auskünfte“, meinte ich und gab meinem Kollegen das Zeichen für den Aufbruch.

Während wir zum Ausgang liefen, meinte Mayer: „Es war also dieser Shamal. Wenn er Möbius um etwa zwei Uhr erschossen hat, dann kann er jetzt theoretisch schon über alle Berge sein. In zwei Stunden kommt man weit.“

„Wenn er flüchten wollte, ja. Aber dieser Shamal ist eiskalt, fühlt sich unverschämt sicher und dieser Mord an Möbius – noch dazu in einem Gefängnis, war mehr als dreist.“

„Du meinst, er befindet sich noch in der Stadt?“

„Da bin ich mir ganz sicher, Albert.“

55

Kaum zurück im Präsidium, klingelte das Telefon. Ein Kollege vom Streifendienst war am Apparat und teilte mir in knappen Worten mit, dass sich ein Ausländer im Hotel „Augsburger Hof“ einquartiert hätte, auf den die Beschreibung genau passen würde. Er hätte dort ein Zimmer unter dem Namen Farouk Fateh gemietet und sei heute Morgen aus dem Haus gegangen, bislang allerdings noch nicht zurückgekehrt.

„Wo sind Sie jetzt genau?“, fragte ich.

„Vor dem Hotel“, kam die Antwort.

„Dann verschwinden Sie von dort – umgehend! Ich kann keinen Streifenwagen und keine Polizisten in Uniform vor und im Hotel brauchen, der Mann ist verdammt clever, gefährlich, zudem bewaffnet und schöpft sofort Verdacht. Für Sie ist der Fall erledigt, ich leite alles Weitere in die Wege.“

„Wir sind sofort weg.“

„Warten Sie mal – dem Portier sagen Sie bitte, er soll über Ihren Besuch absolutes Stillschweigen bewahren.“

„Alles klar.“ Es klickte, der Kollege hatte das Gespräch beendet.

Ich rief meinen Assistenten und erzählte ihm kurz die neuen Details.

„Bingo! Wir verständigen sofort das MEK. Die sollen sich in einer Wohnung gegenüber postieren und das Hotel beobachten“, meinte Mayer.

„Genau. Aber wir brauchen nicht nur das mobile Einsatzkommando. Ich denke, wir holen uns ein paar Leute vom SEK aus München dazu und installieren ein paar Scharfschützen. Veranlasse das mal sofort."

„Mit Vergnügen, Chef."

„Die sollen sich beeilen und sich gleich gegenüber vom Hoteleingang in Position bringen – und zwar so unauffällig wie möglich. Der Einsatzleiter soll sich bei mir melden. Wir werden uns vom Hotel aus über Funk mit ihm verständigen. Ich möchte nicht, dass uns der Typ noch mal durch die Lappen geht. Wenn du das erledigt hast, dann meldest du dich wieder bei mir und wir beide fahren ins Hotel und werden uns dort etwas verlustieren."

„Du meinst, wir setzen uns einfach ins Foyer und warten?"

„Genau das. Irgendwann muss er ja auftauchen. Du bekommst auch ein Bier von mir spendiert." Ich grinste. „Und nun hurtig ans Werk!"

Mayer verschwand eilig. Ich lehnte mich bequem in meinem Sessel zurück, zündete mir eine Zigarette an und überlegte. Die Frage, die mich beschäftigte, war, weshalb sich ein intelligenter, gebildeter Mann wie Möbius auf so eine Geschichte eingelassen hatte. War es Geldgier gewesen? Oder gar Nervenkitzel? Oder ganz einfach nur seine damalige finanzielle Situation, die wesentlich dazu beigetragen hatte, ihn in die Fänge dieses mysteriösen Geheimbundes zu treiben? Ich war mir fast sicher, dass es Letzteres gewesen war.

Aber welche Aufgabe hatte Shamal? Dass er unter anderem aus dem Grund nach Deutschland geschickt worden war, um auf Möbius aufzupassen, war mir klar, doch was noch? Wenn der Plan der Organisation dahin ging, verschiedene „Filialen“ in Deutschland aufzubauen, um Menschen umzubringen, die irgendwann mal die ägyptischen Königsgräber besucht hatten, welchen Sinn sollte das haben? Fanatismus oder religiöser Wahn? War das das Motiv? Irgendwie stellte mich das alles nicht so richtig zufrieden, da musste noch etwas anderes dahinter stecken – zumindest sagte mir das mein Gefühl – und darauf hatte ich mich noch immer verlassen können.

Mayer war zwischenzeitlich wieder in mein Büro gekommen. „Alles erledigt, Chef, der Einsatzleiter vom Sondereinsatzkommando hat gemeint ...“

„Das kannst du mir alles im Auto erzählen, Albert. Wir fahren sofort los.“ Ich stand auf, nahm meinen Mantel und brummte: „Auf geht’s.“

Als wir im Wagen saßen, meinte Mayer: „Die Leute sind spätestens in einer Stunde vor Ort. Sie beeilen sich und tun, was sie können. Der Einsatzleiter wird sich unauffällig im Hotel mit uns treffen, sich von dir die nötigen Instruktionen holen und übergibt dir dann ein Funkgerät, damit du dich mit ihm verständigen kannst. Im Haus gegenüber auf dem Dach postiert er drei Scharfschützen, die den Hoteleingang im Visier haben. Er hat zudem vorgeschlagen, dass sich zwei Männer des SEK im Hotelzimmer des Verdächtigen auf die Lauer legen sollten, die den Herrn dann gleich gebührend in Empfang nehmen könnten ...“

„Gute Idee – klingt alles so einfach. Klingt meinem Gefühl nach sogar viel zu einfach“, erwiderte ich.

„Dieser Shamal ist zwar raffiniert, aber er kocht auch nur mit Wasser, Chef.“

„Hoffentlich."

Wir hatten das Hotel erreicht, ich stellte den Wagen auf einem Hotelparkplatz ab, ging mit meinem Kollegen an den Empfang und hielt dem Angestellten meinen Dienstausweis unter die Nase. Der Portier war bereits informiert.

„Sie sind wegen dieses Farouk Fateh hier ..."

„Richtig", unterbrach ich ihn und fragte: „Welches Zimmer bewohnt er?"

„Die Nummer 11, erste Etage."

„Haben Sie einen Reserveschlüssel für das Zimmer, den Sie uns aushändigen könnten?"

„Aber natürlich. Einen Moment, ich hole ihn."

Der Mann verschwand in einem Hinterzimmer und kam kurze Zeit später wieder mit dem Schlüssel zurück. Er legte ihn vor mir auf den Tresen, ich nahm ihn und steckte ihn in die Manteltasche. „Den bekommen Sie zurück, sobald die Aktion abgeschlossen ist. Übrigens: Hat dieser Herr Post in seinem Fach? Würden Sie mal nachsehen?"

Der Angestellte drehte sich um, zögerte etwas, dann griff er in ein Fach und überreichte mir ein dickes Kuvert. „Hier. Das kam heute Mittag mit der Post."

Ich nahm den Umschlag und besah ihn mir genauer. Er war an einen Farouk Fateh adressiert, als Absender stand lediglich A. S. Kairo-Ägypten auf der Rückseite.

Ich öffnete das Kuvert. Mein Verdacht bestätigte sich, als ich den Inhalt sah: Ein dickes Bündel 100-Dollarnoten, fast alles neue Scheine. Alles in allem mussten es gut an die 20.000 Dollar sein. Ich verstaute den Umschlag in der Brusttasche meines Jacketts. Dann gab ich dem Hotelangestellten einige Anweisungen, wie er sich verhalten solle, wenn der Gesuchte auftauchen würde.

Plötzlich ging die Eingangstüre auf. Ein großer, drahtiger Mann, etwa 35 bis 38 Jahre alt, kurzer Bürstenhaarschnitt, mit schwarzem Rollpulli, Jeans und grau-beiger Feldjacke á la Schimanski bekleidet, kam direkt auf mich zu. „Kommissar Hekli?"

„Ja – und Sie?

„Robert Reisinger. Ich bin der Einsatzleiter vom SEK München." Mit diesen Worten überreichte er mir ein kleines Funkgerät. „Damit können Sie mich jederzeit erreichen. Meine Leute haben bereits im Gebäude gegenüber Stellung bezogen, wir haben den Eingang im Blick. Ebenso den Ausgang zum Parkplatz. Es kommt also niemand unbeobachtet herein oder hinaus."

„Sie sind ja richtig flott", meinte ich.

Ohne auf meine Bemerkung einzugehen, erklärte er weiter: „Zwei meiner Mitarbeiter kommen in ein paar Minuten, werden das Hotelzimmer besetzen, dort auf den Verdächtigen warten und versuchen, ihn an Ort und Stelle zu überwältigen."

Dann ging er an den Tresen und fragte den Angestellten: „Welche Zimmernummer hat der Mann?"

„Nummer 11, erste Etage", sagte ich und fischte den Schlüssel aus meiner Manteltasche.

Reisinger drehte sich zu mir um und ich hielt ihm den Zimmerschlüssel entgegen. „Das haben wir schon geklärt, Herr Kollege – hier."

Er nahm den Schlüssel an sich. „Danke. Und nun sollten wir die Einzelheiten besprechen."

„Gute Idee", brummte ich behäbig. Die Wichtigtuerei Reisingers ging mir bereits jetzt auf den Senkel. Wir setzten uns. Ohne ihn zu Wort kommen zu lassen, erklärte ich: „Der Mann ist allem Anschein nach ägyptischer Herkunft, spricht sehr gut Deutsch und ist bewaffnet. Ein eiskalter Killer mit vermutlich religiös fanatischen Motiven." Dabei reichte ich ihm das Fahndungsfoto. „So sieht der Typ aus. Wir sollten uns übrigens beeilen. Niemand weiß, wann er auftaucht."

Reisinger betätigte sein Funkgerät. „Krämer, wo bleiben Sie? Wir warten."

„Wir sind sofort zur Stelle", quäkte es aus dem Gerät, dann knackte es.

Kaum eine Minute später kamen zwei Männer durch die Tür, jeder etwa 1,85 groß, breitschultrig und durchtrainiert. Reisinger drückte einem von Ihnen den Schlüssel in die Hand. „Nummer 11, erster Stock."

Der Angesprochene nickte, beide Männer verschwanden im Lift.

„So, das wäre mal erledigt, meinte Reisinger zufrieden und fuhr fort: „Sie wissen Bescheid, Kommissar, wir sind in der Nähe. Sollte er Schwierigkeiten machen oder einen Fluchtversuch unternehmen, dann geht er ins Nirwana."

„Wir hätten ihn aber gerne lebend", entgegnete ich. „Also bitte keinen finalen Fangschuss."

„Wir tun unser Möglichstes", meinte Reisinger fies grinsend und verschwand durch die Tür.

56

Die Zeit verging schleppend. Wir saßen auf der Couch im Foyer des Hotels, jeder hatte ein Pils vor sich. Gähnend sah ich auf meine Armbanduhr. Es war zwischenzeitlich 19 Uhr 35 und Shamal war immer noch nicht aufgetaucht. Auch mein Kollege war des Wartens leid. „Wenn der jetzt nicht bald kommt, dann gehe ich nach Hause“, meinte Mayer. Sein Grinsen wirkte müde.

„Das könnte dir so passen.“ Behäbig stand ich auf, ging an den Tresen und bestellte zwei Tassen Kaffee. Der Hotelangestellte bemühte sich dienstbeflissen, mir das Gewünschte zu bringen.

Aus den Augenwinkeln bemerkte ich, wie hinter mir die Eingangstüre aufging. Ich zwang mich, mich nicht umzusehen. Fast wie ein Schatten stand plötzlich ein Mann neben mir am Tresen. Ein kurzer Seitenblick hatte genügt. Ich sah die kleine, wulstige Narbe über der Augenbraue und wusste, wer da neben mir stand...

„Ist hier niemand?“, fragte mich Shamal, der bislang anscheinend keinen Verdacht geschöpft hatte.

„Der Portier kommt sofort. Er hat für mich und meinen Freund nur eben Kaffee bestellt.“

Shamal nickte mit mürrischem Gesicht.

Ich ging zurück zur Couch und setzte mich. Mit den Augen gab ich Mayer unnötigerweise ein Zeichen, denn auch er hatte Shamal längst bemerkt und war nun hellwach.

Der Hotelangestellte kam zu uns an den Tisch. „Der Kellner bringt Ihnen den Kaffee sofort.“

„Danke. Übrigens am Tresen wartet ein Kunde auf Sie.“

Der Mann verstand sofort. Mach jetzt bloß keinen Mist. Verlier mir nicht die Nerven, versuchte ich ihm gedanklich zu suggerieren.

Doch meine Sorge war unbegründet. Der Portier blieb ganz ruhig. „Guten Abend. Die Nummer 11?“ Er legte den Schlüssel auf den Tresen.

Shamal nahm den Schlüssel, ging zum Lift und drückte auf den Knopf. Augenblicke später öffnete sich die Tür des Fahrstuhls. Doch er betrat den Lift nicht, sondern kam zurück an den Tresen. Anscheinend war im etwas eingefallen.

„Ist Post für mich da?“, hörte ich ihn fragen.

„Nein, mein Herr, nichts. Tut mir leid“, antwortete der Hotelangestellte.

„Das kann nicht sein“, entgegnete Shamal. „Sehen Sie noch mal nach.“

Der Mann hinter dem Tresen begutachtete seine Postfächer. „Keine Post oder Mitteilung, nichts. Leider.“

Ich gab meinem Kollegen ein Zeichen und stand langsam auf. Während des Aufstehens hatte ich meine Pistole gezogen. Ich ging auf Shamal zu, der rücklings zu mir stand. Ich nahm den Umschlag mit dem Geld aus meiner Jackentasche.

„Suchen Sie das hier?“, fragte ich.

Shamal drehte sich langsam zu mir um. Ich stand da, in der Rechten den schussbereiten Revolver, mit der anderen Hand wedelte ich mit dem Kuvert.

„Wer sind Sie? Was wollen Sie von mir? Und was machen Sie mit meiner Post?“

„Kriminalpolizei. Ich verhafte Sie wegen mehrfachen Mordes, Shamal Ibn Rihab Al-Saud. Das Spiel ist aus.“

„Glauben Sie?“, fragte Shamal. Er grinste mich gehässig an. „An Ihrer Stelle würde ich die Pistole wegstecken, der Schuss könnte leicht nach hinten losgehen.“

„Da wäre ich mir nicht so sicher“, antwortete ich.

„Ich bin mir aber sehr sicher“, entgegnete er und öffnete seinen Mantel.

Was ich sah, ließ mir fast das Blut in den Adern gefrieren.

Er trug einen breiten schwarzen Gürtel, an dem rundherum Sprengladungen befestigt waren.

„Ein einziger Schuss und das ganze Hotel fliegt in die Luft – und Sie mit“, zischte er.

Instinktiv wich ich einen Schritt zurück, obwohl mir bereits Sekundenbruchteile später klar war, dass das im Ernstfall kaum nützen würde. Mein Blick glitt zu meinem Kollegen, der auf der Couch saß und die Szene gespannt beobachtete. Mensch, tu doch was!, flehte ich ihn in Gedanken an, wohlweislich wissend, dass es völlig sinnlos war. Er war ebenso machtlos wie ich. Langsam steckte ich die Pistole zurück ins Halfter.

„Sehr vernünftig von Ihnen – wirklich. Sehr vernünftig. Trotzdem: Ich hätte Sie damals töten und nicht nur einsperren sollen.“

„Wie?“

„In der Wohnung von Möbius.“

„War mir fast klar, dass Sie das waren", entgegnete ich grimmig.

„Sie sind ja wirklich ein Schlauer – aber nicht schlau genug. Und jetzt her mit dem Kuvert."

Ich warf ihm das Kuvert mit dem Geld zu. Er fing es lässig mit der linken Hand auf und steckte es in die Brusttasche seines Mantels. Langsam rückwärts gehend, bewegte er sich auf den Ausgang zu.

„Ich werde jetzt gehen. Sollten Sie versuchen, mich aufzuhalten oder zu verfolgen, wissen Sie, was passiert", knurrte er mit einem fiesen Grinsen.

„Sie werden nicht weit kommen, Shamal. Das Haus ist von Kollegen umstellt. Wenn Sie jetzt rausgehen, sind Sie ein toter Mann."

Blitzartig wurde mir klar, dass ich einen fatalen Fehler begangen hatte... Am liebsten hätte ich mich selbst geohrfeigt.

Mein Kollege saß immer noch bewegungslos auf der Couch und beobachtete die Szene wie hypnotisiert mit großen Augen, wie eine Maus, die vor einer Schlange sitzt

„Danke für den Tipp", zischte Shamal und kam blitzschnell auf mich zu, packte mich am Mantelkragen, wirbelte mich mit einer Kraft und Behändigkeit herum, die ich ihm im ersten Moment überhaupt nicht zugetraut hätte. In seiner rechten Hand lag ein großkalibriger Revolver. Mit der anderen riss er meine Dienstpistole aus dem Halfter steckte sie ein. „Dann kommen Sie mal mit – Sie sind meine Lebensversicherung und sogar eine erstklassige dazu. Nach Ihnen..." Er schob mich vor sich her durch die Tür ins Freie und drückte mir dabei seinen Revolver in den Rücken.

„Ganz langsam, wir haben alle Zeit der Welt“, zischte Shamal und bugsierte mich vom Hotel weg in Richtung der belebten Hauptstrasse.

57

Was ich zu diesem Zeitpunkt noch nicht ahnen konnte: Mayer hatte nur auf den Moment gewartet, bis wir aus dem Hotel waren und lange überlegt, ob er eingreifen sollte, doch schließlich war er zu dem Ergebnis gekommen, dass es im Hotel wohl nicht sehr intelligent gewesen wäre, sich mit einer lebenden Bombe anzulegen. Er tat also das Nächstliegende, nämlich sich ruhig zu verhalten und auf keinen Fall zu provozieren.

Als ich aufgestanden war, blieb das Gerät versehentlich offen auf der Couch neben mir liegen. Diese Fahrlässigkeit sollte sich jetzt als glücklicher Umstand herausstellen, denn Albert hatte es sofort bemerkt und an sich genommen. So war er jetzt, nach meinem Verlassen des Hotels, in der Lage, die Kollegen draußen zu warnen. In knappen Worten berichtete er, was er gesehen hatte und gab Anweisung, auf keinen Fall zu schießen, da man dann nicht nur mich gefährden würde, sondern auch zufällig vorbeilaufende Passanten. Noch während er seine Meldung durchgab, liefen die beiden Männer, die sich in Shamals Hotelzimmer eingenistet hatten, eilig an ihm vorbei und stürzten ins Freie, um die Verfolgung aufzunehmen.

Reisinger hatte die neue Situation sofort erfasst und angeordnet, dass seine Männer unauffällig die Verfolgung aufnehmen sollten, um dann sternförmig einen Angriff zu wagen, falls der Zeitpunkt günstig wäre – und das hieß: Man wollte warten, bis wir weit genug von der größten Menschenmenge entfernt waren. Dass ich dabei mit drauf gehen könnte, hatte er bereits einkalkuliert...

58

Mein Gehirn arbeitete fieberhaft. Lieber Gott, lass diesen Wahnsinnigen jetzt nicht durchdrehen, betete ich, während Shamal mich erbarmungslos vor sich her schob. Er dirigierte mich in Richtung Straßenbahnhaltestelle.

„Was haben Sie vor, Shamal?“ Ich versuchte, möglichst ruhig, freundlich und unbefangen zu wirken.

„Wir machen einen Ausflug mit der Straßenbahn“, entgegnete er ohne ein Anzeichen von Eile und grinste mich höhnisch an.

„Und wofür soll das gut sein?“, fragte ich, obwohl ich genau erkannte, was dieser Teufel beabsichtigte: In der Menschenmenge fühlte er sich sicher und wusste, dass er so nicht angreifbar war – zumindest nicht ohne eine Menge Menschen mit in den Tod zu reißen.

Zwei Minuten später kam die Straßenbahn.

Er zwang mich, in den vorderen Wagen zu steigen. Wir setzten uns direkt hinter den Fahrer.

„Sie sollten zwei Fahrkarten lösen, Schwarzfahren ist kein Kavaliersdelikt – außerdem finden regelmäßig Kontrollen statt“, bemerkte ich in einem Anfall von Galgenhumor.

„Halt die Klappe“, zischte er ungehalten.

Schweigend fuhren wir bis zur nächsten Haltestelle. Um die Situation etwas zu aufzulockern, fragte ich: „Kennen Sie Augsburg? Eine schöne Stadt – wirklich.“

„Eine verdorbene Stadt“, antwortete er. „Voller Ungläubiger und Unwissender.“

„Sie meinen doch hoffentlich nicht den Stadtrat und die Augsburger Verkehrsplaner damit?"

Er sah mich stumm an und schüttelte verständnislos den Kopf.

„Wohin fahren wir eigentlich?", wollte ich wissen.

„Wohin ich fahre, geht dich nichts an. Du jedenfalls fährst in die Unterwelt."

Ich fühlte, wie mir die Angst die Kehle zuschnürte und meine Hilflosigkeit brachte mich fast zum Verzweifeln. Dennoch versuchte ich, möglichst cool zu bleiben und sagte: „Sie meinen, in die Hölle? Diese Linie fährt aber nur bis zum Ortsteil Göggingen."

Shamal schüttelte wiederum verständnislos den Kopf. „Halt jetzt endlich die Klappe, sonst ist die Fahrt für dich hier beendet", zischte er mir ins Ohr.

Ich zog es vor, von nun an zu schweigen.

Die Trambahn hielt an der nächsten Haltestelle. Eine Menge Menschen drängte sich aus dem Wagen, eine Handvoll Leute stiegen ein – unter anderem ein Kontrolleur der Augsburger Verkehrsbetriebe.

Kaum war der Wagen wieder angefahren, begann der Kontrolleur mit seiner Arbeit.

„Fahrscheinkontrolle!".

Er begann, die ersten Fahrgäste zu inspizieren und kam dabei ständig näher. Ich versuchte, unauffällig die Blicke des Mannes auf mich zu lenken, was mir schließlich auch gelang. Mit den Augen versuchte ich, ihn zu warnen, doch der Versuch scheiterte kläglich und wurde gründlich missverstanden. Vermutlich dachte der Mann, ich hätte einen Dachschaden. Zielstrebig ging er auf uns zu und baute sich vor mir auf. „Ihren Fahrschein bitte!"

Noch ehe ich antworten konnte, hörte ich Shamal in schneidendem Ton sagen: „Hier hast du deine Fahrkarte – zur Unterwelt!“ Blitzschnell zog er seine Waffe, dann ein ohrenbetäubender Knall – der Kontrolleur war auf der Stelle tot.

Und das Chaos nahm seinen Lauf.

59

Mayer war, nachdem er seine Meldung über Funk weitergegeben hatte, sofort aus dem Hotel gerannt und uns in sicherem Abstand gefolgt, gab aber dann auf, da er sich nicht sicher war, ob Shamal ihn nicht sofort wiedererkennen würde. Außerdem waren Reisinger und seine Männer bereits aktiv geworden und hatten den hinteren Teil des Wagens besetzt.

Es war ein Fehler gewesen, den Kontrolleur nicht davon abzuhalten, unsere Fahrausweise zu inspzieren – anscheinend hatten sie es verschlafen – und ganz sicher nicht mit der Brutalität Shamals gerechnet ...

Dann ging alles ganz schnell.

Der Fahrer erschrak, legte eine Notbremsung ein, was zur Folge hatte, dass die stehenden Fahrgäste nach vorne geschleudert wurden, einige stürzten, andere schrieen. Eine der Fensterscheiben war dick mit Blut verschmiert, ein Mann lag in einer Blutpfütze. Shamal war blitzartig aufgestanden, hielt dem Fahrer die Pistole an die Schläfe und schrie: „Sofort weiterfahren! Los!“ Der Fahrer schien nicht zu begreifen. „Fahr endlich weiter!“, herrschte Shamal ihn noch mal an und gab ihm mit dem Lauf des Revolvers einen kräftigen Hieb auf den Kopf. Der Mann schüttelte sich kurz, als wolle er auf diese Weise den Schmerz abschütteln und beschleunigte den Wagen – etwas zu heftig, denn die am Boden liegenden Fahrgäste kullerten nun in die andere Richtung – in den hinteren Teil des Wagens. Einige von ihnen versuchten, an die Türen zu gelangen und schrieen in panischer Angst.

In dem kurzen Augenblick, da Shamal abgelenkt war, hatte ich meine Chance wahrgenommen und war in den hinteren Teil des Wagens gerannt. „Legen Sie sich flach auf den Boden! Sofort!“ Die Leute gehorchten wie in Hypnose und taten es mir nach.

Der mittlere Teil des Wagens war jetzt leer, hinten eine Menschentraube und vorne der Fahrer, dem Shamal immer noch die Waffe an die Schläfe hielt.

„An der nächsten Haltestelle muss ich halten“, stöhnte der Fahrer.

„Fahr weiter – oder du stirbst“, schrie Shamal.

Der Wagen raste mit vollem Tempo an der Haltestelle vorbei.

Neben mir fiel mein Blick auf Reisinger. Er hatte einen Revolver in der Hand und war gerade im Begriff, auf Shamal zu zielen. Ich schlug ihm den Arm herunter. „Sind Sie wahnsinnig, Mann??“, keuchte ich. „Sie bringen uns alle um, der Kerl ist über und über mit Sprengstoff behängt!!“

„Diesem Schwein werde ich es zeigen“, schrie Reisinger plötzlich, stand auf und rannte in blinder Wut auf Shamal zu. Noch während des Laufens feuerte er auf Shamal, der am Hals getroffen, zusammenzuckte.

Shamal warf seinen Revolver auf den Boden, öffnete den Mantel, die rechte Hand fuhr in die Manteltasche ... „Komm mir nicht zu nahe!“

Reisinger achtete nicht darauf, sondern stürzte auf ihn zu und versetzte ihm mit der Faust einen Schlag ans Kinn.

Der Araber taumelte für einen kurzen Moment und wischte sich mit der freien Hand das Blut aus dem Gesicht. „Dafür wirst du sterben, du ungläubiger Hund! Ihr alle werdet sterben! Ihr alle werdet für ewig die Diener des Pharaos sein!“

Dann geschah das Unfassbare.

Ich hatte den Eindruck, als würde die Zeit stehen bleiben. Shamal, Reisinger und der Wagenführer verschwanden hinter einer weißen Feuerwand. Instinktiv drehte ich das Gesicht zur Seite, mit den Armen versuchte ich, meinen Kopf zu schützen und hielt mir zusätzlich die Hände an die Ohren.

Sekundenbruchteile später kam die Druckwelle.

Die Menschen im Wagen wirbelten durcheinander als wären sie schwerelos. Fensterscheiben splitterten krachend, die Splitter wurden zu tödlichen Geschossen, die Leute schrieen. Ein Mann wurde aus dem glaslosen Fenster ins Freie geschleudert. Der gesamte vordere Teil des Wagens war verschunden. Dort, wo vorher noch der Fahrer gesessen hatte, klaffte nun ein gähnendes Loch.

Die Räder der Straßenbahn kreischten über die Schienen, von vorne kam ein sprühender Funkenregen, der durch den Fahrtwind fast bis in den hinteren Teil des Wagens getrieben wurde.

Ich presste meinen Körper so dicht wie möglich an den Boden, streckte den rechten Arm aus und suchte verzweifelt Halt am stählernen Bein eines Sitzes, um nicht noch weiter nach vorne geschleudert zu werden.

Plötzlich fühlte ich am Arm einen dumpfen Schlag und gleich darauf einen stechenden Schmerz. Ein lebloser Körper lag neben mir, blutverschmiert, das Gesicht kaum noch erkennbar. Er war gegen meinen Arm geschleudert worden. Als ich versuchte, ihn zu bewegen, gehorchte er mir nicht mehr.

Dann kam der Wagen zum Stehen.

Die anschließende Stille war wie ein stummer Schrei.

Vor meinen Augen drehte sich alles im Kreis. Ich fühlte Brechreiz. Und dann wurde es dunkel um mich herum.

60

Ich blinzelte. Vor mir eine weiße Wand. So ist das also, wenn man tot ist, war mein erster Gedanke. Wie aus weiter Ferne hörte ich eine Stimme sagen: „Er kommt zu sich."

Schemenhaft sah ich zwei weiße Gestalten neben mir stehen. Erst nach ein paar Minuten klärte sich mein Gesichtsfeld einigermaßen.

„Sind Sie Engel oder Krankenschwestern?", fragte ich.

„Wenn ich ehrlich sein soll: Krankenschwestern." Eine der beiden lachte mich an.

„Wo bin ich hier überhaupt?", wollte ich wissen.

„Im Zentralklinikum. Sie wurden vorvorgestern eingeliefert und waren bis jetzt bewusstlos."

„Vorvorgestern eingeliefert, hm... Soll das heißen, ich war drei Tage lang weg vom Fenster?"

„So könnte man es auch bezeichnen, ja", antwortete eine der beiden.

„Sie sollten nicht soviel reden. Schonen Sie sich."

Ich sah zur Seite und bemerkte, dass mein rechter Arm eingebunden war und ich ihn nicht bewegen konnte. Er fühlte sich hart an.

„Was ist das für eine weiße Wurst, die da neben mir im Bett liegt?", fragte ich in einem Anfall von Galgenhumor.

„Es handelt sich dabei um ihren rechten Arm. Er ist gebrochen. Wir haben's aber wieder hingekriegt. Wird zwar ein paar Wochen dauern, aber dann sind Sie wieder intakt. War Gott sei Dank ein glatter Bruch."

„Ich hab vielleicht ein Glück", raunzte ich.

„Das können Sie laut sagen, Herr Hekli. Bei dem Attentat auf die Straßenbahn kamen achtzehn Menschen ums Leben. Mindestens weitere zehn haben schwere Verletzungen davongetragen. Sie haben es lediglich mit einem Armbruch und einem massiven Schock überstanden."

Ich schloss die Augen. Langsam kam die Erinnerung wieder. Shamal, Reisingers Angriff auf ihn, die höllische Straßenbahnfahrt, dann die Explosion, das Splittern der Scheiben, die Panik der Menschen – es war tatsächlich ein Wunder, dass ich überlebt hatte.

Als ich die Augen öffnete, waren die beiden Krankenschwestern verschwunden. Stattdessen standen Steiner und mein Kollege Mayer im Zimmer. Steiner schnappte sich einen Stuhl, Mayer setzte sich auf mein Bett.

„Du machst uns ja ganz schöne Sorgen", sagte Albert.

„Ach was, Unkraut vergeht nicht, das weiß man doch. Ist ja nur ein Armbruch", versuchte ich, meinen Zustand herunterzuspielen.

„Du hast Glück gehabt, alter Junge. So, wie die Straßenbahn aussieht, müsstest du eigentlich im Jenseits sein. Das erste Drittel des Wagens hat es förmlich in die Luft geblasen. Das war aber hier ein Vorteil, denn dadurch konnte die Druckwelle entweichen und nur ein relativ geringer Anteil ging in den Hinterteil des Wagens."

„Ihnen scheint es ja wieder ganz gut zu gehen", bemerkte Steiner.

„Gut gehen ist relativ, Herr Steiner."

„Wie kam es denn eigentlich genau zu dieser Explosion? Sie waren ja hautnah dabei. Erzählen Sie mal."

„Reisinger war an allem schuld. Er hat sich benommen wie ein Anfänger", meinte ich.

„Reisinger ist übrigens tot. Man hat nur noch ein paar Leichenteile von ihm gefunden", sagte Steiner.

„Ich weiß. Er hat das Ganze provoziert, indem er diesen Shamal angegriffen hat. Ich wollte ihn noch davon abhalten – aber es ging alles so rasend schnell. Reisinger lag neben mir am Boden, plötzlich sprang er auf und schoss auf ihn. Er wollte anscheinend den Helden spielen."

„Was ihm nicht sonderlich gut bekommen ist. Man kann da kaum von Professionalität sprechen. Mir ist völlig schleierhaft, wie ein Mann wie er in eine solche Position kommen kann", entgegnete Mayer.

„Reisinger war der Neffe des Münchener Polizeipräsidenten", warf Steiner ein.

„Ach! Dann ist mir einiges klar. Beziehungen sind das halbe Leben... Dennoch: Ich hätte diesen Shamal lieber lebend gehabt", meinte ich und fuhr fort: „jetzt werden wir nie etwas über die Hintergründe und seine Auftraggeber erfahren."

„Oh doch, Chef", erwiderte Mayer. „Wir kennen die Hintergründe."

„Wie das denn?"

„Wir haben zwischenzeitlich Kontakt zu den ägyptischen Kollegen aufgenommen, aber auch zu Interpol. Die haben die Sache sofort in die Hand genommen und wurden auch schnell fündig. Sie haben den Geheimbund angeblich etwas auseinander genommen. Frag mich jetzt nicht wie, scheinbar haben die dort ihre eigenen Methoden, die vermutlich nicht gerade fein sind – egal. Die Kripo in Kairo ist schon seit Jahren hinter diesem Geheimbund her und kennt auch einige Fakten, auch die Interpol ist über die Aktivitäten dieses Vereins bestens informiert. Jedenfalls haben sich die Zusammenhänge dann ziemlich rasch heraus kristallisiert. Laut Mitteilung der ägyptischen Kollegen handelt es sich bei dem Geheimbund tatsächlich um eine religiös-fanatische Vereinigung, die fest davon überzeugt ist, dass der Pharao Tutanchamun eines Tages zurückkehren und die Weltherrschaft übernehmen wird. Sie nennen sich die Erleuchteten des Tutanchamuns und die Bewahrer der vierten Pyramide. Abstrus, ich weiß – aber wahr."

Ich wollte den Kopf schütteln, merkte aber, dass mir das Genick dabei weh tat.

„Allerdings waren dabei auch finanzielle Aspekte vorhanden."

„Das habe ich bereits vermutet, Albert."

„Das Grundmotiv dieses perversen Vereins ist es, die Übernahme der Weltherrschaft durch Tutanchamun vorzubereiten und..."

„Damit sich der Kerl dann nur noch ins gemachte Nest setzen muss, wenn er denn kommt", unterbrach ich meinen Kollegen und versuchte, mir trotz der Schmerzen ein Grinsen aufs Gesicht zu zaubern.

„... so in etwa, ja. Aber dazu braucht man Geld – viel Geld."

„Und wie wollten die an das große Geld kommen?"

„Dieses Mal kamen wir nicht durch Kommissar Hekli dahinter, sondern Kommissar Zufall brachte uns auf die Spur. Die Leute von der Spurensicherung fanden im Zuge der Untersuchungen bei Karin Hofbauer einen Versicherungsvertrag über eine Risiko-Lebensversicherung über 250.000 Euro, der erst vor drei Wochen abgeschlossen worden war. An sich ist das ja nichts Ungewöhnliches. Einem der Kollegen jedoch fiel auf, dass als Bezugsberechtigte eine gewisse Renate Auer eingetragen war. Der Name kam ihm sofort bekannt vor. So rief er mich an und erzählte mir das. Ich ließ mir den Vertrag geben, sah ihn mir genau an und kam dann gestern auf die Idee, auch bei den anderen Opfern nachzuforschen – und Bingo! Alle – ohne Ausnahme – hatten erst Wochen vor ihrem Tod eine Risiko-Lebensversicherung abgeschlossen – und zwar über Summen, die schnell in den Millionenbereich gingen – bei verschiedenen Versicherungen, aber in allen Verträgen war Renate Auer bezugsberechtigt."

„Einfach, aber genial. Und jetzt frag mich bitte nicht, wie man so etwas bewerkstelligt. Aber die genialen Dinge sind bekanntlich immer einfach – sie müssen einem eben nur einfallen", meinte ich.

„Mit dieser Subliminalmethode scheint fast alles möglich zu sein", warf Steiner ein.

„Deshalb hatte Renate Auer auch den Auftrag erhalten, ‚Filialen' in Deutschland zu gründen", fuhr Mayer fort. Augsburg sollte erst der Anfang sein. Wäre das gelungen, dann hätte sie eine Menge Kapital eingesammelt."

„Ich verstehe dann aber eines nicht: Warum wurde sie von Shamal umgebracht? Das war doch kontraproduktiv, ich sehe da keine Logik dahinter", warf ich ein.

„Da gibt es auch keine Logik – oder vielleicht doch. Dieser Shamal muss anscheinend nur ein ganz kleines Rädchen im Getriebe gewesen sein. Er war derjenige, der die Schmutzarbeit machen musste – und er hatte keine Ahnung von den finanziellen Motiven des Geheimbundes, denn seine eigenen Motive waren ausnahmslos religiöser Natur – er war ein astreiner Fanatiker, davon überzeugt, dass er eines Tages nach seinem Tod eine Sonderstellung beim Pharao bekommen würde. Shamal war übrigens auch in Ägypten bestens bekannt – er hat dort ebenfalls eine Menge Menschen auf dem Gewissen. Man war allerdings nie in der Lage, ihn zu fassen, kurz zuvor ist er immer wieder untergetaucht. Er wurde vom Geheimbund anscheinend auch mit finanziellen Mitteln versorgt – und nicht zu knapp. Zumindest nach Aussage der ägyptischen Kollegen.

„Sein letztes Honorar ist mit ihm in die Luft geflogen", flachste ich.

„Mag sein", erwiderte mein Kollege, „aber es war sowieso nur Blutgeld. Für Shamal muss diese Renate Auer alias Ammit so etwas wie ein rotes Tuch gewesen sein – im negativen Sinne. Er hatte ihr quasi den Privatkrieg erklärt. Sie war Priesterin, er war ihr unterstellt und damit wollte er sich nicht abfinden. Er wäre gerne in Ihrer Position gewesen."

„Du meinst, er wäre selbst gerne Priester dieses Geheimbundes gewesen?"

„Na ja, jeder bastelt schließlich an seiner Karriere, nicht wahr? Und da er fanatisch war, kann man das doch ruhig annehmen, oder?"

„Was mir nicht in den Kopf will: Wenn die ägyptischen Kollegen schon so gut Bescheid wissen – auch über Details, wie es den Anschein hat, so frage ich mich schon, weshalb sie die Aktivitäten dieses Geheimbundes nicht eher gestoppt haben."

„Das ist nicht einfach, da diese geheime Vereinigung über ein breites Netzwerk verfügt. Die genaue Mitgliederzahl kennt man nicht, aber man schätzt sie zwischen zehn- bis zwanzigtausend Mitglieder, die weit verstreut sind, sich nicht nur in Ägypten aufhalten, sondern in diversen anderen Ländern ebenfalls. Und die sind kaum alle zu fassen. Vor drei Tagen jedoch hatten die Kairoer Kollegen das Glück, einen Spitzenmann dieses ehrenwerten Clubs verhaften zu können, dem man schon länger auf den Fersen war. Der Mann wollte zuerst nicht aussagen."

„Hat aber anscheinend doch", warf ich ein.

„Ja. Ich habe den Kairoer Kollegen sogar gefragt, wie sie das geschafft haben. Daraufhin hat er mir nur gesagt, er könne mir das nicht erklären, sein Deutsch sei dafür nicht gut genug. Und das kann man jetzt auffassen, wie man will."

An der Tür klopfte es. Dann ging sie auf und meine Frau stand im Zimmer. Steiner und Mayer begrüßten sie und verabschiedeten sich dann taktvoll von mir, nicht ohne mir gute Besserung gewünscht zu haben und noch ein paar Ratschläge losgeworden zu sein – die zwar gut gemeint, aber fast alle wertlos waren. Als beide die Tür hinter sich geschlossen hatten, setzte sich meine Frau an den Bettrand, strich mir liebevoll über das Haar und küsste mich.

„Bin ich froh, dass du lebst. Ich hatte solche Angst um dich." Dabei kullerten ihr dicke Tränen über die Wangen.

Ich nahm ihre Hand und drückte sie schweigend.

„Du musst in Zukunft besser auf dich aufpassen, Josef. Versprichst du mir das?"

„Ich versprech's dir."

„Gut." Sie kramte ein Tempotaschentuch aus ihrer Handtasche und trocknete sich damit die Wangen.

„Ich verspreche dir sogar noch was."

„Dass du so bald wie möglich in Pension gehen wirst, ja!?"

„Nein, das kann ich nicht. Dafür liebe ich meinen Beruf viel zu sehr. Aber ich verspreche dir hoch und heilig: Ich fahre nie mehr Straßenbahn..."

Meine Frau lächelte mich an. „Ich hab dich lieb", sagte sie.